每個人心中都有一座島嶼，
藉文字呼息而靜謐，
Island，我們心靈的岸。

拐彎的夏天
A Different Summer
魏微 著

我倆沒有明天——日常生活的局外人

鍾文音（作家）

《拐彎的夏天》故事具有一種近乎「我倆沒有明天」的愛情生活，像是一塊磁鐵，吸引人想要往下快讀的「慾望」魅力，加上作者魏微的敘述語言極其俐落，多以短句堆疊人物情緒，以「往事懺情錄」的寫法暈開了全篇故事的悠緩色調。

故事像是上了光暈的黃昏愛情，一種四面楚歌的愛情，際遇已然兵臨城下，然而布幕後繾綣的戀人卻無視於現實，他們只顧交纏著疼痛的肉體，汗水淋漓只盼哀歡至死似的嗜愛情狂徒。

兩年的戀人，一人各交付一年，這一年就是彼此的一生。往前往後都絕無僅有，快樂的傷痕，幽黯的交歡，不問明天但問此時此刻。

愛情將人拋離了日常生活，每個處在熱騰騰的愛戀者，無不成了日常生活的局外人。

這就是拐彎的夏天所欲剖開凝視的愛情「原型」，沒有如膠似漆的愛情就不能稱愛情，沒有身心皆疲所引發的刺痛感就不能稱愛情，沒有不見你就有如世界末日就不能稱愛情……愛情其真實發生的時間實則短暫——愛情太短不足以化為錐心之痛的記憶，愛情太長卻演化成親情恩情。

因此只能兩年這麼短。因嘆其短，懷念遂長。

我不得不說這確實是一部好看至欲罷不能的小說，它讓小說回歸日常生活的本身，從而在日常裡切入每個異質性的非日常時刻。大陸小說作者似乎傾向兩派，一種仍然著迷於類型寫作或是展現小說的「知識百科」技藝，一種則以故事取勝、著眼於「非常」的日常描寫。

台灣中青輩致力於類型寫作或是展演小說知識百科技藝者並不缺乏，但在說故事的小說文本上，台灣這幾年卻是有點蒼白，因為我們已經少有生活的傳奇了，或者正確地說是我們的日常生活都過得有點一致，在同質相似下，因此只好另謀小說出路（往波赫士或是米蘭昆德拉的小說路徑走去）。

以「敘述」為故事軸線的小說可視為一種回歸，將小說回歸基本面——說故事，以文字丰采將故事說得完整而動人。一九七〇年出生的魏微，算來可視為同代人，但其書寫卻讓我隱隱覺得她有意往「西方小說古典」行去，藉由文字本身的敘述魅力來帶引讀者划向故事的黑洞，絕不引經據典、絕不吊書袋、絕不賣弄知識、絕不走進故事的歧路……

以人物為核心的長篇小說，清清楚楚地挖深兩個主角——男十六歲、女三十六歲，兩人結合的一段絕無僅有的獨特愛情，從這份愛情的核心再逐步擴散至他們各自的「成長史」、「家族史」「頹廢史」……故事主人翁「我」正是這個成長於家庭有缺陷的野孩子，他恰恰又是個美少年，其年紀和作者魏微正好是同世代。作者似乎有意藉著不同性別的「我」來寫出屬於她的時代，已經過去的時代化為作者內心的幽影，她在這個小說裡亟欲藉著「白描」「勾勒」出她的成長史。

這手法是高明的，因為這免掉了讀者或評論家動不動就將文本套上是作者影射自傳的「私小說」。好像寫「我」就必然被劃入「私小說」的檢驗目光，「我」不能是別的「我」？

魏微避開了這個容易被劃入私小說的半自傳影射路徑，她巧妙地利用這兩個人物的愛情，卻言簡意眩地側寫出屬於她的時代小人物「暗潮洶湧」的生活。

我不得不承認她的高明，但我也不得不說，這類小說很容易掉入主人翁的「刻板化」書寫，首先就是人物的角色刻板——沒有母愛的美少年遇到比他年長十六歲的美麗熟女，她給他「母親式的愛情」卻又帶著危險的愛情（她靠詐騙多金男人的錢為生，一生交手男人無數卻獨獨敗在美少年的愛情裡不可自拔）。其次是際遇的「刻板化」——死了好友的青少年頹廢無知生涯外加女人後來被公安帶走的結局……

小說敘述的初始就讓我想到了法國莒哈絲（大陸翻譯成杜拉斯）之經典小說《情人》，因我自己寫小說最厭惡別人說我寫的小說像誰，所以不該也犯此毛病用其他文本來併比，但我這裡要說的是那只是小說的一開始，之後，作者不僅注入了自我小說的養分，且還廣納故事百川，因而匯為廣深迷人的小說敘述長河。

說來是如此簡單的愛情故事，卻能如此滔滔不絕的一路「說」下去，這也真是絕佳的敘述技藝呢。

夏日 1986

第一部

1

我在這裡要說的一段往事，是很多年前了。那時我十六歲。還是個孩子。——隔了很多年以後，我不得不承認，那時我確實是個孩子，而不是男人。

我這裡有一張年少時的照片，放在舊相冊裡。不記得是哪一年了，大約正在念初中，十四歲，或者十五歲？照片上沒有日期。我希望它是一九八六年，在那一年裡，我遇上了阿姐。

我很想知道，在遇上阿姐的那一年裡，我長什麼樣子，穿什麼樣式的衣服，有著怎樣的神情。這對我來說，是一種紀念。

真奇怪，我覺得自己老了，常常回憶，有很多感情，偶爾會走神。才三十出頭，有很多次戀愛，目前未婚。

至於生活，怎麼說呢，我不想說它很糟糕，這不確切。我也不認為我過得足夠好，有很多資本。我沒有資本，只有經歷。可是經歷並不重要，是不是？

經歷是浮光掠影的，於我，它一段段的，呈片斷性地展現。這一段和那一段之間又是無關聯的。我並不以為，我的經歷會在我身上留下烙印。絕不會。我也不允許。

事情就是這樣，我不知道什麼地方出了問題。我開始想起阿姐。一開始，只是不動聲色的，我想起某年夏天，也許是春夏之交，我來到北京。我在公車上遇上了阿姐。

我想起了她的容顏和輪廓，她的白短袖衫和鵝黃裙子。一切是那樣的清晰，觸手可及。一切都像是真的，就像在昨天。我知道，有一件事情即將發生，它在我的生活裡，它是回憶。它不可阻擋，來勢洶洶。

我已經很多年不再想起阿姐了，我忘了她。這是真的，自然而然的，沒費一點力氣。那時我年輕，兩年後吧，我十八歲那年，遇上一個可愛的姑娘，並愛上了她。

那是類似青梅竹馬的一段戀情。是呵，青梅竹馬，我甚至來不及親她的嘴唇。她只允許我親她的眼睛，睫毛，額頭，諸如此類。只允許我把手放在她的胸部以外，臀部以上。她並不漂亮，可是聲音稚嫩爽口，有新鮮果汁的氣味。我在這其中投入了感情，只可惜維繫了半年，就散了。

從那以後，我馬不停蹄地談戀愛。我只想說，那時我荷爾蒙分泌旺盛，有無限的精力，我熱愛女人。並且自以為是一個男人。

某種程度上講，自從遇見阿姐以後，我就是。

我看著我年少時的那張照片，久久地端詳著。我的舊相冊裡還有一些照片。人體上，我把它們按時間排列。我看見了一個男人，從他坐在嬰兒車裡開始，他睜著茫然、空洞的眼睛，沒有思想。他把手含在嘴巴裡。

他坐在鏡頭裡，四肢伸開。大約有些驚恐。下肢的連接處，有一個小肉疙瘩。很多年前，我奶奶叫它「小逗號」。我奶奶說，這可是金貴東西，男人要靠這個當家的。

我奶奶還說了一些什麼，我不記得了。總之，鄰居的阿嬸大媽們笑了起來。我從小就跟奶奶一起生活，在那條擁擠、聞得見槐樹花香的巷子裡長到七歲，直到離開。我沒有母親。從我有記憶開始，我就沒能看見母親。我奶奶說她死了。我小叔告訴我，你父母離婚了。

所有的說法莫衷一是。

我甚至懷疑過，我是個野孩子。從來沒有父母，是從樹杈間掉下來的。我與這個家庭也沒有必然的連繫，是他們從路邊偶爾撿過來的。

有一次，鄰居小伍文縐縐地對我說，你是私生子。

我回家問爺爺，什麼叫私生子？

我那很有學問的爺爺一下子怔住了。他從躺椅上坐起來，把報紙擱在一邊，俯身看我。他說，這是誰告訴你的？

我說，私生子就是野孩子嗎？

我爺爺打量著我，說，有人叫過你野孩子嗎？

我點點頭。

我爺爺把我拉近身邊，握住我的手。隔了很久，他才說，你不是野孩子。第一，你的父母都在外地，但是……他們分開了。你父親在讀大學，你母親住在另一個城市。他們現在過得很好。第二，你是爺爺的孫子，我們都很愛你。

我點點頭，轉身走了。我覺得自己快要哭了。從前，我是個敏感的孩子，內向，害羞，多情。一點點善意和傷害都能感覺到，也一直小心翼翼的。後來變了。我變成了一個我自己都不認識的人。

當然，這跟阿姐沒有關係。在遇上阿姐之前，我就變了。在少年時代，我開始過上另一種生活，跟童年完全不一樣。在這裡，我絲毫沒有後悔的意思。我不後悔。對於走過的路，做過的錯事，遇到過的女人……現在，我都能坦然接受。

當然，這是需要付出代價的，這個代價就是時間和經歷。這是後話。

我從不試圖，要對我這一生做出總結。太早了些。我今年三十二歲，可是常常感覺到體虛羸弱，醫生說是心臟問題，關係不大。

我們家族的人都死於心臟，這是遺傳。我叔叔死得最早，卒年二十八歲。我爺爺死於五十六歲的壯年，距他被平反亦不過兩年。那時，我們已搬離了那條擁擠嘈雜的小巷，回到自己的住處。那是一幢帶院落的兩層小樓。平時，我爺爺種花，植草，我們家還栽種了葡萄。更多的時候，我在畫室裡看見爺爺，牆壁和桌布上落下很多顏色。

我爺爺是畫家。

大約半年前吧，我父親也死了。我去奔喪，眼看著他被推進火爐裡，燒成灰，成煙。我在殯儀館的院子裡站了一會兒，等他的骨灰出來。我想著這個與我淵源很深的男人，極偶爾的一次失誤，他把我帶到人世。

我的出生是個誤會。所有人都不願意看到這一幕。

可是他死了。五十二歲，心臟衰竭。

現在想來，在我赴南京奔喪的那段日子裡，我確實精神恍惚。我和繼母就父親的後事做了安排。我機械地做著這一切，還強打精神，安慰悲痛中的繼母和妹妹。

我繼母說，小暉，你長大了。她哭了起來。

我說，我已年過三十。

時間過得真快，我嫁給你父親的時候，他也是這個年紀。——比你要略大一些。她打量我一眼，深深地嘆著氣。

我無語。探手搆來菸灰缸，把菸灰彈進去。

從前對不起得很，她又說，似乎欲言又止。我們怠慢過你。你父親也……

我很快打斷她，害怕重提往事。因為不愉快。誰都沒有錯，可是誰都不愉快。我說，是我不好。我從來就不省心。

從前，你是個問題孩子，正是青春期，又遇上一撥不良少年。她更加憂心忡忡了，我們待你的方式不對，太急躁了些。

我說，誰都年輕過。

我站起來，彎腰掐滅菸頭。我想出去走走。不能再繼續這樣的談話。我頭痛，意志低迷，心緒敗壞。我不想承認，這一切是緣於父親，他死了。他看上去那麼年輕，風雅倜儻。

我不得不承認。

他確實風雅倜儻，看上去就像我的兄弟。可是他是父親，他的血液在我脈管裡洶湧流淌。家族裡的男丁接二連三地猝死，使我不得不想到一些事情，比如我自己。

我一個個送走他們。被叫到彌留之際的床前，讓他們看最後一眼，聽他們講兩句含混不清的話。我從一個城市趕往另一個城市，把他們的骨灰裝進盒子裡，蓋好。把他們安葬。

家族裡的男丁只剩下我了。也許我將「來日無多」？這樣的想像讓人情緒低落。

我搭車去中山陵。在南京，如果你心情煩躁，就去中山陵吧。去爬爬山，或者石階。看看青灰的古城牆，在陽光底下，怎樣安靜、風塵地矗立著，陰面爬滿了歲月的溼苔。

對南京，我再熟悉不過了。我在這裡度過了少年時代，從十歲到十六歲。我熟悉這個城市的每一條街巷，我曾廝混於此。蹺課，打架鬥毆，偷錢，追女孩子。

後來，我帶阿姐也曾來過南京。一開始，我們住小旅館。等有錢了，我們便改住賓館和大飯店。我們吃喝玩樂，揮金如土。整日混跡於高檔娛樂場所，衣衫時髦。你沒看見我們出雙入對的樣子，言行文明、優雅、親密。以姐弟名目登記，過的是夫妻生活。

也許就在這時，我想起了阿姐。我想跟她說說話，說說愛情，生死。家族裡的親人一個個英年早逝，我感到害怕。我想跟她說說害怕。還有信仰，音樂，抽象畫。她懂的。不懂的時候，她聽著，點著頭。她從來不插一句話。

她知道，我需要說話。

她坐在牆角，抽著菸，菸灰缸放在隆起的膝蓋上。她站起身來，赤腳在地板上走著，若有所思的樣子。她去廚房取來一只水杯，放到我面前，說，自已來，啊？

她把我頭摟在懷裡，手指輕輕摸索著我的鼻梁和眼睛。她說，說吧，說完你就舒服了。

她為我擦掉眼淚，說，你這個小傢伙。她叫我小傢伙，孩子，小男生。有時候，她也會看著我，喃喃地說，我的少年……

我從來不哭。自從爺爺奶奶死後，我來到南京，隨父親一起生活直到十六歲。我不相信眼淚。任是受辱，責罵，挨打，流落街頭；任是他們溫言軟語，苦口婆心，他們哭了，我都不哭。

我乾巴巴地坐在那裡，很麻木的，連我亦不知身在何處。我時常想起很多年前那個敏感的小男孩，他轉過身去，偷偷擦掉眼淚，就像在做一個手勢。他總是一個人哭，所有人都不知道。他不開心，有很多憂慮。奶奶要是叫他了，他就會答應著，從屋子裡跑出來，有時還裝作笑一笑。

可是那個男孩不是我，他死了。投胎換骨成另一個人。在南京，我開始過上一種迥然不同的生活，自由浪蕩，天馬行空。隨身帶著水果刀。我嘗試過自給自足的生活，甚至包括交書學費，如果父親想不起來的話。

我開朗了。身體慢慢長高，強壯。有了喉結，聲線也變了，說話聲音嗡嗡的。有一種時候，我很為自己感到驕傲。可不是嗎，我是個男子漢了。不知從什麼時候起，我開始關注女生。她們逐漸成為我生活的一部分，並且越來越重要。

我日復一日地想念她們，或者是她們中的某個人，或者是不確定的。我以為自己在愛著，並且沈迷其中，不能自拔。總有一天吧，我對自己說，我要娶她們中的某個人，愛她一生，和她生很多孩子。

與此同時，我開始看色情讀物和地下手抄本，比如《少女之心》。我們總有辦法弄到這一類的書籍和連環畫冊。我想說，那是一九八四年前後的中國，自由風氣已漸漸復甦，即便禁錮如中學校園，我們也有自己的方式去了解性。

師生大會上，校長一再重申，要杜絕手抄本，看見了予以沒收，焚燒。讀者記大過處分。他建議我們讀些科普讀物和偉人傳記，底下有人輕輕笑起來，也有高年級的學生開始咳嗽，角落裡響起了短促的口哨聲。

校長也微笑了。他看著禮堂裡挨挨擠擠的人頭，黑頭髮，黑眼睛，一張張年輕的臉，臉上精力充沛，或因某種原因而蒼白的黃皮膚。他嘆了口氣，說道，沒辦法，我也知道有些話力不從心，我們每個人都是從青春期過來的，我們只能如此。你們得等待，而且一定要把精力轉移。

最後他說，青春期是個關口，你們都會走過去的。可是有人走得很好，有人步履艱難。人生的分岔也在這裡，所有人概莫能外。

想起來，這就是我遇見阿姐以前的生活。大約在十四五歲，或者十六歲。我廝混於街巷，校園和家庭。後來，我很少回家了。我父親也懶得找我。知道我活著，玩耍，厚顏無恥。

我寄居同學家裡，偶爾和他們一起吃飯。隔幾天再換一家。他們攢零花錢給我，有時也偷父母的錢。他們樂此不疲，並引以為豪。堅信這就是江湖氣和英雄主義。

後來，我把這些講給阿姐聽。她異常著迷，常常快樂地笑著。她也時常打斷我，說，等一下。她問的是細節。她沈迷於此，一點細枝末節都不放過。有一次，她拉著我的手，認真地說，我想了解你。我想知道，在遇見我以前，我的孩子都在幹什麼？他在蹺課嗎？在打架鬥毆嗎？在追姑娘嗎？那是在哪一天呢？他感到害羞嗎？他的臉紅了嗎？

她說著笑了起來。

無聊的時候，她就說，給我講講你從前的事吧。我說，這已經是第三遍了。她說，可是我還想聽。

她微笑著看我，期待著。這時候，你會覺得她是個孩子，而不是我。我們之間常常有這樣的時刻，彷彿年齡的差距縮小了，顛倒了。我是個成年男子，而她是個小女孩。她像的。很多年以後，我仍相信，她的神情裡有天真和單純的東西，雖然她並不總是。

有時候，她也會弄亂我的頭髮，彷彿不相信地看著我，說，我的男孩長大了，是個男人了，又側身打量我一眼，搖了搖頭，說，果真是這樣嗎？

當我說起一件事，她便問，這是在哪一年？

我想了想。一九八四年。

她說，唔，那年你十四歲。我三十歲。那年我在幹什麼呢？她抬頭看天花板。唔，肯定結婚了。結婚都六年了。那是在春天嗎？她側頭問我。

我想了想，說，也許吧。我記得街上有懸鈴木的粉塵。

她說，懸鈴木的粉塵。一九八四年春天。南京街頭。一個小夥子在追一個姑娘。可是我在幹什麼呢？她皺著眉頭笑了笑，說，真的不記得了。

我說，我沒在追姑娘。心裡暗戀過，可是不敢。

她笑道，可是你在向她吹口哨。跟蹤她一直回家。她有個好聽的名字叫小嬰。——她長得漂亮嗎？

我不再說話。隔了一會兒，她捅捅我的手肘說，生氣了？

我笑道，是你在生氣吧？

她捏我的耳朵，笑道，這個傢伙。她用腳砸我的腳背。

2

對阿姐的回憶就這樣開始了。

我很奇怪，這麼多年來，我竟然忘記了這個女人。她曾經是我的一切：兩年，天涯海角的浪蕩生活，一部浪漫溫情的犯罪史。

一部傳奇。

我曾跟隨著她，如影隨行。從北京到上海，到南京，到廣州，到西安……我們曾到過中國最富貴的城鄉，遭遇過各色人等。那裡頭的激蕩驚心，溫柔狡詐的糾纏，就像一幅浮世繪。那裡頭的戲劇性，是呵，戲劇性。——我相信，它是一場夢。

她時而溫柔如水，時而暴戾乖張。她多情，也狡詐。她是一張臉譜。無數張臉譜。她是普天下所有女人集大成者，善的，惡的，美的，醜的。

無數張臉譜相映成輝，最終定格成獨一無二的她。她是我的阿姐。

她是一所學校。對於很多男人，她是啟蒙老師。她給了他們足夠的教訓，使他們懊惱，喪失信念，使他們如火如荼，慾火中燒。她給了他們希望，然後毀滅它。她曾經讓有些人傾家蕩產，一蹶不振。

她是我的阿姐。

是她，使他們一點點懂得，人世是這樣子的，而不是那樣子的。她讓他們喪失了對人最基本的信任。她不同情他們。她說過的。

她說，這是代價。男人們的成長得付出代價，他們應該感激我。

她又說，我只是對菜下筷。為什麼同樣的招數，對有些人不靈，對另外一些人則奏效。我有數的，小傢伙。這不能怪我。

她笑了起來。拿手摩挲我的頭髮，並把手指插進去。她的笑容明朗坦蕩，天真無邪。那一刻，我覺得她溫柔之極。

呵，這個母親式的情人，她大我十六歲。她是我的姐妹，兄長，父母。我想說，她類似我的親人。那兩年裡，她補了我人生最重要的一課。我缺什麼，她補什麼。父愛，母愛，手足之情……那兩年，也是我人生最光華奪目、驚心動魄的兩年。成長，情慾，汗漬淋漓的奔走，遊蕩。曾經窮困潦倒，曾經極度奢華。

阿姐。

和她分手以後，我去中央美院進修。那一年，我十八歲。

我從爺爺那兒繼承了對色彩和線條的敏感。五歲開始接受素描訓練，七歲有了自己第一幅油彩畫。我在不足一尺見方的畫布上塗滿各種顏色：秋天的窗戶，電線杆，紅磚牆的樓房，綠色的陽台。有一戶人家在晾曬衣服。

我還畫了風和陽光。青黃的落葉滿地都是。

還有山坡。一家人坐在戶外喝茶。有老人和中年夫妻，小孩子站在不遠的地方看著。

那些年，我想表達很多東西：溫暖，理想，生活。我用色彩和圖案說話，來不及地說，要說很多話。是的，做一名畫家，以賣畫為生。或者一貧如洗，不名分文，或者財運亨通，流芳百世。

那曾是我的一個夢想。

很多年後的今天，我已棄畫從商。開一家貿易商行，做進出口生意。我從十歲來到南京，輾轉北京。如今，二十年過去了，我不知道這其間出過什麼問題。總之，我沒有實現少年的夢想。而且越來越遙遠。

現在，我是一個商人。生活安定，可是常常覺得很潦倒。就是這樣。

肯定出過什麼問題。先是在我十歲那年，爺爺奶奶死了，我被父親接到南京。我被迫進入一個陌生的家庭。我侵犯了別人的生活。

什麼都是陌生的。城市，小朋友，屋子裡的家具。父親，母親，蹣跚學步的妹妹。我不再學畫了，所有人都不再提起。連我自己也忘了。

我走在深夜的南京街頭，看見昏黃的街燈底下，夏日的蛾蟲飛舞，有的撞進我的鼻子和眼睛裡。許多人像我一樣走著，行色匆匆。也有自行車從我身邊擦過，一路的鈴聲搖過來，搖遠了。

我看見梧桐葉的影子落在人行道上。——方格子水泥板鋪成的人行道，上面雕著花，我還能記得。我從上面踩過，一格子一格子，當心自己不要踩錯。

象棋攤旁圍了一群人，也在路燈底下。有一個穿白背心和短褲的中年漢子站在一旁，蹺首張望。他時不時打著芭蕉扇，揚聲說道：走卒。偶爾他也向路邊的姑娘瞄上一眼。

那些姑娘們，穿著時代的裙衫，在二十年前的南京街頭，算是時髦的尤物了。

只在這時，我才會想起作畫這件事。我想把它們畫下來，用紙和筆，或者畫布和顏料。我想塗上很多顏色，柔和的，新鮮刺激的。關於街景，夜色，燈光。梧桐葉的影子。關於象棋攤旁的男人，穿著羅衫的姑娘。街對面賣茶葉蛋的老奶奶。

我想在畫面上打上陰影。想起來了，它應該是一幅鉛筆畫的素描。當然了，畫成油畫也不會錯。比如，那個賣茶葉蛋的老奶奶，她坐在街燈底下，睜著眼睛。她的眼神是鈍的，就像睡著了一樣。我想，那天她的生意也許不夠好。

我想在她的面容上塗上厚重的顏色，比如，橘黃色的，偏暗。非常厚重。還有她的癟嘴，刀刻一般的皺紋。她的神情呢，應該是冷淡的。麻木，冷淡，事不關己，稍稍在走神。總之，就像睡著了一樣。

很多時候，我只是偶爾想想作畫這件事。我不允許自己想得太長。已經不可能了。我的生活發生了變化，一切由不得我作主。

我總是很晚回家。一個人在街上閒逛，看看街景。我從一個街區走到另一個街區，形單影隻。腦子是空的，什麼也不想。無所謂快樂，憂愁，痛苦。我甚至沒有學會傷感，是的，那年我十歲，還不懂。

我斜挎著軍黃書包。當我跑起來的時候，能聽見書包裡，鉛筆盒撞擊書本的聲音。我常常一路狂奔，因為閒得無聊。累了，就找個角落蹲下來，偶爾會在樹底下挖到一些蟬蛹。

我很希望，當我回家的時候。——在我推開家門的那一瞬間，屋子裡靜悄悄的。家人都外出了，或者已熄燈安寢。我不想見到他們，也不想與他們同桌共餐。

我是個外人，一個地道的入侵者。對於這個家庭，我覺得抱歉，並一直自慚形穢。

有一次，在飯桌上，我父親讓我叫母親。我猶豫了一下，低下頭，嘴唇囁嚅著。我似乎是發出了某種聲音，也許沒有。我不記得了。

我覺得屈辱，就為了那個聲音。我吃別人的飯，接受她的恩賜，我得叫她母親。我的態度優柔寡斷，叫就叫了，不叫就不叫，可是我的態度優柔寡斷。我瞧不起自己。

我後來哭了。低下頭，淚如泉湧。

我父親咦了一聲，放下筷子說，你哭什麼？我最恨人哭。沒出息的東西，像個女人。

我繼母那時還很年輕，大約二十多歲吧，長得很漂亮。我能想像她當時所承受的壓力。高知家庭，大學畢業，拒絕過很多追求者。她愛我父親，因為他好看，溫雅，憂鬱。也許他還有一些別的，是她所不懂的。她想去了解他。

他在一家科研所做事，從事核子物理研究。可是她常說，他像個詩人。那個時代，他們都信這個東西。

他們的戀情曾鬧得滿城風雨。為了嫁給他，她與父母決裂。他們有了自己的孩子，可是突然有一天，這個家庭又多了一個孩子。他已經十歲了，瘦弱，敏感，沈默。他平白無故地站在她的面前。

她早就知道，有這麼一個孩子。關於他的母親，他來歷不明的身世，她早就被告知了。可是她從未想過，有一天，這個孩子會進入她的家庭。

從此，這個家庭的構造被打散了。一切凌亂不堪。

一開始，她努力去適應繼母這個角色。我得承認，她確實努力過。她很客氣，偶爾會與我交談。

我點著頭，小心翼翼地應答著。我也曾努力過。

下班回家了，她捎來一些零食，說，這是給你的。有時候，她也會把一頂帽子，一雙襪子遞到我面前，說，試試看，你會喜歡嗎？

她端茶倒水，漿洗縫補。在我來到這個家庭之前，她從未如此勞碌過。她太想做個好母親了。也常常自卑，總擔心自己做得不夠。有一天，我聽見她對父親說，我累了。

我很為她感到難過。這不怪她，我們都太急於求成了。有一陣時期，我總是強迫自己對她微笑。我把成績報告單給她看，破例跟她說許多話。我也累了。

我們不像母子。母子不是這樣子的。有一天，我推開洗手間的門，她正坐在馬桶上。我們都驚惶失措。她驚訝地發出叫聲。我滿臉通紅，很快撞上洗手間的門。我在客廳裡踅了一會兒。後來走出家門，我發現自己又哭了。

我來到南京最初的幾個月，常常是哭的，就像小時候一樣。後來不哭了。後來我克制著，並漸漸養成了習慣。

那六年，是我開始蛻變的六年。從孩童長成少年。好奇心，體力充沛，身體像竹子一樣，每天都能聽見骨骼拔高的聲音。羞辱和疼痛還在那兒，可是我小心地繞過了。我變得異常克己，堅強。我一天天過著麻木、無知覺的生活，並以為這是對的，並以此為驕傲。

這種狀況一直維繫到一九八六年，我來到北京，遇見了阿姐。我所有的堅忍心在這個女人面前潰不成軍。

我重新開始哭出來。積攢了六年的淚水，所有的委屈和疼痛，在阿姐面前全找回來了。我哭了兩年，哭盡了，直到十八歲與她分手，就不再哭了。

從此不哭了。從此，一滴眼淚也未淌過。

如果不跟阿姐講起，如果我們不曾相愛，我並不知道我曾有過怎樣的生活。是這個女人的溫存提醒了我，讓我變得脆弱，敏感。

阿姐說，你哭吧，乖孩子。哭出來你會舒服的。

有時她也逗我，說，咦，今天為什麼不哭？我羞赧地笑了。

為什麼要哭呢？他們曾待我很好。

阿姐說，真的嗎？

我想了想，點點頭。確實是真的。

即便是很多年前，我也不得不承認，他們並沒有薄待我。有時候，我甚至希望繼母能壞一些，她責罵我，虐待我，對我冷若冰霜。

可是她沒有，她恪守責任。我們彼此都覺得冤屈。

她不快樂，我也是。一想到回家，我就顫抖。她常與我父親拌嘴，起因並不總是我。可是這個家庭的氣氛開始壞了，我知道，一部分原因是為我。

我父親也常打我，因為我不爭氣，忤逆，蹺課。偶爾也偷錢，常常徹夜不歸。他恨我。這個來歷不明的孩子，活生生的，有容顏和思想，每天都在走路，說話時發出聲音。他不能視而不見。

我喚醒了他對過往時光的記憶。原來，一切都是真的，它留下了印跡。每天朝夕相處，每天都有可能喚起回憶。他不想回憶。盡可能去忘卻。十多年過去了，他差不多成功了。然而有一天，我來了。

他恨我母親。他罵她婊子，破鞋。他愛過她，愛得氣息奄奄，氣若遊絲。他為她差點送了命。她不值得，他說過的。那是他青春期的一個錯誤，他不能原諒這錯誤。

他總是暴跳如雷。常常點我的額頭，敲得叮咚作響。他對我說，她是婊子你知道嗎？她是婊子。他簡直瘋了，不能自已。

一開始，他還能克制自己。把我喚到房間裡，說，坐下。我想跟你談談。

我不敢坐，貼著門壁站著。他坐在沙發上，遠遠地看過來。他說，先說說看，今天你都幹了些什麼？

我猶猶疑疑的，知道他是有所指的，但不能確定。我說，什麼也沒幹。上學，放學，回家。我的聲音輕柔，但語氣肯定。那時，我已開始撒謊，並能裝出一副堅定、若無其事的樣子。表情很無辜，很受傷。膽小如鼠。

他說，果真是這樣嗎？再想想看。他踱步到我面前。我低下頭。他彎下身子，把臉湊到我臉上看著。他說，我告訴你，我這一生最恨人撒謊。

我說我沒撒謊。

他厲聲而迅速地說，跪下。

我跪下了，抬頭看他。知道暴風雨即將來臨，我害怕得哭出聲來。

他說，家裡的錢少了，你怎麼解釋？

我無從解釋。我偷了錢，就是這樣。我缺錢花。我的朋友們都有零花錢，可是我沒有。我來不及地要花錢，買吃的，各種各樣的小玩意。為朋友間的友情，為一切。總之，任何地方都需要花錢。

我說，我沒偷錢。

我父親說，你在撒謊，你一直撒謊。——他聲音撕裂，面目扭曲。他鄙夷我，仇視我，看我的眼光是平等的，像一個男人對另一個男人，或者一個孩子對另一個孩子。

很多時候，我們都是平等的，除了體力。我們之間不是父子關係，而是一個陌生人對另一個陌生人。極偶然的機會，我們生活在一起。我們並不認識，互相之間只有漠視。

他說，我告訴過你，我不恨你偷錢，只恨你撒謊。你缺錢，我可以給你。可是我討厭被欺騙。我不是傻子，知道嗎？你愚弄我，羞辱我。我不是傻子。

他歇斯底里，顯然，他被他的話激怒了。他開始打我，我叫了聲「爸爸」……圍沙發和他繞圈，就像貓和老鼠一樣。他掀開沙發，捉住我，緊緊掐住我的脖頸。我蹲下身體，把身體蜷縮到牆壁裡去。他把我拎起來，把我摔到地上，用腳踹我的頭臉。我抱住頭臉，他便踹我的胸口。

我繼母也看不過了，過來勸架。她說，你瘋了，他是個孩子。他會死的。後來，她乾脆不看了。拿手捂住眼睛。她哭了，時常發出尖叫聲。

很多年後，我把這一幕講給阿姐聽。我始終害怕，彷彿一切又回來了，就發生在眼前。我能活下來是慶幸。應該感謝上天的憐憫，我身上沒留下殘疾。

我常常抱住阿姐，緊緊地，就像抱住我的母親。我想，如果母親在，就不會發生這樣的事。她一定會拚死攔住，用她的身體。她會哭的，可是她不會捂住眼睛，也不會發出尖叫聲。

阿姐說，因為你沒有母親。因為他恨你母親。可是你的母親，她到底是怎樣的一個人呢？

不知道。她是個謎。

我總是夢見父親打我。他在烈日下追殺我，我跌倒了，再也爬不起來了。他就要到了……我一下子驚醒了。對我來說，他是個惡夢。

可是我不恨他。他死了，我為他送終。心裡難過，空落。這個可憐的男人，我知道，他愛我，愛恨交加。對於這感情，他無法俐落地表達。

他敏感，脆弱，像個孩子。他容易受到傷害，且沈迷其中，不能自拔。他心胸狹隘。容易走極端，性格裡有瘋狂的因素。常常不快樂。某種程度上，他是個單純的人。

我甚至認為，他足夠善良。和我一樣，對溫暖有著貪婪、無止境的索求。我們總嫌不夠溫暖。永遠不夠。一生都處於半饑餓狀態。一生都在等待。一丁點的感動都能打動我們，並開懷，牢記終生。

他常常是開懷的。下班回家了，一天平安無事，他覺得滿足。看見妻兒，小女兒蜷縮在沙發的一隅，看動畫片，他不禁莞爾，對妻子說，瞧她認真勁兒，她能看得懂嗎？逢年過節的時候，一家人坐在桌邊，屋子裡的燈光很明亮，窗外不時傳來爆竹聲。

這氣氛他一定是感覺到了。他覺得安全。他破例喝一些酒，說很多逗趣的話。有時也為我挾菜。他說，你瘦，正在長身體，多吃一點。

只在這時，他才像個父親。他一定感到很愉快。

我簡直不能經歷這樣的時刻。這是折磨。我不怕寒冷，一天天正在抵禦它。我透體冰涼，堅硬，更加健壯。可是突如其來的溫暖使我垮了，快要崩潰了。我覺得自己不能承受了。

我開始恨他，一點都不感激他。

我父親也恨我，他總是把我往死裡打。罰我跪搓衣板，把我吊在天花板上。——他打我，曾經抽斷了一條皮帶。我很快明白，如果我不盡快逃離，這個家庭會有慘案發生，會要死人的。要嘛是他氣死，要嘛是我被打死。或者，我們最後都會瘋的。

因為心臟不好，他常常氣喘吁吁。他曾經休克過，躺在床上，不省人事。我想，他快要死了。我繼母說，他是被你氣的。

他常常就哭了，像小孩子一樣撕扯自己的頭髮。或者掩面而泣，說道，我究竟造了什麼孽，生出你這麼個兒子？

我跟阿姐說，我不怕挨打，每個孩子都挨過打，這不算什麼。

可是我害怕受驚嚇。每天膽顫心驚的，知道自己會受懲罰，可是不知道為什麼受懲罰。在什麼時候，什麼地方，以什麼方式，程度怎樣。

我總是設想它，希望它是幻覺。希望這一天不要來臨，希望它早點來臨，成為過去。

我被我的設想嚇壞了。常常一躍而起，在夜裡發呆。心有餘悸。

阿姐摟住我，疼我，用懷抱暖我。她說，我能想像的，孩子。

她不再說話。即便在黑夜，我也能看見她的眼睛，睜著，閃著淚光。也許，她正在身臨其境。她看見了一個十歲的男孩子，那就如她的兒子。他孱弱，瘦小，懼怕肉體的疼痛。他每天處在恐懼之中，看不到盡頭。
他沒有親人，一切由他自己承受，逃避不了。他不可以訴說，不能有委屈。
他有很多委屈。捱打之後，遍體鱗傷。他躺在床上，就會想起和爺爺奶奶在一起的日子，那是他的童年。他想著，眼睛是空洞的，可是內心很溼潤。
他缺少溫暖，這是她不能忍受的。他需要被注意，需要取暖。可是沒有人給予。一個寒寒縮縮的孩子，每天在街上閒逛，深夜回家。殘羹冷炙，他吃著，內心漸趨麻木。有時也不吃，因為驕傲。
家裡的氣氛也不對，四壁冰冷。他很少說話，怕說錯話，所以索性不說。又覺得不妥，站在牆角畏畏縮縮的，不自信，手腳不知往哪放。自己也覺得屈辱。
阿姐說，我已經看到了，就在眼前，看得非常清晰。我的孩子正在遭罪，可是我沒有能力。就像我自己在遭罪。
她重新抱住我，把我陷入她的身體裡。她叫我不幸的孩子，說，一切已經過去了，不會再有了。這話她重複了很多遍。
她伏在我的身體上，拿乳房餵我。她不知道怎麼愛我，如何讓我寬慰。當她不知道怎麼做時，她就和我做愛。
做愛能讓我寬慰。我們常常做愛，可是並不總是為了取樂。有時也為了寬慰。當我不快樂的時候，神情憂鬱的時候，我們就開始做愛。
阿姐伏在我的身體上。我感覺到了她的溫度，暖暖的，帶著她身上特有的體香。她的溫度透過皮膚，兩個人的皮膚，滲進了我冰涼的肉體。我知道，這個女人，正在以這種特殊的方式幫我取暖。

她只有這種方式，這是最好的方式。除此之外，別無他法。

我叫她姐姐，把手指掐進她的身體裡。我說，疼嗎？她搖搖頭，抬頭看我，眼睛裡滿是憐愛。她重新伏下身來，拿身體罩住了我。她什麼也不說，可是我知道她在說，過去了，一切已經過去了。快意在我的體內流淌。我喚她的名字，並開始大聲地哭出來。

在這種時候做愛，我常常會哭的。阿姐鼓勵我哭，她說，你想哭就哭吧，不要壓抑自己，不要難為情。哭過就忘了。

3

很多年前，我是那樣一個羞怯、懦弱的少年。我本性如此，我得承認。我膽小怕事，天性純良、規矩。如果按正常的軌跡走下去，我會成為一介良民，平庸，健全。過簡單、枯燥的生活，雖有抱怨，可是竭力忍受著。

我將很慢、很慢地老死終生。看著兒孫滿堂，在病床前站成一排。看著他們哭泣，我無語，虛弱，慢慢地閉上眼睛。我將會想起生命裡一些重要的事，或者一些人。比如女人們。總是有的，我想，也不會很多。三五個罷了。在我年輕的時候，遇上她們，有過一些歡娛。

也許，我什麼也不會想起。氣力從我的體內消失了，可是生命還有殘餘。我喘著氣，腦子裡一片空白。

如果不是後來的變故，現在，我肯定這樣生活著：結婚數年，有嬌妻愛子。像絕大多數男人一樣，我奔波，辛勞，有很多牽掛。偶一瞬間，也能感覺到滿足和震顫。

也許，我仍在畫畫。這是肯定的，我無法割捨。我熱愛它，常常魂牽夢繞。直到現在，我仍不能想起作畫，我會心疼。它是我一生的狂想。

是呵，一切全錯了。很多地方都出現了問題，很多事情事與願違。

總之，在我十歲那年，跟隨父親南下，來到南京，我大約已經意識到了，我的生活會出現一些問題。但我不能確定。

那是一九八〇年，按年齡推算，應該是那一年。我穿細格子長褲，白襯衫，非常正式的樣子。對我來說，這次遠行雖是回家，也是出門作客。應該很莊重的。

我坐在火車上，側頭看車窗外的風景，一直沈默著。老實說，我有點擔心。我無法想像未來的生活，可是也很好奇。

我把很多細節都想到了。南京站，城市的街道，家裡的擺設。從未謀面的母親和妹妹。我第一天入學的情景，我穿什麼樣的衣服。……我以何種姿態站在新同學面前，和他們相處？

我對自己說，我應該熱情一些，這很重要。我要首先和他們打招呼，就像那些活潑大方的同學一樣，裝出很隨意的樣子，說，嗨，李強，你在幹嘛呢？

就是這樣。我應該克服身上的弱點，比如內向，沈默，過於敏感。我不應該太憂傷。這不好。換了新環境，我必須主動適應。沒有辦法，我必須這樣。

我不想招人厭煩。這一點，我從不擔心。我奶奶還活著的時候，就說我乖巧，順從。有一次，我聽見她對爺爺說，他懂事的樣子真讓人心疼。天可憐見，他才五歲。她很為我憂慮了。

我想，一切能如願，我將繼續從前的生活。雖然沒有母親，我並不覺得有什麼缺憾。我像所有孩子一樣，無知覺地成長。偶爾會有一些快樂，有的就擦肩而過了，有的呢，也會成為生命裡的印跡，保留終生。

我將繼續這樣的生活：求學，學畫，念中學和大學。我成績很好，一向都是尖子生。我爺爺說，沒有問題的，你的求學會很順。我希望你能考上大學，做一名出色的畫家。

我想，問題就出現在這裡。在一九八〇年秋天，一列南下的火車上。火車拐個彎，把我帶向一個陌生的方向。我知道那是南京，終點站。可是對於我，它也是一個岔口。我將在這裡換乘另一班車，從此，一直乘下去，變成了另一個人。

當時，在火車上，我已預感到這一點。及至很多年後，我開始追悔，並試圖糾正。我糾正過。我想回到正常的軌道上來。但是不能夠，因為我又遇上了阿姐。

就是這樣開始的。先是在火車上，然後才是別的。一連串的意外接踵而來，超乎我的想像。家庭，學校，南京城的樣子，都不是我在火車上能設想的。甚至很多細節，繼母的樣子，屋子裡的燈光，家具的擺設，在學校裡和同學的相處……凡此種種，全走了樣。

一連串的意外又是必然的，它是定數。私生子，敏感，孤獨。羞辱和疼痛。少年浪蕩史，及至後來遇見阿姐，開始那段匪夷所思的生活……全由不得我控制。我無法決定，也設計不了。冥冥之中，總有一種力量把我往這條路上牽引。我回來，它再牽引。它告訴我，你不能由著性子，這才是你該走的路。

全是定數。生下來就如此。生下來，我就該是另一個人，而不是那一個。

如果這樣解釋，我後來的生活就不足為奇了。一切明白無誤，順理成章。如果這樣解釋，我就不可能不遇見阿姐。一定會。不在北京，也會在另一個地方。不在公車上，也會在地鐵站，火車上，街上，飯店的大堂裡……

她會來找我，在一九八六年的春夏之交。如果錯過了這個時節，也不要緊。總有一天，她會找到我。在我二十歲，三十歲，或者五十歲……只要我們還活著，她就會與我相識，相愛，帶我經歷那段浪蕩生活。

我注定要過浪蕩生活。逃避不了，我別無選擇。我只有跟著她，把浪子生涯延續，發展，推向極致，直到我感到害怕，疲倦，難以忍受。直到我們分手，一切結束。

結束了，她就從我的世界裡消失了。從此杳無音訊，就像世上從未有過這個人，就像一場夢。

現在，我是一個良民。姑且這麼說吧。遵紀守法，按時納稅。偶爾談戀愛。不戀愛時，也會找小姐，和她們做些簡單的交流，付她們錢。像絕大部分男人一樣，我西裝革履，每天去公司打點業務。和客戶握手，交換名片。請他們吃飯，泡吧，洗桑拿。興致高時，聽他們說說段子，笑得前仰後合，拍案而起。

從前的事，我已一筆勾消。我很少想起，就像從未發生過。我想，這也是阿姐所希望的。她希望我過普通人的生活。像一切庸眾一樣，在這太平的世界裡，安分守紀，老實巴交。掙一份辛苦錢，平安地、沒有幻想地，朝時間深處迅速墮落。

這是她跟我說的最後一句話。大體如此。

她甚至希望我能早點結婚。那一年，我十八歲，很難想像結婚這件事。況且生計無著落，我生命中也只有阿姐這一個女人。阿姐說，結婚了，你的生活就安定了。有人疼你，愛你，照顧你。你是需要女人去疼愛的。

她又說，好好戀愛。會有很多女人愛你的，我的美少年。她伸出手來捧我的臉，她哭了。我也哭了。

我當然說，我不會再戀愛了。我只愛她一個。我會等她的。天地良心，我當時就這麼說的，而且是哭著說的。當時，我難過極了。我說的是真心話。也來不及想很多。

後來，阿姐有點語無倫次了。她說了很多，非常慌張，沒有邏輯。她說，女人們會為你發狂的，我的好孩子。她們不會害你，哪怕是壞女人。你應該善待她們。你應該跟好女人談戀愛。找一個良家女子，娶她，和她安安生生地過一輩子。和她生個孩子。——你應該做父親，愛你的孩子。

我只是搖著頭。

她說，忘了我吧。這是罪惡。你應該為這段生活感到羞恥。

我說我不後悔。我本來就是個壞孩子。

她說不。臉色鐵青，嚴厲地呵斥我：你不是。你應該感到後悔。它是可恥的，你應該忘掉它，然後重新開始。

我當然重新開始了，就在這之後半年。在中央美院，和一個女生戀愛。一切如她所願，我忘了她。非常沒心肝的，為我曾有過的那段生活感到羞恥。它是我的隱祕。這麼多年來，我從未跟人提起。

後來，我真的忘了。對我來說，它已不成為問題。

很多年後，你也看到了，我正在過庸常的生活。我終於成為「那一個人」，一個我本該成為的人。從我出生起，到十歲之前，我注定就該長成那個人。我希望自己沒有成長史。從十歲一躍到十八歲，中間一段被憑空抹去。

我不是在後悔，談不上的。這麼多年來，我甚至很少追憶。我只是喜歡這種想像，它讓我著迷。像很多孩子一樣，安靜地長大成人。看著閒花碎景，可是不太記住什麼。就這樣一年年地長大，蒼白、枯燥，可是很安詳。

你知道，這一切於我來說，都是夢想。它是我生命的一段空缺。求學，學畫，做優等生，做一個地道的庸民……它們都是我的強項，可它們也是空缺。

一個人有了強項，就好比掌握了技能。如果不實現它，他會心疼的。他會蠢蠢欲動，心有不甘。就是這樣。

4

從南京回來以後，我日復一日地陷入對往事的追憶中。我想我是病了，我的生命正在枯萎。我總是提不起精神。心臟搏動得很厲害，有時不得不大口喘氣。有時窒息，也常常嘔吐。我去看醫生，把我的症狀大體說了一遍。

我說，我家族是有心臟病史的。我父親剛死，我們家所有男人都死於這個，而且年紀輕輕。他點點頭，說，問題不在這裡，片子上看不出來。你精神太過悒鬱，還當好自為之。

我很少去公司了，事務全由合夥人處理。我很希望這段時間能早點過去，我想盡快康復。我才三十歲，正處生命的盛年，我不想死。可是一天天在房間裡坐著，看著灰敗的天空，楊樹的落葉就貼在窗玻璃上。也能感覺到，死並不是一件遙遠的事。

我一天天陷入對死亡的狂想中，有時竟有快感。真奇怪。

也許就在這時，我下決心要把從前的事寫下來。關於我的少年時代，關於阿姐……我曾經努力去遺忘，並為之羞辱的那部分歷史。現在想來，它簡直不算什麼。我應該為它驕傲。它如此風趣，搖曳生姿，充滿自由和幻想。

我應該驕傲。

我越來越懷念它，在上面傾注了新的感情。寫下來，是為了回顧它，紀念它。我說過，我從不試圖總結，即便我年老體衰，絕命在即。總結是沒有意義的。

可是懷念有意義。因為懷念，我的身心竟如此溫暖。那是我生命裡最重要的一部分，關於成長，少年和女人，關於那段可愛的、不同尋常的、驚心動魄的往事……這麼多年來，我竟然丟棄了它。

現在，讓我從頭說起吧。

一九八〇年秋天，我就讀於秦淮區的一所小學。一切已經安排妥當了，我來到南京的第三天，父親就領我見校長和三年二班的班主任。

我就這樣側身進入了一個城市。我很快發現，我不能適應這裡的一切，家庭，學校，老師和同學……與我設想的全不一樣。我遭受了打擊，我承認。我甚至聽不懂南京話，就比如說，我是插班生。對於這偌大的校園，我是一個外人，我無法融入其中。我總是遭同學們譏笑，嘲諷。他們說，嗨，小侉子。我坐在桌邊，把頭往低處又壓了壓。他們便用手指抬起我的頭，說，看著我。

十幾個調皮的孩子就這樣站在我的周圍，睜著亮晶晶、邪惡的眼睛。他們笑著，有的把鼻屎挖出來，塗到我的衣袖上。我覺得自己快要哭了，可是我無可奈何。我袖著手，只是坐著。

那時候我懦弱，羞縮。我恨我自己。有什麼辦法呢，從進入這個城市的第一天起，我就告誡過自己，一定要忍辱負重。不管發生什麼，我得躲藏，並盡可能逃避。我的生活發生了變化，我知道，一切已經壞了，還將迅速地壞下去。

每天，我躲在校園的角落裡，或者踽踽獨行，或者跟自己說話。我想變成一個隱身人，不被別人看見，也不想看見別人。

沒事的時候，我就走過街市，很慢很慢地，所有人都不認識我。有幾個小姑娘在跳橡皮筋。我蜇在一旁看著，拿嘴咬著手指。其中一個小姑娘在嗑瓜子，頻率很快，能把瓜子殼吐得很遠。她似乎也看見我了，朝我笑笑，說了句什麼。我聽不懂，也笑笑，害羞跑掉了。

是啊，從前我就是這樣的一個孩子，還保留著童年的很多慣性，比如安靜，隱忍。才十歲，已經意識到了自己的處境，孤苦伶仃的，沒有人能幫我。我必須小心翼翼的，每走一步都得提防著。

那時候，我還想學畫。——不是沒可能的，再過幾年吧，等情況好轉了，父親也許會想起來。或者我自己也會提出來，反正，學畫也花不了多少錢的。

我甚至想做個三好學生，當班長，戴紅領巾，出人頭地。可不是這樣嘛，一個十歲孩子所能想到的溫暖和尊嚴都在這裡了：六一兒童節的盛裝和歌舞會，老師說不準遲到的，清晨早早就走出了家門。期末考試的成績報告單和獎狀，在眾目睽睽之下走向領獎台，板著臉，神色莊嚴而平靜，這一類的情景，我的反應大約也就這樣了……

可是突然有一天，在校門口，五六個孩子堵截了我，不知說起了什麼，他們一窩蜂地唾我，用磚頭砸我。我逃了，抱著頭，很狼狽的樣子。我看見自己的影子，在街巷的黃泥牆壁上像風一樣掠過。後來我蹲下來，在旮旯裡抱著胸口，感覺到身體裡有什麼東西被人掏空了，淌出血來，我聽到了它的尖叫聲，我覺得痛楚。

後來我就不逃了。太多了，根本逃不掉。又有一天，還是那幾個孩子，同樣的招數，在一條巷口圍住了我。先是逼我交出錢來，我沒錢，即便有錢，我也不可能給，這一點我是清楚的。他們也沒指望我會給錢，他們要的不是這個。果然，其中一個孩子說，那你磕頭吧，叫我大爺，磕一頭，我倒貼你一塊錢。

我站在那兒，很清楚下面就是一場惡鬥，我寡不敵眾。我說，我要告訴老師……這話非常不地道，我自己也知道的，剛說完就後悔了。

他們像馬蜂一樣被激怒了。「這還了得」，一個孩子縱身躍起，抓起書包就向我頭頂砸下來，我頭一偏躲過了。另外幾個孩子把我按住，有的把我騎在身底下，有的撕扯我的頭髮，也有混水摸魚的，能踢就踢，能搗就搗的。

他們說，你還告訴老師嗎？我說不告訴。

那你求饒，一個個喊大爺。我拿手護著眼睛，只是不說話。我感覺我淌血了，真的是血，一股熱流從鼻腔裡湧出來，我嚇壞了，發出呻吟聲。那些孩子們也害怕了，個個立起來，拎起書包面面相覷。隔了一會兒便掉頭鼠竄，逃得無影無蹤。

我又躺了一會兒，拿手指塞住鼻孔。藍天刺得人睜不開眼睛來，我不得不閉上眼睛。腦子裡只覺得困頓，一片空白。後來才想起找個水池，把臉洗淨，撣撣衣服，盡量不落痕跡地回家了。這一次，我沒有哭。

第二天，我帶一把水果刀上學，我把刀放在桌子上，拿它削鉛筆。老師看見了，說，這個削鉛筆不合適的。我說，合適，這個很鋒利。我的鉛筆刀丟了，還沒來得及買新的。

我這麼說著，低著頭，並沒有朝任何人看一眼；但是我知道，有人在看我，而且也聽見我的話了。

就是這樣開始的，我的痞子生涯，有點水泊梁山的意思。

很多年以後，我發現，我身上有兇狠的東西。確實有。這是一種不動聲色的兇狠，非常安靜，非常隱藏。這和溫綿其實是一回事。每個人都是溫綿的，可是到了盡頭，他就變得兇狠。

說到底，這其實也不是一把刀的問題。一把水果刀說明不了什麼問題。這是尊嚴。比如說，我對父親是不顧尊嚴的，我可以向他跪立，求饒。我可以恨他，可是恨完就忘了。這是血緣關係，沒有理由的。我不能解釋。

可是對於血緣以外的關係，我就很容易解釋了。這其中也包括和阿姐的關係，包括愛情。我的解釋是尊嚴。自私和尊嚴。

底下的事你也知道了，打個粗魯的比喻，就像一個處女被破了身，誰都知道破身的痛苦，疼嗎？疼。還會淌一些血，伴隨著撕裂，抽搐，呻吟，也未必有快感。可是誰都想破身，破身以後就自由了，再也不受那個勞什子的約束了。

那是一個迥然不同的世界，就像一道門檻，在外面看是沒用的，你必須得進去。只有進去了，你才會知道它是如此的自由浪蕩，充滿了幻想和各種巔峰體驗，就像飛翔。

總之，刀子事件以後，我聲名鵲起。一夜之間，我受到了所有同學的敬重。在當時，一個十歲的孩子是想不起用刀子的，這是件超乎想像力的事。可是我用了。我是壞孩子們的榜樣，雖然我無意於此。

我後來發現，做痞子是很多男孩子的理想。這是獲取自由和快感的方式之一。人生，還有什麼比做痞子更愜意、逍遙的呢？至少，我的朋友胡澤來、朱二、顧闖是這麼認為的。他們大多是好人家的子弟，家教極嚴，從小就被寄予厚望，聰明鬼怪，嘴如蜜桔，逢男人叫叔叔，逢女人叫阿姨。在街上遇見一個戴軍帽的，遠遠的就喊「解放軍叔叔好」。

可是突然有一天，他們不耐煩了，他們誰也不叫喚，說話惡聲惡氣的，開始向路人吐唾沫。朱二說，我老爹希望我升重點高中，考名牌大學。

說這話時，我們已念初中，是南京的一所品牌中學。在這所中學裡，有很多像朱二這樣品學兼優的好學生。朱二說，我他媽現在誰的話都不想聽，我煩得要死。我指望所有人都叫我大爺。

「叫我大爺」是朱二的口頭禪，在幾年前的刀子事件之中，他是罪魁之一。——他也是我的小學同學。

這大約是一九八四年前後的事，我們成日在校園裡鬼混，偶爾也蹺課，做些偷雞摸狗的小營生。所謂偷雞摸狗，不過是偷家長的錢，去百貨店裡換香菸和啤酒，一起去郊外的中山陵遊樂，也不知是真醉還是假醉，做出流裡流氣的樣子，斜睨著眼睛看人，打著酒嗝，年輕姑娘看見我們都躲得遠遠的。

這就是青春期嘛，我當時並不知道這些。

胡澤來說，嗨，哥兒們，明天要是有一場世界大戰就好了，把這城市夷為平地。這城市，樓房，街道——他掰著手指數道，還有姑娘們，娼婦，我的化學老師……都他媽該死。一切應該爛掉，統統爛掉。

顧闖說，要是發生世界大戰，我第一個報名參加。為國捐軀——反正橫豎都是死，與其老死，還不如早死。

我說，我不想死。我要活得很長，把陳小嬰娶回家，和她尋歡作樂一輩子。

朱二突然來了興致，說，嗨，你摸過她嗎？她奶子好像挺小的——看了我一眼，拍拍我的腿笑道，當然，開開玩笑。

我說，連話也沒搭上一句。——當然我也沒主動去追嘛。

胡澤來打斷我說，你連毛都沒長一根，追不上的。女人都喜歡糙男人。胡澤來比我們略長幾歲，印象中他念高二，已開始用刮鬍刀了。

顧闖摸著自己光滑的下巴說，你以為你是長出來的嗎？你是刮出來的。我要等到十八歲用刮鬍刀，我要等著那天來臨，我不著急。
胡澤來說，老子今年就十八。
我說，還是虛歲。
我們都笑了起來。胡澤來喜歡吹牛，仗著比我們大幾歲，就說他搞過女人，反正，他有一成套的女人經，說起來眉飛色舞。我們要是說起了，他就說，女人是搞出來的，不搞你怎麼知道？
我們私下裡認為他也不知道，要不，他也不會成天和我們一起廝混。不過，這廝確實有一套。有一次他去南大走一趟，只在女生宿舍樓前站了一會兒，就成功地勾到了一條內褲和胸罩。他拿到我們面前顯擺，聞了又聞說，還香呢。
我們也輪流聞過了。朱二說，乖，還是大號的，肯定是個胖子。
顧闖說，要比我們大好多歲吧，是個老女人了。
總之，那天大家興奮不已。朱二作狀說，快拿走快拿走。我快要不行了，我意志力薄弱，禁不起刺激。我們都捧腹大笑。胡澤來拿頭撞牆說，太好玩了。太好玩了。
有時我們也討論女人，把她們上升到學問上。顧闖說，你說她們有時候是不是也想？
想什麼？說清楚點！朱二笑道。
顧闖怎麼也說不清楚，他摸著頭皮笑道，反正，想我們一直在想的。
胡澤來說，怎麼不想？我們班的騷娘們多著呢，一看見你，就恨不得讓你多摸幾把。他說「摸」字時，加重了語氣，彷彿他不但在摸，而且也在擰。
我突然想起了陳小嬰。我很難想像她會懂得這些事情，她是那樣一個不食人間煙火的姑娘，明朗，機敏，像神鹿一樣矯健。只是冷淡了些。有一天夜裡，我夢見她白綢裙子裡面的花內褲，三角形的，還有花邊，很緊身。醒來的時候，我渾身虛弱，汗漬淋漓。我為此沮喪了好長時間。對於她，我這夢是褻瀆。

我被我的單相思折磨了很久，每天都下決定在放學的路上堵截她，跟她說一些話，哪怕是不相干的話。我沒指望她會喜歡我，我是這樣的一個壞孩子，蹺課，抽菸，整天和二流子們混在一起，說下流話。成績還可以，可是她的成績更好。——有一段時期，因為她的緣故，我開始後悔我的浪子生活了。

我原本和她是一類人，整潔，靜默，耽於沈思，憑什麼她現在是這個樣子，而我則成了另一副樣子？而且，打她主意的男生實在太多了，高年級的猴崽子們個個精明強幹，我實在有點自慚形穢了。

總之，這事一天天地拖了下來。我在想，僅僅是一念之差，我後來才知道，她曾為我記過日記，她記錄下我的穿著，我說過的話，我的聲音，有一天傍晚跟蹤她回家的情景，我向她吹過口哨，她全知道。哪怕我數天蹺課，她見不著我，她記下的還是我，每天如此，直到我們初中畢業，我離開這個城市，遠走北京。——我本來可以留在這個城市的，為了她。

我有一萬個機會可以避免遇見阿姐，為了她，僅僅是一念之差。

那時候，我們還沒和社會上的人來往，基本也不打群架。後來，朱二分析道，我們是文痞。文痞不叫痞子，只有武痞才算痞子。

我們當然算不上痞子，不管是文痞還是武痞，依我說，我們根本不夠格，只不過一直學做痞子，在校園裡耀武揚威，嚇唬一下女生罷了。

朱二喜歡別人把他認作痞子。那陣子，家長和老師對他都放棄了，深感痛心，也不知一棵茁壯的祖國小樹苗，怎麼就突然萎了，再也扶不起來了。他們弄不清楚，朱二自己也搞不清楚。可是他很為自己驕傲。

他說，我他媽的現在快活得要死。我看得出來，他是真的快活。那段時間他特迷他們街巷一個叫細粗的人，街頭一霸。二十四歲，無爹無媽，平素獨來獨往。細粗長得小白臉相，人極為俊秀，穿戴時髦。整天無所事事，晃著膀子在街上閒逛。

朱二形容他的樣子，戴墨鏡，穿瘦身西褲和花格子襯衫，襯衫從胸部扣起，直露出發達的胸肌。胸脯上還有幾根黑毛，隨風飄蕩。朱二說道。

朱二和細粗的關係極好，有陣時期，朱二想拜在細粗門下，細粗拒絕了。他說，我不喜歡這一套，我從不收門徒，也不結幫派。你看見我跟別的幫派有什麼來往沒有？沒有吧。有事我自己打點。我抱定一個宗旨，人不犯我，我不犯人。人要犯我，我必犯人。人多未必勢眾。人活在這世上，靠的不是這個——他舉了舉拳頭，而是這個，他又指了指腦袋。人講的是一個理字，但講理也得靠這個，他又指了指腦袋。

細粗教朱二散打，說，這是防身用的，有備無患。又教他使用武器，人體生物學也用上了，給他分析哪塊是人的缺點，怎樣一刀子下去置人死命，怎樣不置人死命，教人癱瘓。怎樣保護自己，怎樣躲閃。十四歲的朱二學得極為認真，一招一式全牢記心間。那陣時期，他的理想就是做細粗那樣的孤膽英雄，劫富濟貧，匡扶正義。他也看武俠小說，常常幻想著自己走在西域古道上，身穿一襲白袍，手裡拿著摺扇，突然一陣飛塵掠過，緊接著是一個少女的尖叫聲。

朱二定睛一看，原來是一採花大盜綁架民女。說時遲，那時快，朱二飛身前去，只拿摺扇朝那廝的命穴上輕輕一點，那人應聲而落。朱二站在馬下，彎腰行禮道，姑娘受驚了。今世間大亂，出門還當小心。說完輕輕拍下馬身，只聽一聲嘶鳴，眼前又是一陣飛塵。

顧闖笑道，那姑娘長得美嗎？

朱二也笑了，說，我還沒說完呢。

我說，我們已經知道了，過了一會兒，眼前又是一陣飛塵，那姑娘又回來了。敢問相公尊姓大名？

朱二說，她要是追我，我保準拒絕，女人不好玩，沒有打仗好玩。

胡澤來說，你這廝，想留下驚鴻一瞥的印象吧。——你才不好玩呢，你這樣會出事的。

朱二沒有出事，可是我出事了。那段時間，我迷打彈弓，我準線極好，百發百中。我想如果假以時日，我會成為神槍手，或者國家射擊隊隊員，沒準還能去奧運會拿冠軍呢。有一次，朱二指著一個人對我說，這是王麻，青龍幫的小頭目，作惡多端。

此時王麻正伏在街頭欄杆看姑娘，此人臉色煙黃，面相醜陋。我拿彈弓比了比，朱二說，射他。打麻雀沒意思，要打就打人的麻雀。我笑道，人的麻雀不好打，隔著褲子，傷不了。我們在對街找了個隱蔽的地方，我回頭問朱二，打嗎？朱二說，打啊，快點，他就要轉頭了。

我打瞎的是赫赫有名的青龍幫王麻的眼睛，在正午的陽光底下，這個醜陋的麻子正在看街景，突然蹲下身來，捂住了眼睛，發出了一聲輕微的呻吟聲。誰也沒注意他在幹什麼。我和朱二邁著勻速的步伐，混在人群裡銷聲匿跡。

朱二後來有點後怕，把這事跟細粗商量。細粗說，麻煩大了，你們惹了大禍了。他一再問，他看見你們沒有？我和朱二都確信沒有。細粗說，這事不要聲張，且看看動靜再說。如果真找上門來，別說我，連天王老爺也幫不了你。他看了我一眼，神色比我還要恐懼。

細粗恐懼是有理由的，他比我們都清楚這其中的厲害關節。不久之後，青龍幫和另一個流氓團夥開始了一場惡鬥。這場惡鬥持續時間之久，傷殘人數之多，公安局的檔案室裡至今還有紀錄。很多人被抓進去了，警方順藤摸瓜，並牽引出不少連環疑案，有人被判刑，其中五個被處決。殘餘力量在長達兩年的時間裡，還有過數次規模不等的衝突。

那五個被處決的流氓，有兩個我至今還能記得他們的名字，一個叫王建軍，一個叫陳白。執行槍決的那天，學校組織我們去看了。萬人體育場裡，人頭攢動。有七個死刑犯被武警押上來，而其中竟有五個和我有直接的關聯。他們都還年輕，聽說未婚。

我和朱二站在人群裡，很多人立在我們的前面，踮起腳看著。我蹲下身來，把手抄在衣袖裡，我第一次感到害怕，渾身冰冷，血液彷彿被凍住似的，流速很慢。我覺得自己快要嘔吐了。人事竟如此不可思議，遠遠超出我能承受的範圍。而朱二呢，一直立在我的身邊，茫然地看著很多人的後腦勺，整個人已經呆掉了。

這是我成長生涯中遭遇的第一樁事件，它對我影響至深，至今還讓我寒齒。我想我能夠明白自己是個什麼樣的人，膽小，怯弱。我沒有痞子素質，怎麼做也不像。

這次事件以後，我老實了許多，朱二也老實了。他說，沒勁透了，真的，開始不好玩了。朱二甚至想重返校園，重新做個好學生。他問顧闖，還來得及嗎？現在要認真學習，明年能考上重點高中嗎？

在我們四人中，只有顧闖勉強能稱得上算個學生，雖貪玩，痞裡痞氣的，但學業一直沒荒廢。後來，此人考上了清華數學系，修電腦專業。現在哈佛讀博士。

而胡澤來呢，一味小偷小摸的。從偷胸罩開始，我就知道此人偷術高超，後來發展到上街偷錢包，去商店偷衣服。我們少年時代的吃穿用度、各種花銷基本上都是胡澤來包下的。所以他偶爾朝我們發個脾氣，對我們頤指氣使，也是應該的。

其實他為人親和，對我們極為關照，真的就像兄長一樣。每天清晨，他背著蛇皮袋上學，那裡頭有他偷來的衣帽鞋襪。——平素不敢穿回家，只有他代為保管。我們打扮得當，他挨個打量我們，笑道，乖，個個都精幹得要死，今天找馬子有希望了。

他也開始打扮，往頭上撒頭油，用手撫平，說，不能跟小夥子們比啊，不過——他朝我們擠擠眼睛，說，沒準今天也有戲。

我只奇怪，他偷了那麼多年東西，竟一次未被抓住。有時他也跟我們說說他的計畫：再幹幾年，就歇下來。常偷要出事的。——但是現在不行，一則為兄弟們活便活便，二則呢，也是為我自己。

他倚在樹幹上，突然探一下頭，來了神采，說道，我告訴你們，偷東西很刺激的，幾天不偷心手俱癢。越危險的地方越來勁，眼看就要被抓住了，拔腿就跑，那感覺至今還沒遇到過。

顧闖說，那感覺很爽嗎？

朱二說，肯定。我估計就跟我們打群架一樣。朱二自從學會了散打，看見群鬥就激動。有時看見巷口圍著一群人，他拔根棍子就竄上前去，所有人都不認識他，他掄著棍子亂打一通，踩著一個人的胳膊說，叫我大爺。這能讓他熱血沸騰。

他尤其喜歡巷戰，在那曲徑能幽的小巷像野貓一樣逃竄，耳邊能聽到呼呼的風聲，他說，所有人都跑不過我，我就像影子一樣，我要他們玩玩。

朱二最看不得我整天把刀插在腰間，無所事事的樣子。他說，你牛皮哄哄幹什麼，刀子是拿來放血的，刀柄握在手裡，刀尖對準別人，插進去，插進去。說這話時，朱二眼放綠光，激動不已。

朱二喜歡血，看見它，他能窒息。那就像電流一樣，有一次他說，就像電流穿過全身，我發抖，渾身麻酥酥的，我覺得自己就要昏過去了。有性經驗的人大體會聯想到一件事情，可是那年朱二十五歲，還來不及有性經驗，可見對於男人，要獲得快感，並不只限於一件事情。

我們也陪過朱二打過幾次群架。這廝愛惹事生非，仗著自己有兩下子，嘴又臭，從來得理不饒人。有一天，他在街上被人認出來了，幾個小痞子追得他滿街亂跑。後來，朱二和我們商量說，要報仇雪恨。我們制定了嚴格的作戰計畫，又糾集了本校的一撥好漢，選定吉日，下了挑戰書。

決戰是在星期天下午進行的。事先，朱二跟我開玩笑說，你的刀這次要派上用場了，也不枉插在腰間這麼多年。老實說，我真有點擔心，打架我不害怕，這麼多年來，打人挨打，我早就習慣了，可要是不小心殺了人怎麼辦？

不是沒可能的，一幫烏合之眾，個個血氣方剛，一時打得性起，拔刀就朝心窩刺下去……可事情到了這份上，已不允許我想太多。我必須到場，而且要做出一副無所畏懼的樣子來。要不，我將無法在這個圈子混下去，被視為孬種，死無葬身之地。

那真是一場酣暢淋漓的決鬥，雙方人力均等，十八般武器樣樣不缺，比如，朱二就帶上他最拿手的棍器，顧闖偷來了家裡炒菜用的鍋鏟。對方更英雄一些，首先報上了校名，胡澤來則謊稱我們是九中的，這方面，這個慣偷是不講規則的，他比較能權衡利弊。

他後來說，不值得的，要是我們輸了，會丟學校的臉，要是贏了，他們還會尋機報復，冤冤相報何時了？朱二說，你他媽的根本就不想打。胡澤來涎皮涎臉地笑道，我喜歡偷。

我也沒來得及使用刀子，因為朱二不久把場地引到了巷子裡，一開始是在體育館的操場上，後來比試了幾下，得出了深淺，朱二就帶我們往巷子裡鑽。這傢伙深得細粗真傳，任何時候都不忘動腦筋。他說，這是為名譽而戰，要的就是勝利，而不是過程。平時小打小鬧另當別論。

那夥人不熟悉地形，跑得暈頭轉向的時候，朱二當頭一棒。這是朱二的伎倆，人少的時候，他和他們單打獨鬥，人多的時候，他打一槍換一炮，沒有人能找到他的影子。那撥人開始罵街，站在小巷的交叉口，說，有種的你們就出來，什麼玩意兒，全他媽一幫王八蛋。都是孫子，只有孫子才會這樣做。

我們也罵，躲在暗處快樂不已。朱二說，你們不准走，誰走誰就是孫子。老子今天就陪你們玩到底，你不是能打嗎？你打呀！老子今天要教你們個個跪下來求饒，個個喊我大爺。

我們齊聲吶喊說，快喊大爺，快喊，誰不喊誰就是孫子。

後來他們個個都承認是孫子了，那天我們一小撥一小撥地收拾了他們。朱二把他們踩在腳下，顯得那樣的意氣奮發，流光溢彩。朱二說，看看大爺這張臉，認清楚囉。——認清楚了嗎？

那廝抬頭看一眼說，認清楚了。

下次還報復嗎？

不報復了。再也不敢了。

嗯？——朱二又踩了踩。那人哎喲喲地叫喚起來，說，報復。你說報復就報復，你說不報復就不報復。大爺，就憑你一張嘴了。你就放過我吧。

我們都笑起來。朱二回頭問我們說，放過他嗎？

我們都說放了吧，也玩夠了。一幫孫子，也禁不起打，沒想到這麼早就求饒了。只有顧闖覺得不過癮，他說，也讓我踩踩。我們十幾個人中，只有他還沒踩過別人。朱二示意拖來旁邊幾個殘兵敗將，說，都跪下，讓這位大爺踩踩。

其中一個稍有不服的，顧闖一腳把他踹翻在地，說，老子今天踩的就是你。他一腳踩住那人的身子，一陣亂踢。顧闖說，服嗎？那人不說話，顧闖回頭問我，你刀子呢？

那人說，服了。

心服還是口服？

心服。

顧闖說，踩得舒服嗎？那人又不說話，顧闖往狠裡又踩了踩，那人說舒服。

要不要更舒服一點？

後來，那孩子的一通話把我們給鎮住了。他說，你們不地道，沒這樣玩法的。沒錯，我們輸了，可是輸了也沒這樣玩法的。他抽抽泣泣地哭了。

顧闖說，那你說怎樣玩法？

我拉開顧闖說，算了算了，到此為止吧。

朱二大概也覺得很頹然，回來的路上，他不大說話。和我一起並排走著，他嘆了口氣問我，你覺得過癮嗎？我說好像沒感覺。

他後來說了句很高深莫測的話。他說，原來勝利也不過如此，它讓人空虛。我想，他是怪顧闖的，他把事情弄砸了。勝利只可點到為止，趁勝追擊就沒意思了。朱二說，早知如此，那我寧願做敗將。我不想欺負人。

這是朱二私下裡跟我說的話，但是那天晚上他宴請賓客，還是興高采烈的，沒半點顯露。我想，朱二是不是因為這件事，開始成熟了呢？他端起酒杯說，來來，感謝各位豪傑。他又從我腰間抽出水果刀，笑道，還是沒派上用場，我都懷疑它是不是還有用場。

我也覺得汗顏。只有我知道，我是個地道的膽小鬼，整天虛張聲勢，狐假虎威。我說，等機會吧。

可是我知道，機會再也不會來了，我厭倦了。很長一段時間，我和朱二開始反思，朱二說，我不想再玩了，沒意思透了。他開始恨顧闖：這小子什麼也沒丟，可是我們完了，什麼也趕不上了。在初三那年，朱二連萬有引力定律都不知道是什麼。

他心浮氣躁，五六年的浪蕩慣性使他根本不可能安靜地坐下來。很多年後的今天，我在想，完全來得及的，他要是能坐下來，哪怕安靜個一星期，重新拿起書本，那朱二現在完全是另一個樣子。

他是那樣的聰明，極具靈性。長著一張娃娃臉，長睫毛下是一雙充滿鬼氣的眼睛。也許成年後的他很討女人喜歡，有無數的豔史。也許他會死心塌地愛一個姑娘，追她，鞍前馬後的，說很多俏皮話，極盡奉承之能事。也許他會庸庸碌碌地過一生，像很多小痞子一樣，有一天突然從良了，浪子回頭金不換，慢慢地有了身分和地位，娶妻蔭子，光宗耀祖。

那少年的一段往事，他在其中投下了無數的狂想、熱情、體力的一段往事，是注定很多年後拿來回憶的，就像我們童年的萬花筒，裡面有紅的黃的綠的……無數天真的回憶。數也數不清楚，那是彌足珍貴的一段，想起來他會微笑的。

可是這一切已經不可能了，朱二後來又出事了。這事情在等著他，就像命運，即便他不趨身前去，它也會來找他。正是這次事故，使得我遠走他鄉……我遠走他鄉，又遇見了阿姐，這也是我的命嗎？

一九八六年春天，我們已快初中畢業了。南京的春天從來沒有過那樣的邋遢，懸鈴木的粉塵直鑽進人的鼻孔裡，癢癢的，人們打著哈欠，樹木也懶塌塌的，整個城市就像要睡著了。

有一天下午，朱二對我說，去打桌球吧？我說算了，打什麼鳥球？回家背背書吧。那時中考迫在眉睫，我總認為我還有希望考上重點高中。

朱二瞅了我一眼，笑道，就你？我看出他有點悶悶不樂，這段時間他像換了個人，無所事事，愛發牢騷，對什麼都興味索然。我想，他大約很絕望了。

醒悟得太晚了，他常說，早個半年，我還能追得上。他說的是學習。他開始仇恨從前的生活，大聲地詛咒它，沒意思透了，真他媽沒勁。他一天天地覺得焦慮，無聊，倍感空虛。

鼓樓附近有一條小巷，擺著幾張桌球台，我帶頭走去。很多年後的今天，我還在後悔，我要是堅持不去……是呵，我要是堅持不去，那我和朱二的歷史就會改寫。可是，劫難誰能預知呢？我們只是茫然地往前走著，有的人僥倖逃過了，而我和朱二則正好碰個正著。

我們打了兩局，覺得不帶勁，正要撤退，這時從對面的飯館裡走出三五個醉醺醺的漢子，朱二悄聲對我說，這是眼鏡幫的人，我聽細粗說過，我們別搭理他們。

我定睛看去，果然這幫人都戴著眼鏡，顯得文質彬彬。他們徑直向我們走來，在桌前站住，其中一個說，我他媽嚥不下這口氣，欺人太甚，狗娘養的。另一個扶著球杆，把下頦抵在球杆上，笑道，怎麼著？你想搞掉他？

我拉了拉朱二的胳膊，示意走開。朱二把另一根球杆放在拐角，剛想走，被人叫住，說，把球杆拿來。朱二把球杆送上去，那人看他一眼，說，我們好像在哪見過。朱二搖了搖頭。那人說，你是細粗的人？

朱二說，我不認識他。

那人說，不認識？他笑了起來，你帶話給他，他死定了。

朱二拔腿就走。那人又悠悠地說，站住。朱二回過頭去，那人說，你好像還不大樂意。朱二說，我告訴他就是了。那人說，那你剛才為什麼說你不認識他？

旁邊的人說，算了，他一個小孩子，你跟他較什麼勁？

那人扶桌子站起來說，我今天還非較這個勁了。他對朱二招招手說，你過來。我以為朱二會撒腿就跑，然而他沒有，他走過去了。那人說，你先跪下，代你師傅先賠個不是。

朱二說，我真不認識他呀。

那人捽手給朱二一嘴巴子，說，你還嘴硬。朱二跪下了，回頭向我示意。我明白他的意思了，為防引人注意，又磨蹭了一會兒，這才悄悄溜開。我沿著小巷一路狂奔，我一生中從未有過那樣的奔跑，那是在救命呵。我不能呼吸，眼前白花花的一片，街巷從我眼前迅速流逝了。

我在心裡喊著細粗的名字。——等我把細粗帶到現場時，朱二已經不在了。現場一片狼藉，有幾個民警在疏散群眾。

我看見了血，一大灘的血，那不可能是別人的，是朱二的。

我一下子懵了，失聲尖叫起來。倒是細粗鎮靜，他拽過一個人問，人呢？那人說，送醫院去了，一個孩子，估計快不行了，失血太多。那是一群流氓，都喝高了。

我見朱二的最後一面是在醫院裡，他躺在床上，血已經止住了。醫生說，情況不妙，脾胃已經傷了，再看看吧。後來他父母也來了，跪在床邊，怎麼也拉不起來。

朱二已經不能說話了，他睜著眼睛，還向我們微笑。很多年後，我還能看見朱二的笑，那是蒼白的、天使的笑，那麼安詳，潔淨，充滿了孩子氣。

三天以後，他死在醫院裡。他的學名叫朱小鑾，享年十五歲，是家裡的獨子，上面還有一個能歌善舞的姐姐。在學校我們都叫他朱二。

我大病了一場，一九八六年的春天充滿了血腥味，在我的鼻腔裡經久不散。我常常嘔吐，開始夜以繼日地昏睡，醒來的時候，還以為自己是在夢裡，那個叫朱小鑾的孩子還活著，第二天上學我就能見到他。

我後來去找細粗，他說，兇手已經被懲治了。說到這裡，他淚如雨下，他說，我欠這孩子一條人命，可是我沒有辦法還他。很長一段時間，細粗不能提起朱二的名字，他說，我常常夢見他，活靈活現地跑著，眼睛一眨一眨的，我也跟他說話，可就是叫不出他的名字。

這事對細粗打擊之深，徹底改變了他的人生方向。他那年已經二十六歲了，開始去一家工廠上班，不久又辭職跑買賣，也不知賺到錢沒有。後來聽說結婚了。

我的青春期就這樣告一段落了，我和朱二都付出了慘重的代價，一個以生命相抵，一個還將步履艱難地前行。我不知道這其中到底發生了什麼，比如朱二，在那個和煦的春日下午，到底是什麼使他喪了命。他是那樣一個機敏的孩子，從來不吃眼前虧的。肯定發生過什麼，在那一天，又不只是那一天……很多年後的今天，我想起中學校長的一句話，他說，這是一個關口，你們都會走過去的，可是有的人走得很辛苦，而有的人則很順利。

這是為什麼呢，我至今也想不明白。

我後來退學了。我沈睡了整整一個春天，醒來的時候，覺得自己，連同這四周的空氣骯髒之極。我想了很久，最終跟父親提出到北京學畫的要求。我父親很吃驚，他不知道我還有這嗜好。我說，我從小就學畫的，只是荒廢了很多年，想拾起來再看看。

他說，學畫也可以在南京學嘛！

我搖了搖頭。他大約也看出我急於想離開，這對我們彼此都有好處。他做了細緻的安排，並把我託付給他大學的一個好友，說，可以先住他家，等他安排妥當了，再住校。先溫習功課吧，沒準你還考不上呢。他說的是美院附中。

錢的事情你就不用管了，他又說，我一併匯到他的名下。就這樣，我帶著禮物，父親的信件，他親手畫的路線圖、兩百塊零花錢，還有胡澤來偷來的一千塊錢……足足一箱子衣物，登上了開往北京的火車。

這是一九八六年的春夏之交，我懷著對好友朱二的緬懷，對過往時光傷懷的祭奠……我到底懷著怎樣複雜的心情呢，我自己也不清楚。我只知道，我要重新開始另一種生活，誰也無法阻擋我。我要學畫，做正派人，像父親所希望的那樣，我要為他爭氣，要迫不及待地證明我自己。

總之，什麼都經歷了，狂蕩的青春期，玩也玩累了……還死了人。一切乏味之極。我還能怎樣呢？

第二部

5

這才是開始。

我和一個女人的愛情故事，在一九八六年夏日的北京，剛下火車，坐在公車上。那一年，我十六歲。

在我十六歲那年，我大概無法設想我的愛情。想過無數次的，都是陳小嬰，有時也會夢見別的女孩子，各式各樣的場景，有高尚的，下流的。可是各式各樣的場景裡不會有這樣一個女人，她大我十六歲，我叫她阿姐。

任憑我怎樣奇思異想，我也不會想到我在北京會繼續從前的生活，因為這個女人。因為她，我的求畫生涯再次中斷。我來北京不是為了學畫，是為了遇見她。為了遇見她，我錯過了像神鹿一樣矯健的女孩，她比我小一歲，曾有過明亮的眸子，潔白整齊的牙齒。

她是好人家的孩子，純潔之極。

她是我生命的遺憾。

為了遇見她，我莫名其妙地把最好的朋友送向死亡，我付出的是比生命更沈重的代價……我痛改前非，隻身一人來到北京，是為了結束從前的浪蕩生活。

一切全錯了，阿姐，遇見你，我生命的歷程變得紊亂，無章可尋。我心甘情願地陷入你的泥淖裡，身不由己，不能自拔。我充滿了罪惡感，變得疲憊，虛弱，時刻充滿恐懼。

可是我不後悔的，阿姐。那是我生命裡最珍貴的一段。兩年的浪跡天涯，相濡以沫，溫情，血肉交加的身體，拴在一根繩上的命運……錯過你，也是我生命的遺憾。

這才是開始，阿姐。

從前的浪子生活全是鋪墊，它算不了什麼。如果說它是劫難，那我的劫難還沒有結束，我躲不了它。我怎麼能躲過你呢，我是如此輕信，六年的痞子生涯讓我任性，膽大妄為，少有戒備。

才十六歲，任是小心翼翼又能怎樣呢？十六年前的我不是現在的我，他無法去控制很多東西，尤其是一個女人，她長得很美，穿白襯衫和鵝黃裙子，看上去是那樣的年輕，明朗。他甚至猜不出她的年紀來，唔，大約二十四五歲吧？

他也不知道她是否結婚了，當時他的腦子裡確實閃過這樣的念頭。當時，他坐在北京站附近的一輛公車上，開始發車，人還沒上滿，司機正在等客。他坐在靠近車窗的一個座位上，皮箱就放在腳邊。

陸陸續續地走上來一些人，他打量著。有時也把臉貼在窗玻璃上，看著車窗外的風景。他想，北京也不過如此，經過南京這六年，他不懼怕任何陌生的城市了。他有辦法去對付它們，有足夠的承受能力，有心智。

他也算是見過世面的。

他打算去看一下天安門，毛主席紀念堂，故宮長城……抽個時間吧，自己一個人去，他不想麻煩別人。十六歲了，是個成人了。

也許他會在北京待下來，生活一輩子。他將熟悉這個城市的每一條街巷，就像南京一樣。他也會有新的朋友，普通話會說得更順溜，帶有捲舌音。

總之，過往的生活，他想盡快結束。回憶是不愉快的，他想重新開始。做一個賢良的規矩人，學畫，考中央美院，畢業，工作，全國各地辦畫展……他想出人頭地。這些可以安慰一個好友的在天之靈。

他要是還活著，也大致會這樣做的。他們曾互相鼓勵過。

坐這趟車到和平里，再轉一趟車，就到張伯伯家了。夫妻倆都是父親的同學，聽說他們有一個女兒，和他同歲，正在念高一。也不知長得怎麼樣。他微笑了起來，也不知自己想到哪去了。

他看見了一個年輕女人，正走上車來，神情怏怏的。他著意地看她一眼，車裡的男人都在朝她看。這確實是個很美的女人，優雅，倦怠，神情裡有一種高貴的氣息。有點冷淡，其實也不是冷淡，他覺得她又是親和的。

總之很矛盾。他搞不懂女人的。

他又注意到她的穿著，那樣的素雅，真會搭配的。及膝的筒裙，黃顏色很周正，不是豔黃，是那種很淡雅的黃，黃昏的黃。玲瓏的白短袖衫正卡在腰部，越發襯出她那小小的腰，個子偏高，穿平跟涼鞋，肉色絲襪，腿形修長，漂亮極了。

她五官長得極為素淨，自然天成地安放在最恰當的位置上。一雙眼睛玲瓏剔透，可是很安靜。總之，這是造物主的傑作，人類的尤物。

她大約被看得不自然了，低頭打開手提包，也不知看到什麼，又闔上了。她往後排走去。

這時車開動了，他把注意力收回來，重新轉向窗外，打量這城市的街景。

後來，他在和平里下車，很意外地在站牌前又看見了這個女人。她也在等車，就站在他的不遠處。這是初夏的正午，人很少，所以她也注意到他了。

她朝他笑笑，他也笑笑。

他看見了如此美好的笑容，就像這初夏的季候，有陽光和微風。很多天後，阿姐也說起我的笑容，就在這和平里的站牌底下，她看見了一個少年的笑，淡淡的，那樣的純潔和單白，她竟動了惻隱之心。

那是一個美少年，就像清水一樣。這是她的原話，她總認為我長得好看，真奇怪，男人要好看幹什麼？

她說，你錯了，你以為男人是靠什麼來吸引女人的？是靠品質和性格？她譏諷地笑起來，全是扯淡，男人全是靠外在的東西撐起來的，比如金錢，權勢，再有就是相貌。

她把男人吃得很準，很多年後我才知道，男人就是這樣。男人是一付空架子，就像現在的我，虛榮，無聊，活得很乏味，苟且偷生。

她閱人無數，眼神很機敏，很歹毒。她能從人群裡一下子找到她的獵物，只需輕輕地瞥上一眼，餘波一掃，她就知道，這個男人是幹什麼的，多大年歲，是不是有身分和地位，是不是很有錢，很聰明嗎？很愚蠢嗎？是不是有戒備心理？容易搞到手嗎？

一目了然。她的職業嗅覺一向很準，很少出差錯。大部分時候，她以良家女子形象示人，她知道自己長得很美，氣質高貴，優雅，這是她隨身帶著的名片，四處散發，很管用的。她知道，愚蠢的男人相信這個東西。有時候，她也會針對不同的對象，做出相應的調整，比如活潑一些，風塵一些，浪蕩一些……分寸怎樣，做到什麼樣的火候，她一目了然。

在她踏上公車的那一瞬，她就看見了我，「一個美少年」，在那滿目瘡痍的車廂裡，看上去很明亮，她想道，這是個良家子弟，第一次來北京，求學或者走親戚，身上帶著一些錢……那陣時期，她生意不好，手裡拮据，想弄一些小錢來解燃眉之急。大錢小錢，她都要弄的，她從不放過任何一個機會。她貪婪之極。

本來，在那輛公車上，還有一些獵物，她後來對我說，可是實在很粗鄙，讓人嫌惡，都不想靠近他們。我笑了起來，原來阿姐竟這樣的天真單純，她輕信一個男人的相貌，不惜放棄了職業道德。我說，他們肯定比我有錢，你知道，正常情況下，一個孩子是不可能隨身帶很多錢的。她笑道，這不是錢的問題，做任何事情首先得愉快。

總之，那天她有點百無聊賴的，就這樣跟著我，在和平里下車，站在公車站牌下，與我保持著適當的距離。

後來我們便微笑了。對視了一眼，點點頭，她給我造成了這樣一個錯覺，真巧呵，您也在這裡等車？就是這個意思，所以微笑著，很會心。

她就這樣看見我笑了，竟動了惻隱之心。她開始覺得不忍，首先這是個孩子，長得好，她對於美男子向來是有惻隱之心的。況且他看上去很善良，他的笑容裡有靦腆、溫雅的神情，她覺得愉快，很清爽。

況且他錢不多，不值得她這樣做的，她沒有必要為他擔負良心的譴責。她希望錢來得爽一些，乾淨利索一些，她不喜歡良知這一類的說法。她少有的良知只用在一類男人身上，他們大多是好人，為人正派，單純善良，對人世少有提防心。

她說，我是個壞女人，可是我喜歡好男人。

正常情況下，她不希望自己遇見這樣的男人，這對她的職業生涯是嚴峻的考驗，她意志力薄弱，難保會有憐憫心，對他們產生慈悲情懷。這是她的缺點，這塊缺點常常折磨她，使她厭惡自己，使她想從良。

這是她不能容忍的。

那天，阿姐就這樣猶豫著，她差不多已經放棄了。她開始跟我搭話，開門見山地說道，怎麼沒人來接你？

我吃了一驚，以為她在跟別人說話。她輕輕笑道，在跟你說呢。

我的臉紅了，咬著嘴唇笑了起來。我忘了自己說了些什麼，有些緊張，但還能做出落落大方的樣子，這些，阿姐都看在眼裡了。

後來她說，正是這樣的神情，讓她覺得很羞愧。她已經認定了我是個好孩子，有著潔白的、一塵不雜的身世，有上進心，在學校裡很乖順，在家裡深得父母的寵愛……

這真是個諷刺。我笑道，原來你看人，也有馬失前蹄的時候。

她也不好意思地笑了，承認道，我怎麼就讓你給騙了呢，闖蕩江湖那麼多年，什麼人沒見過？卻敗在一個孩子的手裡，想想真是失敗。

我很得意，第一次知道我對女人是有蠱惑力的，我的容顏具有欺騙性。它把什麼都遮蓋了，經歷，身世，懦弱的個性……單只剩下了一具倜儻的軀殼，「純淨，笑容像藍天和湖水一樣」。

總之，阿姐那天並不用心，她有點輕慢。起先，她只跟我說說話，確認一下我的乘車路徑，她告訴我這是對的，沒有問題。起初，她大約沒有別的意思，一個外地的孩子……她只是想說說話，那天她是有點無聊的。

我告訴她我是南京人，來北京學畫的。我暫住父親的同學家裡，一切都安排妥當了。只等著入學考試，如果考上了，我就會在北京待下來……這其實不太符合我的本性，我對人向來有戒備心，尤其對一個陌生人，我本不應該如此饒舌的。

但真是神使鬼差，我被她給迷住了，她端良地站在那兒，一雙眼睛靜靜地瞇進陽光裡去。有時候，她也會側頭看我，點點頭，微笑著，表示她在聽，並鼓勵我說下去。

她說，我小時候也學過畫，在少年宮，跟一個叫張子民的老師學畫……她不再說下去，彷彿在沈思，彷彿她又回到了少女時代，星期天背著畫夾，汗流浹背地擠公車……從前的一切真是歷歷在目，我當時是這樣認為的。

後來呢？我說。

後來？她回過神來，笑了起來。後來我放棄了，——她搖了搖頭，眼神很迷茫。我學得很吃力，我覺得自己沒有才華。

這就是阿姐，她能把莫須有的事情說得如此真實，她天生是個好演員，情緒的控制，一個眼神，一個不相干的小手勢，包括說話的語氣……她能做得恰如其分。她真誠極了，略帶著遺憾，帶著對過往時光傷懷的追憶，由不得你不相信。

頓了頓，她又說，至今我家裡還留有那些習作。我也很少看，這麼多年來，都快忘了有這回事了。

這時候，她的職業本性又出現了，這是不自覺的，她意識到了，可是她不能控制，也不想控制。這是順手牽羊的事，成則成，不成就算了。一個正處青春期的少年，她並不想勾引他，可是看得出來，他已經對她著迷了。

我很想提出去她家裡看看，比如說，看看那些畫……比如說，去另一個地方，隨便什麼地方，和她待上一段，好好聊聊。在中學時，我成天幻想著和一個女生聊聊，談談理想啦，人生啦，要是她很開放，我也不拒絕摟她一摟，和她溫存一番。這是順手牽羊的事。

總之，在中學時，我常幻想著能勾引到一個女孩，她最好浪蕩一些，不拘一格一些，我想摸她一把，和她卿卿我我，我想和任何一個女生纏綿，狠狠地愛她一頓。唔，我當時就是這樣想的，我以為我會愛上她們。

可是我根本沒有機會，也下不了手。比如說，像陳小嬰，你對她總不能下手吧，你不忍心，也不能。很不幸，在我們中學，就有很多個陳小嬰。朱二就抱怨過，此地不是人待的地方，那些小娘們，整天在你眼前晃來晃去的，你又不能視而不見，看見了，你又不能無動於衷，真他媽不是人待的地方。

也有一些女生，看上去很騷的，極容易上手。你跟她嘻皮笑臉的，她也會還以顏色，跟你針鋒相對的。她直把你弄得心癢癢的，麻酥酥的，你好不容易下定決心，約她出來單獨聊聊。比如說關鍵時刻，你搓著手，假裝滿不在乎地說，嗨，出來聊聊？

她們就會扭捏作態地說，那可不行，我還要做家庭作業呢，再說我媽也不讓的。

你說，一塊做家庭作業不行嗎？遇到不會做的題目，我還能幫你。她說她能行，她不需要幫的。你開始哀求她，變得低三下四，在這種時候，你只能這樣哀求她，你做不了別的。你說，求你了，就十分鐘也不行嗎？我保證十分鐘，十分鐘以後，你不想走，我還趕你走呢。

最後，她們笑著跑掉了。這是她們的一貫伎倆，直把你弄得低三下四，她們才會心花怒放地逃掉。第二天，全班的同學都知道，某某在追某某，某某遭到了拒絕，丟盡了顏面。

那麼對阿姐呢，在十六歲的和平里站牌底下，我到底抱著怎樣的心情，跟她說話，跟她和盤托出我來北京的緣由，我的理想和計畫，最後跟著她回家……我抱著怎樣的心情呢，是不是有佔便宜的心理，我有嗎？

阿姐認定我有的，或者說有僥倖心理。我被她說糊塗了，承認道，即便有，也是含糊的，不確定的。我不知道回家以後會怎樣，會做些什麼，我才十六歲，還沒有性經驗，很難想到這件事情。

她笑著拿腳踹我，說，你以為我把男人帶回家，是為了這事？那跟賣淫有什麼不一樣？

我說，大部分男人跟你回家，為的就是這事。你以為他們是傻子嗎？跟一個不相干的女人回家——

阿姐說，一般我也不帶男人回家，這太危險，我憑什麼要給他們落下把柄？再說，對他們，我也用不著拐彎抹角的，繞這麼遠。

我問，那你是怎樣對待他們的？

她說，不同的男人有不同的方式，對你就得這種方式。

我笑了起來，不得不承認這女人有一套，我說，也只有我這種傻瓜會跟你回家，稍微有智力的人根本就不吃你這套。

阿姐說，倒也是，這事太明顯了。不過也很難說，男人是鬼迷心竅的，為色相所迷，偶爾會做出弱智的事來，也不是沒有的。

大部分情況是，只要她能把人領回家，那她敲詐起來，就絕不心慈手軟。她說，這是活該，我這一生最恨男人好色，這種男人不敲詐，更待何時？放過他們，就是在犯罪。

我說，你這也是犯罪。

她笑道，那不一樣，我也在為別的女人報仇。

總之，她犯起罪來心安理得，她有她的一套處世哲學。就這樣，我跟著她回家，提著箱子，氣喘吁吁地爬上樓梯，在一扇門前停下來，等她打開門，等她讓我進屋……這個無恥的女人，她已經吃定了我，她以為我會像所有男人一樣，對她有所企圖，然後她倒耙一把，我不得不束手就擒，對她俯首稱臣。

可是她錯了。一走進客廳，我就覺得氣氛有點不對，完全沒有道理的，比如說，我認為自己過於冒昧，首先我不認識她，我應該走進的是另一扇門，而不是這一扇。而且我有些緊張，我沒有和女人單獨相處的經驗，從來沒有。我不知道該怎麼搭訕，做出很隨意的樣子，說，哎，你的畫呢？說真的，我想看看。

我說不出來。我甚至想掉頭就走，拎起箱子，佯稱說還有點事，奪門而逃。我完全可以逃掉的……逃掉了，我一生的歷史就會改寫，我會重新走進那扇正確的門，就當什麼也沒發生。可是我沒有，我只是站在那兒，猶猶疑疑的，心存最後一點希望，我想再看看她，聽她說說話，和她待上一會兒。

你知道，這對我來說很重要。和她待上一會兒，哪怕一分鐘，哪怕什麼話也不說，只是沈默著，輕輕地笑起來，這已經足夠了。

這已經足夠了，在她的眼皮子底下，看著她的一舉一動，這就是我此行的目的。我沒別的意圖，也許有一些歪心思，可是我不屑於承認，也不敢想。那年我十六歲，很多事情超出了我能想像的範圍。

她後來從裡間出來，完全換了一副姿態。她背著手倚在牆上，定睛看著我，彷彿她不認識我，彷彿我是一個不速之客。那一刻，我覺得她的神情怪怪的，很冷漠，也很平靜。

她說，你告訴我，你跟我回家想幹什麼？

我張口結舌。整個人傻掉了，根本來不及反應。我想，事情壞了，事情根本不是我想的那個樣子。

我說，你的畫？……

她笑了起來，直起身，來到我身邊，雙手抱胸圍著我轉了一圈，我簡直毛骨悚然。我掉頭看她，她說，你別怕，也不用這麼看我。

她終於在我面前站定，探頭看我一眼，拍拍我的肩膀，說，你剛才問我的畫？我如果告訴你，我根本沒學過畫，也沒有畫，你會怎麼想？

我說我不知道。我已經呆若木雞了，我真的不知道。

她說，我是騙你的。沒想到你那麼容易受騙。你告訴我，你果真是來看畫的嗎？

我搖了搖頭，簡直難以置信，我不知道下面會發生什麼，這才僅僅是開始。我又點點頭，表示我確實是來看畫的。

她又笑了，說，年紀輕輕，看上去老實巴交的，卻一點也不誠實。

我說，你是誰？你到底想幹嘛？

她說，我不幹嘛，我只是想試探你一下，沒想到你真不經試，一試就顯出來了。你爸爸媽媽要是知道——她又圍著我轉圈，一邊轉一邊饒有興味地打量我。——只可憐你那父母，滿心滿意指望你來學畫，卻不承望兒子會跟蹤一個女人回家。

滿肚子壞水！她突然厲聲說道。

你多大了？她從茶几上拿起一盒菸，抽出一根，點上。她坐到沙發上，蹺著腿，開始審問我。

這時候，我倒坦然了。我說，你直說吧，你想要什麼？

她吸了口菸，慢慢地吐出來，吹著煙圈。她說，你倒是爽快，真是人不可貌相。我只是想告訴你，經過了這一遭，你千萬別信任何人。——任何人。她坐起身來又重複道。你把錢丟下，一個子兒也不准留。

我看著她。

然後你走人。她說，我希望你重新做個好學生，一帆風順，學業進步。長大以後做國家的棟梁。這件事你就忘了吧，她擺擺手說，這算不了什麼。

我一字一字地說，錢，我要是不留下呢？

她說，那我就找人敲斷你的小腿，或者呢，——她又起身圍著我轉開了——或者我去公安局報案，就說你強姦未遂，你將以流氓罪被判刑。也許囉，她不無譏諷地笑道，你年紀不夠，將被送去勞教。你的一生就毀了，大好前途就葬送了。你不覺得可惜嗎？你的同學老師們，還有你的老爹老媽，都為你覺得丟臉——流氓罪，這是什麼概念？你不為自己覺得丟臉嗎？你當真不為他們考慮嗎？

我一下子被激怒了。不為別的，只為她這態度！這女人太瞧不起人了，她敢教訓我，以這種居高臨下的態度，她敢！我做了那麼多年的痞子，我怕過誰？從來只有我猖狂的，誰敢在我面前說半個不字？誰敢羞辱我？

事已至此，我已經完全解脫了，我變得無所畏懼，一往直前。如果這是一場戲，那我願陪著她，把這場戲演到底。我後退半步，與她拉開一身之隔，我踮起腳，渾身上下瞎抖一通。我鄙夷地笑道，你今天還真碰上人了。

她倒是吃驚了，愣了一下，不明所以地看著我。她說，你什麼意思？

我指了指鼻粱，讓她再看清楚一些，我說，你也不看看我是誰？敲詐人竟敲詐到我頭上來了。我雙手抱胸，朝地上啐了一口，你還不知道吧，老子是幹什麼的？

她不太明白我的意思，顯然，她不願意和我囉嗦！她說，那你今天是不給錢囉？

我揚聲說道，我他媽就是不給，你能怎麼著？

她鎮靜了，不介意地笑了，這一類的色厲內荏，她已經見得多了吧？她說，好，有種，那你永遠也別想出門了，你也走不了，你將爬著從這扇門出去。

那一刻，我惱羞成怒。沒人敢這樣待過我！我他媽一傻瓜，一土老兒，剛來北京第一天，就被人欺負。我順手扯過她的頭髮，直把她送到牆角，就這麼撞了幾下，我用膝蓋狠狠頂她的小腹，用的都是男人的招數，對一個女人。這些招數，讓我想起朱二，以及和他在一起的日子，我變得熱血沸騰，激情難抑。

後來，我打得有點喪心病狂了，我已經忘了這個女人，也忘了在什麼地方，什麼時候，我為什麼要打人……一切是怎麼開始的呢？我全忘了。

我只知道要打，打下去，打死她。我怒火中燒，心裡充滿著沮喪，我覺得自己快要哭了，眼淚汪在眼裡，真的，如果我不控制，我會哭出聲來的。天知道我已經渾身癱軟，接下來又有新的力量把這癱軟壓下去，彼此交替上升，無窮無盡。

打累了，我摔手給她兩嘴巴子，把她推到一邊，她滾落到客廳的中央去了。

我坐在沙發上，大口喘著粗氣。現在，我是這屋子的主人，我從茶几上取來菸盒，抽出一根，點上。我看著她問，現在你知道我是誰了嗎？

她並沒有看我，伏在地上抽泣。打得太慘了，皮開肉綻，血沾染了她的頭髮，額角，嘴唇，白襯衫，黃裙子，地板……到處都是血，可是血是從哪流出來的，我也不知道。

我也懊惱打得狠了，心開始隱隱作痛。即便在那時，我還能想起她的樣子，剛走上公車的那一瞬，和平里車站她的微笑，她站在陽光裡瞇起眼睛的情景……她那麼美，美得不動聲色，超凡出世。她是我的劫難，關於她的一幕幕，我將牢記終生，想起來會心疼不已。

我把菸抽完，看著最後一縷煙絲消失在空氣裡，我決定要走了。我打開皮箱，把錢從信封裡一股腦兒地掏出來，向空中撒著，說，不就是錢嘛，有什麼了不起？都給你。我錢多著呢。

你他媽幹嘛不早說？——我氣又來了，早說了，也不至於挨這一頓打。你跟我還犯得著用這招嗎？老子沒錢，老子一窮光蛋，可是老子從來不在乎錢。我又從口袋裡翻出幾張毛票和銅板，說，都給你，我一個子兒也不留。

我把信封摔在地上，提著箱子就走。打開門的那一瞬間，我回頭看了一眼，我想我是懷著萬丈豪情的，客廳裡躺著一個女人，她那麼美，可是現在已不成人形；客廳裡四處都是我的鈔票，沙發上，窗台上，地板上，她的腳邊，衣服上，……她躺在鈔票堆裡，苟延殘喘，她差不多被埋藏了。

我提著箱子下樓，身體很沈重，腦子也不清爽。我知道在被我狠狠撞上的那扇門裡，曾發生過一起事故，就在兩分鐘之前，確確實實發生過，可是我不能相信。那裡頭還躺著一個女人，我對她曾滿懷希望，寄予了幻想。她的腳邊躺著她需要的鈔票……這就像一場奇怪的夢，兩個做夢人都始料不及，傷心失落。

我想，這個地方我再也不會來了，這是第一次，也是最後一次。一切讓它隨風而逝吧，一了百了。我將踏往另一扇門，鄭重其事地走進去……這才是我此行的最終目的。

我在樓前站住，放下箱子，最後看一眼五樓左側的第三個窗口。她在上樓前曾指給我看過，現在，它灰濛濛的一片，沾滿灰垢的窗玻璃上似乎有流雲淌過，然而我實在看不清楚。就這樣，我揚了一下脖子，甩了甩頭髮，掉頭而去。

你也知道，此地於我絕不是最後一次。我希望是最後一次，可是根本不能夠。在不久以後的一個星期三下午，我搬來和她同居，從此整整兩年，從未分開過，從此風雨兼程，人世裡那奇形怪狀的一面，就這樣在我面前打開了，很有點波瀾壯闊的意思。

就這樣，一切拉開了序幕，體驗著種種艱險，過驚心動魂、擔心受怕的日子，度日如年，偶爾尖叫，偶爾也驚喜，歡騰。

我提著箱子，趕到張伯伯家裡，已是傍晚時分。他們焦急萬分。已接到你父親的電話，張伯母抱怨道，說是昨天下午的火車，今天中午就應該到的，怎麼到現在？

張伯伯接過箱子，把我安頓到屋裡，說，沒出什麼事吧？

我說沒有，只是迷路了，北京太大了。說著便低頭笑了起來。

戴文強這個人，張伯母說，怎麼就放心讓兒子自己過來？他怎麼能不送呢？不送也罷了，說好車次時間，我們可以去接呵。今天中午接到電話，就開始在家裡守著，一等不來，一等不來，跟你父親已通了很多次電話了。要真出事了，我們也脫不了干係的。

我只能沈默。

張伯伯把我拉到電燈底下，端詳著，對妻子說，哎，你過來看看，跟老戴是一個模子裡出來的。

張伯母笑道，那還有錯，錯不了的。我知道，他們是想起從前的那段孽債了。他們饒有興味地打量著我，這是我今天第二次遭人這樣打量，我有點難為情了，只能低著頭陪笑。

張伯伯搖搖頭，彷彿難以置信地嘆道，真奇怪，時間真的倒流了，連神情都像，那麼靦腆。我和你父親當年是上下鋪，他轉向我說，好得割頭不換，整天廝混在一起，連談戀愛都嫌浪費時間。

少說兩句吧，張伯母笑道。

怎麼了?我說的是戴文強。

張伯母向他搖搖頭，話題就此打住。底下的事情混亂不堪，忙著收拾屋子，給我引見他們的女兒嫻嫻，領我去看臥室，吃飯，客氣地寒暄著。給南京打電話，報平安。我向父親解釋遲到的緣由，好在他並沒多問，就此混過去了。

嫻嫻是個安靜、漂亮的姑娘，也許在很多年前，我看所有姑娘都是漂亮的。她的神情裡有一些東西讓我想起陳小嬰。我說不準是什麼地方，但是看見她，我就會想起陳小嬰。

這個家庭的氛圍我也喜歡，年輕的女兒，人到中年的父母，談笑風生，一切都是溫暖旺盛的，燈光很明亮，沙發上堆著待洗的衣服，電視機裡的男高音穿著盛裝，打著領結，正張開雙臂，啊啊啊地唱一首西洋歌曲。

這氣氛我已經久違了，很多年不再嗅到，我甚至忘了中國大部分家庭，都這樣過著太平的日常生活，它讓我想起小時候和爺爺奶奶在一起的日子，心裡一陣溫暖的刺痛。

這是再好不過了，我將在這個家庭待下來，接受他們的愛護，學畫，和美麗的嫻嫻一起愉快地相處，我將在北京長久地住下來，開始我野心勃勃、充滿生氣的生活。

我向他們分發禮物，這是給嫻嫻的，這是給伯父伯母的，他們一邊客氣著，一邊喜道，戴文強真會做人，這孩子也會說話。我沒忘了補充，給伯母的這份是我繼母去商店裡挑選的。他們更加滿意了。

我開始找我的證件和畢業證書（雖然退學，我父親又託人補辦了一份），可是沒有，把箱子翻了個遍，也未找到。真奇怪，臨行前還特意檢查過的，和錢放在一起，連同父親的信件，裝進一個大信封裡。

我心一抖，完了，我已知道是怎麼回事了。

張伯伯說，不要緊，再找找，如果丟在南京，讓寄過來就是了。

我說，證件是不是很重要？

張伯伯說，當然很重要。你得有學歷證明，我才能為你聯繫學校，考學校，升高中。還有你的戶籍證明，戶口本，糧油關係，當地派出所出示的證明。

我稍事整理，闔上箱子說，太亂了，也許放在某個上衣口袋裡，明天再找吧。

我一宿未眠，輾轉反側，這對我來說是個問題，我得重新去面對那個女人，老實說，我再也不想見到她了，如果說剛離開時，還有點留戀之心，現在再也不了。她於我就像一個惡夢，讓我四肢發涼。

我不知道再見她還會有什麼意外，難保會有意外。這是個給我帶來厄運的女人，我得躲過她才好。再說，我也無顏再見她，被我打成那樣，彼此都懷恨在心，也許她會惡意報復，敲斷我兩條腿，「爬著走出那扇門」，也不是不可能的。

我現在感到害怕，悔恨自己太意氣用事，幹嘛給她錢，她憑什麼？那是我的錢，父親的，我的小偷好友的，我應該拿這筆錢來討好張家，請嫺嫺吃霜淇淋，給她買書本和花裙子，給張伯伯順帶捎一包菸……總之，我需要錢，比任何時候都需要。

給就給了，幹嘛還拋向空中，逞什麼能？為什麼要把信封扔下？為什麼？我把膝蓋端在心窩裡，差不多快哭了。

我無計可施，怎樣能躲過她，又順利取回我的證件，這是個難題。我一直挨到第二天下午，整整一個下午，我在屋子裡像蒼蠅一樣亂飛，心急如焚。臨近傍晚，天黑下來了，我帶著鉗子、扳子出門了，借張伯伯的自行車，謊稱出去轉一會兒，熟悉一下路形，一會兒就回家的。

我順著昨天的來路趕回去，自己都覺得不可思議，我像在趕回一個熟悉的地方，某一瞬間，我以為自己是在回家。路形再熟悉不過了，僅僅是昨天，我還發誓，再也不會跟此地有任何關聯，如果一定要經過，那我寧願繞道走。

可是現在，我又回來了。我站在樓下張望，看見那扇窗亮著燈，今晚是不行了，她在家。我不甘心，躲在暗處又等了會兒，我希望她能出來——可是沒有，那扇窗一直亮著。

第三天上午約九點多鐘，我又趕過去了，如法炮製。現在看不見燈光，我不能確信裡面是否有人，我想如果不行的話，我可以等上一天。我悄悄地上樓，把耳朵貼在門前略聽了一會兒，沒有聲音，但沒聲音也不代表就沒人。

時不待我，我不得不大膽冒進了，就算被抓住了，我承認背運。我承認了還不行嗎？我開始撬鎖，這是個技術活，需要又狠又快，又準確，而且要不出聲音。這活胡澤民做來得心應手，可是我不行，我很後悔當初沒跟他學上兩招。

門終於被撬開了，我閃身進去，躡手躡腳地在客廳裡搜尋我的信封，客廳已稍事整理，但仍嫌凌亂，錢一張也不剩，血跡還殘留在地板和牆壁上，顏色像枯敗的桃花，一朵朵盛開。

臥室的門半開不開，我也不敢上前張望。正自發愁，這時傳來她的聲音，你來了？

我嚇了一跳，那就像鬼魂的聲音，我立在客廳裡一動不動。很久沒有聲響，空氣窒息得讓人害怕，我甚至想奪門而逃了。這勞什子我不要了，說什麼也不要了。

這時她又說話了，你不想進來看看我嗎？

磨蹭了一會兒，我終於硬著頭皮推開臥室的門，也不進去，只在門口站著。我看見她半倚在牆角，正在手臂上塗藥膏，塗一下，歇一會，她看上去吃力極了。她說，不得勁。這麼說的時候，她仍未抬頭看我。但我還是看見了她的臉，頭髮一撮撮的，貼在皮肉的臉上，大約是被血黏住了，暫時揭不開。臉上青一塊紫一塊，手臂上鼓起很大的包，個個飽滿綻放。

打得確實重了些，我有點不好意思了。我囁嚅著說，我是來取東西的，我證件丟在這兒了。

她說，我知道，你總有一天會來這兒拿的。她向我呶呶嘴，示意證件放在她隔壁的五斗櫥上，我踅過去拿了，又看她一眼，也不知該說些什麼。

我退縮到門口，又站了會兒，希望自己盡早離開這是非之地，然而又不忍心——於情於理都行不通。一直猶豫著。她抬頭看我說，怎麼著，你這就走了？

我驚恐地說，你想幹什麼？

她笑道，你怕了？你那天打人的膽子到哪去了？

我無言以對，抱歉地笑笑。

她說，你下手太狠了。我估計三兩個月好不了。你總得陪我去醫院看一下吧，我還沒去醫院呢——我一個人下不了樓。

6

後來，我跟阿姐講起我的身世，通常情況下，先由她來發問，然後我回答。你知道，兩個人待在一起，總得找一些話來說。尤其是在那段時間，她躺在床上，或者坐在地板上，我往她身上塗藥膏，服侍她吃藥，隔三差五地陪她去醫院打點滴。

做這些，我義不容辭。那是一段繁忙的日子，我整天奔波於醫院，阿姐家，張伯伯家。我不得不向我的監護人撒謊，一會兒去美術館看畫展，一會兒去故宮長城，我常常在他們面前捧著張地圖，在這個地方塗個圈，表示我已經去過了，又在那個地方塗一個圈。

每天，張伯伯為我畫好路線圖，坐哪路公車最近，人最少。回家的時候，我便向他們描述我看過的風景（事先，阿姐已向我描述過了）。即便他們不問，我也會主動說起，慣於撒謊的人都如此，他會破例說很多話。

我在他們面前發出由衷的感慨，我說北京真好呵，這麼說的時候，我甚至搔了搔頭皮，做出一副靦腆的樣子出來。總之，我裝得唯妙唯肖，幌過了全家人。我想，這也是常理，這是一戶老實人家，安分守紀，他們從未遇過像我這樣的孩子。

阿姐的傷勢總不見好，有時甚至更嚴重，大有復發的可能。她的情緒也是反覆無常，常常發脾氣，大聲地呵斥我，支使我團團轉，我開始惴惴不安了。

我惴惴不安的時候，她又反過來哄我，向我道歉，發出她那迷人的、讓我神思恍惚的笑來。我簡直拿她沒一點辦法。我想完了，我這輩子將死在這女人手裡，她拿傷痛要脅我，只要她願意，她會要脅我一輩子，讓我永世不得安生。

她常常哼哼唧唧的，嘴裡哎哎喲喲地叫喚著，我奔上前去，她倒又好了，坐在牆角吃水果，她的神態安詳之極，就像天使。我搓著手，在她面前束手無策。我盡量陪著小心，低三下四地說話。

我說，你怎麼了？又疼了？要不要去醫院？

我只有這句話，那段時間，這差不多成了我的口頭禪，只要她一哼唧，我頭就大了。我說，要不，就去醫院吧？

橫豎是錢倒楣，我知道。我不怕花錢，花錢能讓我安心，我想，等我把這一千多塊錢折騰光了，她總該放過我了吧？

然而沒有，那天她拒絕去醫院，她說，花那個閒錢幹什麼？她突然笑了起來，抬頭看我一眼說，你是想花錢買平安吧？你以為，你在我身上花了錢，等我的傷養好了，我們就兩訖了，是不是？

我吃了一驚，我想這女人是鬼，我心裡想的她怎麼會知道？

她又笑了起來，看上去很愉快的樣子。要不，你就是巴望我早點好，這樣你就解脫了，也用不著每天來見我了，你已經煩我了吧？你張伯伯家的嫻嫻，不是長得很漂亮嗎？

沒錯，我確實跟她提過嫻嫻來著，我禁不起問，她一問，我全招了。我說，嫻嫻很好看。她便問，怎麼好看來著？這個我倒說不清楚了，眼睛盯著空氣，想了半晌，她說，眼睛大嗎？我說不是。

那就是身材很好？

我又搖了搖頭。

她說，我知道了，你是喜歡她。

我的臉紅了，只能以「瞎說」搪塞她。她笑道，還說我瞎說！是你在瞎說，要不你臉為什麼紅呢？

我簡直無地自容。在這個女人面前，我太嫩了，我根本不是她的對手。後來，偶爾的一句話——那純粹是心血來潮，我不經意間脫口而出的。我說，她沒你好看。說完以後，方才意識到這是什麼意思，手心裡汗津津的。

她說是嗎，拿牙齒咬住嘴唇，輕輕笑了。

我精神大振。我承認，看著她的樣子，我有點心旌搖曳。有什麼辦法呢，這樣一個女人，她充滿了孩子氣，她的神情就像一個少女。她虛榮，無聊，需要有人誇讚。

我讓她舒服了，她感到害羞，她的臉紅了，她無法掩飾這一點。第一次，我在一個女人面前充滿了成就感，我覺得自己像個男人，我打擊了她的氣焰，在我和她的關係中，我第一次獲得了主動。

底下我就不說話了。直覺告訴我，沈默是重要的。

那時候，我和她相處已有一些時日，彼此都有些熟悉了。她拿我當小弟弟看待，心情好的時候，她就讓我坐到她的身邊。她說，來，坐這兒來。她拍拍身邊的坐墊，說，給我塗點藥膏。她把袖子捋起來，我蹲著，拿一隻膝蓋撐住地，她說，輕點，我怕疼。

我觸摸到了她的皮膚，她的皮膚光滑，柔軟，有溫度。這是我生平第一次挨著一個女人，我聞到了她的氣味，她的鼻息吹在我的頭頂癢梭梭的。我覺得有什麼東西，順著我的脖頸，一直溜地滑下去，它滑到我的身體裡，輕輕地捅著我的四肢，胸脯……那身體的更深處。我覺得自己難以自持了。

我多麼渴望抱住她，把她擁入懷裡，就像電影裡的那樣，手指和手指交叉相握，扭動，用力，糾纏在一起，關節發出清脆的聲音。

我想撫弄她的頭髮，我從來沒有撫弄過女人的頭髮。那溼潤的、散發著洗髮露清香的頭髮，很多年前我在夢裡就聞過了。那一定是她的，我知道，不會是別人的。

就這樣，我幫她塗藥膏，她側著身子，皺著眉頭，嘴裡咿咿呀呀地叫喚著。後來，她到底發脾氣了：我讓你小心一點，肉沒長在你身上是吧？你不知道有多疼。

我沒說話，繼續塗著，我的意思是讓她再忍耐一下，過一會兒就好了。不想她一下摺開我的手，說，我不塗了，你什麼意思，你想害死我呵。我站起身來，順手把藥膏摔在地上，掉頭就走。什麼玩意兒，竟跟我來這招。我很奇怪自己在兩分鐘之前，竟對這個兇神惡煞般的女人存有神往之心。

我已經走到客廳了，她在裡間喚我，發出銀鈴般的笑聲，她說，哎，你生氣了？你這人真不禁逗，跟你開句玩笑也當真的，不好玩了是吧？

我說本來就不好玩，我已經受夠了。我侍候不了，有人能侍候的，那就另請高明吧。

她笑道，我覺得你最合適。——快回來，要不我真惱了。

我站在客廳裡不出聲。她說，你不會讓我起身拽你吧。——你怎麼忍心，我被你打成這樣，現在缺胳膊少腿的。

這是她的殺手鐧，我知道。一說到此，我立刻就軟了，只好重新回到她的身邊。她笑道，你脾氣也太大了些。我說，真不知道誰的脾氣大呢，也只有我能受你這一招。

她很得意，笑道，你受是應該的。

總之，我拿她沒一點辦法，她一會溫言軟語，一會刻薄乖張。說了一會兒話，她便嚷著餓了，我說，我下去給你買吃的，你今天想吃什麼？

她想了想說，我想喝魚湯。

我說這好辦。我下樓吩咐一下，讓熬兩碗鯽魚湯送上來就是了。沒有的，現買也來得及。

她說，我不想喝飯店的魚湯。那家飯店的口味我已經吃膩了，聞見了就想吐。我一下子沒明白她的意思，就說，要不，就換一家？

她笑道，不換了，你熬給我喝吧。

我一下子站起來，吃驚地看著她。她悠悠笑道，怎麼樣，就這麼定了吧？我今天想喝你做的魚湯。

這怎麼可能呢？我叫嚷起來，我從沒下過廚房，連煤氣灶都不知怎麼點。——她笑道，我教你，你總要學的，就從今天開始吧。

我怎麼也不答應，找了很多藉口，比如我不會剖魚，——我看見殺雞都發抖，不要說剖魚。她揚聲笑道，噢，你原來這麼膽小，真沒看出來，你那天差點把我給殺了！這樣吧，你剖魚時，把那條魚想成我就是了。

我只好下樓買魚，這女人瘋了，她虐待我，她拿捏得我如此舒服，心裡一定暗自得意。我是她手裡的一粒棋子，要放哪兒，全憑她一時高興。我買了魚回家，還沒進門，就聽見她在隔壁遙控指揮。先把魚放在砧板上，她說，用刀拍昏牠的腦袋。我這麼做了，可是魚在砧板上一躍，蹦到了地上。我嚇了一跳，扔下刀，跑到廚房門口。

她說，你叫喚什麼？

我沒說話。

她彷彿看見似的，說，把魚拾起來，重新再拍——敢情她都是這麼剖魚的。我趨身前去，剛待撿起，可是魚又是一躍，我再次奪路而逃。這他媽簡直不是人過的日子，我窩囊之極，我敢保證，我從來沒這麼窩囊過。我一腳踏住魚身，狠命扭了幾下，可是牠在我腳底下又軟又滑的，只是不得力。

我只好拿來刀，閉著眼睛亂拍一通。她又說話了，這就對了，你把牠想成是我，這樣你就來勁了。你閉著眼睛，你把牠往牆上摔去——你閉上眼睛了吧？她咯咯地笑起來，那一刻，我把她恨得牙根癢癢的，我想，總有一天吧，我要好好收拾她。可是怎麼收拾呢，一想到這裡，我就有點心猿意馬了，渾身不得力。

嗨，說真的，我渾身不得力。

她說，你真像個女人，——可是像女人也沒什麼不好，男人有時就應該像女人的。

我把魚撿起來，扔到水池裡，說，你嚷什麼嚷，再嚷我就不做了。

她立刻噤聲了。我按她吩咐的刮魚鱗，剖魚肚，去腮……她把我折騰得夠嗆。可是站在廚房的窗口，藍天上有白雲流過，地上有人。放眼望去，滿眼茂密豐盛的樹葉，我知道是夏天來了。

對樓一戶人家的陽台上，站著一個中年男人，繫著花圍裙；是正午時分，他也許正在做飯，抽空跑到陽台上，給花澆澆水。他正在發呆。在那靜靜的一瞬間，有什麼東西突然打動了我，讓我心疼，嚮往。

我知道這是日常生活，在這戶屋子裡，和一個女人。就像我小時候玩過的辦家家酒遊戲，女孩子抱著布娃娃，躺在床上休息。男孩子呢，騎著倒放的木椅，下班回家了，他背著一袋子米麵，還有蜂窩煤球。兩個人一遞一聲地說著話。

這全是真的，就發生在眼前。

她說，你在幹什麼呢？

我咳嗽了一聲，說沒幹什麼。——在發呆。

她笑道，發呆有什麼意思——你在想什麼呢？

我不說話了。我看著煤氣的火焰像藍色的花朵盛開，聞見白鋼筋鍋裡飄來魚的鮮香……這全是真的，我和一個女人在辦家家酒。恍惚之中，我覺得自己像這戶屋子的主人，這裡有我熟悉的一切：她，拌嘴，和解，侍候她的日常起居，輕輕地說一些話，有時也會心一笑。

我每天都回到這裡，我離不開她，一天天地依賴她。一天中的大部分時間，我是留給她的。溫柔也罷，暴戾也罷，我認了。整天為她的壞脾氣折磨著，我時而惶恐，可是我認了。呵，這個讓我無所適從的女人，她情緒化，脾氣暴躁，可是她可愛之極。她很容易就掌控了一個男子，讓他服服貼貼，俯首稱臣。

她是個妖魔。她那麼美，她是所有男人的劫難，他們躲不了她。從見面第一刻起，我就知道我會愛她，她與我這一生有著不可割捨的關聯。

有時候，我甚至希望她這傷病能一直拖下去，永遠也好不了。我想侍候她，我想和她待在一起。非常配合的是，她一天天地虛弱了，她總是在我面前大驚小怪的，或者做出一副強忍痛苦的樣子。

我心急如焚，天知道我多麼懊惱，我為什麼要打她呢？我竟如此狠心，對一個女人，我簡直是流氓。她對我頤指氣使，我心甘情願地在她面前做小伏低，有時候也耍脾氣。我耍脾氣了，她就開始巴結我，說盡了很多體貼話。

後來，阿姐告訴我，她一見我手足無措的樣子，就忍不住想笑。她說，天啊，你真可愛，那麼傻……她揉著肚子，伏在地上大笑不止。這方面，你得承認，她是有點孩子氣的。她折磨我，直到我心煩意亂，她覺得滿足了方才甘休。

很多年前，我是那樣一個孩子，簡單，未經世事，我不想說我很木，我不承認的。可是我對女人還沒有經驗，真的，稍有經驗的男人就會知道，這是她的把戲和伎倆，可是我不知道。——我怎麼會知道呢，那年我十六歲。

十六歲的我是看不懂女人的，我也不知道，她為此蓄謀已久。從一開始，她就立意要讓這傷病無限期地拖下去，反正，什麼時候好轉，什麼時候惡化，全由她說了算。

她說，我就是要整你，要不怎麼能解恨呢？從來沒有人那麼打過我。——

我說，你也該打。

她說，是了，你要是不打，現在，我們也不會坐到一起。是從那一天起，我對你刮目相看了。這小子行啊，我倒是沒看出來。她說著笑了起來。

我說，是從那一天開始，你愛上我了吧？你想把我留下來，端茶倒水地服侍你一輩子。

她笑了，「呸」了一聲說，我當時確實想留住你，但沒別的意思。你想呵，我不可能貿然地愛上一個小毛孩子，小我十六歲，這太荒唐了。我當時只想要你玩玩，又無聊，天氣又燥熱，我無所事事。要在往年，這正是我的出行旺季，人心惶惶，拿錢很容易得手的。可是你斷了我的財路，我不找你算帳，找誰算帳去？

我笑道，也不單單因為這個吧？

她笑了起來，不得不承認道，也許吧，我見你第一面，就有點喜歡你了——她皺了皺眉頭，又說，可是也不對，這樣說起來，我也太不堪了。

總之，我跟阿姐絞盡腦汁，也想不起我們的戀愛始於哪一天。有一點是肯定的，它是在某種氣氛下產生的，它發端於一種特定的情緒，我們一天天地感到緊張，心緒不寧。知道那是一件事情，可是它有一個緩慢的發酵過程。

我覺得自己快等不及了，我盼望著這過程早點結束，我想好好愛她，摟著她，抱緊她，壓得她喘不過氣來。我失眠了，常常在夜裡醒來，醒來的時候，一直微笑著。

有一天張伯母也發現了，她說，小暉，你是不是遇上什麼事了？我說沒有啊。她笑道，你瞞不了我的，你肯定在喜歡一個姑娘，你不會在戀愛吧？

我又笑了。我在心裡說，我是戀愛了，可是她不是姑娘，她是一個女人。

後來，阿姐也跟我說起，那段時間她常常魂不守舍的，她覺得害臊，她愛上了一個少年。這是她不能容忍的，她感到自卑，覺得自己老了，她的年紀足可以做他的阿姨。她無論如何也弄不明白，她怎麼就愛上了他。這對她來說是個禁忌，首先他是她的客戶，以前，她從未愛過什麼客戶，哪怕他風流倜儻，腰纏萬貫。做她們這行的，自有她們這行的規矩。她甚至擔心，自此以後，她的壞運氣怕要來了吧？

她一天天地沈迷在對一個少年的狂想中，不能自拔。她總是懷想他，關於他的一幕幕，他的聲音，他穿的衣服，他抽菸的樣子，他低下頭做沈思狀……他笑了起來。她也笑了。她覺得自己像個少女，彷彿又回到了很多年前，而他是她的初戀。

真是像初戀的，從來沒有過的，一個歷經世事的女人，有著複雜的身世，絕不純良，可是想起一個少年時，她覺得自己像個少女。偶爾她會面紅耳赤。一天不見他，她就不能容忍，第二天準朝他發脾氣。

可是她也並不總是無理取鬧，在安靜的下午，陽光從窗外照進來，一片一片地灑在地板上，像水一樣蕩漾著。這時候，她就會沈靜下來，她的臉像端莊的漢白玉雕塑，在陽光底下，有著奇異的、靜默的美。我猜想，她大約有些傷感了。

我坐在她的身邊，抱著膝蓋，與她有一身之隔。她也學著我的樣子抱著膝蓋，把下頦抵在膝蓋上。她笑起來，說，和你在一起，人是要變年輕的。

我側頭看她，問怎麼年輕了。

她笑道，這樣的姿勢，讓我想起自己的十六歲。她拿眼睛看著前方，搖了搖頭，可是我實在記不起我的十六歲了，隔得太遠了，像上輩子的事。

我說我能記得。這是真的，即便很多年以後，我也會記得我的十六歲，在北京站，和平里車站，在這所房子裡，和一個女人席地而坐，身體之間僅一拳之隔。這話我是在心裡說的，說了很多遍，只有我自己聽得見。

她嘆了口氣說，你也知道了，我是個什麼樣的人，我是以這個為生的。

我點點頭。

她說，你不介意嗎？和我多坐一會兒，陪我說說話，——你不介意嗎？

我說我不介意。她笑了，遞給我一支菸，為我點上，自己也點上。她說，也不知怎麼就開始的，十六歲那年，大概也是有夢想的，和你一樣，但不是畫畫的夢想。她笑了起來。

我以為她會說下去，可是沒有，她吐了口煙，把菸灰缸從膝蓋上拿下來，放在我的腳邊。她說，這段時間可能是無聊，人變得特別想說話。而且盡是傻話，你不會笑話我吧？

我搖了搖頭，笑了。

她說，很少有這樣的時候，我能夠坐下來回顧自己的一生，而且充滿了良心，而且是對一個孩子。——

我說，我不是孩子。

她側頭看我，理了理嘴，說，你不是孩子是什麼，難道你是男人嗎？

我說，差不多就是吧。她笑了起來。

隔了一會兒，我說，你現在也應該知道，我是個什麼樣的人了吧？

她沒有說話，只是搖了搖頭，很好奇地看著我。

我彈了一下菸灰，笑道，你想呵，十六歲就會抽菸，能把你打得那樣——她說，你打人的時候，是有點痞的。我笑道，何止是打人的時候——

她笑道，我倒是沒看出來，難不成我們是同一條道上的人？

我說，就算是吧。我的朋友都是痞子和小偷出身，其中一個死於非命，和黑社會有關聯。我在南京過過一段荒唐日子，蹺課，流浪，我的出身也不清白，一個私生子，與家庭的關係幾近破裂。

她認真地聽著，偶爾點點頭，有時候也會插一兩句嘴，就某些相關的細節。她很少發感慨。這方面，她是有些獨到之處的。她是個很好的聽眾，往往三兩句話，就能帶出她所關心的話題。我想，這也是她的職業習性造就的。

這是我第一次跟人說起我的遭遇，我的經歷和身世。你知道，在這種氣氛下，我是應該說的。我們常常這樣交談，有時也說一些別的話題，比如童年的事情，我對未來的打算。她很少說起自己，當然，我們也不說愛情。

愛情是不能說的，尤其在這種氣氛下，我猜想。可是愛情什麼時候能說呢，我也不知道。每天上午，我到她這兒來，常常在路上，我就幻想著和她相見的情景。我想著，今天總可以說了吧？我希望上天早些賜予我說話的機會，讓我對她溫言軟語，讓我摟她輕輕入懷。

我想著，我要在這個女人身上實現我的理想，那是很多年前的理想，也是我對所有女人的理想，包括對陳小嬰的，包括嫻嫻的。我要把這些理想疊加起來，全部用在她一個人的身上。是的，告訴她這些，開誠佈公地向她表達，絕不矯揉做作。直接說吧，就說我喜歡你，像每天清晨練習的那樣，脫口而出，就像面對一堵牆壁，就像隨意吐出一口痰，輕輕咳嗽一聲，發出了聲響。

或者呢，趁她說話的間歇，冷不防握住了她的手，也不朝她看，只是微笑著，做出一派從容自信的樣子出來。天啊，這是何等驚心動魂的一瞬啊。

我每天都在等這一瞬的到來。每天，我們在房間裡坐著，有時候長久地沈默著。她扶著牆壁站起來，推開窗戶，從裡面關上紗窗。她說，天氣是嫌熱了些。她的話讓我恍惚。我不知道自己在幹什麼。我在等什麼呢？

是呵，我在等勇氣，我在等我的勇氣一天天蓬勃生成，我甚至希望她能說出來，這樣我就解脫了。我怕遭到拒絕，你知道，我沒有信心。這是我第一次戀愛，面對的是一個經驗老道的女人，她大我十六歲，我沒有信心。

我要是遭到拒絕了，不可能像對小女生一樣耍賴皮，我不可能說，嗨，我求你了，就一次。我敢保證。我不能這樣嘻皮笑臉，這完全不像的，我知道。

很多天後，我也問阿姐，她為什麼不先說出來呢？

她笑道，我不方便說的。我要等你說出來，你是男孩子，這一關肯定要過的。我有這個耐心，我等得起的。

我問為什麼不方便。她說，我是女人，比你年長許多，比你有經驗，我不想讓自己覺得我是在勾引你。

是的，她怕承擔責任。因為她喜歡我，所以她不想勾引我。這是她的一次戀愛，她想鄭重其事地被人追求，她要享受這種感覺。就像青澀的少女時代，偶爾遇到的一個男孩子，她喜歡他，可是她不說出來。她想等待。

後來，張伯伯為我介紹美院附中的一個老師，姓陳，我跟他學畫，也許不久的將來，他會是我的班主任。一個星期天的上午，我們去他家拜訪，還有嫻嫻。下午，我們又去美院附中轉了一圈。

一家人走在校園的林蔭道上，說一些天真親切的話。那天，嫻嫻的興致似乎特別的好，她穿著連衣裙和新涼鞋，是坡跟的那種，走一會路，她就會朝腳下看一眼。她蹦蹦跳跳的，一直在前面領路。她說，這個地方我熟悉。我一小學同學也在這兒念書。她甚至提議唱歌，就唱「讓我們蕩起雙槳」

吧，她說，反正小時候都學過，會唱吧你們？她看了父母一眼。
她父親笑道，我唱這首歌的時候，你還不知道在哪呢！
就這樣，一家人唱起了歌，歌聲斷斷續續的，不時有吃吃的笑聲。我也跟著哼了兩句，很有點不好意思。我抬頭看一眼樹葉，微笑了。我知道夏意已經很旺盛了，不遠處的操場上，有幾個男生在打籃球，他們接傳，奔跑，汗漬淋漓的樣子。
這情景簡直就像一場夢，讓我渾身酥軟，神智不清。我不知道我怎麼度過了這些日子，太遙遠了，和一個女人的糾纏，從我來到北京的第一天起，整整二十天。這二十天裡，我像在做夢。我從一個夢境走到另一個夢境，恍惚覺得其中一個是現實，又恍惚覺得一切都不真實。
現在，我不太能想起什麼。在這種情景底下，什麼都不允許想起。一家子人，太平的歲月，歌聲，夏天，美院附中……這就是一切。張伯伯說，小暉，這就算開始了，好好學，我對你父親也算有個交代了。總之，我對你有信心，我希望九月份你能到這裡來上學。他看了我一眼，把手搭在我的肩膀上，緊緊地握了一下。
我點點頭，從那一刻起，我下定了從良的決心。你知道，人在這時候難免會觸景生情，生出許多向上、向善的決心來。這是難免的。是結束的時候了，我想。和一個女人的愛情故事，還沒來得及開始……只要我願意，總有一天，它會開始；可是只要我願意，從今天起它就會結束。為什麼不呢，一切還來得及，我們就像風箏和線的關係，線握在我的手裡，我放線，她就斷了。
就這麼簡單。只要我不去找她，是呵，這看上去難了些，二十天來它已成了習慣。可是才二十天呵，我和她的生活是看不見的，而我現在的生活是看得見的，它異常清晰地呈現在我的面前，新鮮，明亮，它如此招搖，引人入勝。

在其後的一個星期裡，我果然沒去找她，我實現了我的諾言，振奮不已。可是我也沮喪頹唐，丟魂失魄。我常常想起她，即便和嫺嫺在一起（那時她已放暑假）；我不知道她在幹什麼，她也在想我嗎？她的傷好了嗎？會反覆嗎？能出行嗎？能下樓買飯嗎？誰來給她買飯呢？有人給她做飯嗎？

她離不了我的，她走路都需要人攙扶。我至少應該等她傷好了……傷好了，我才可以離開。我要的不是別的，是心安理得。我要的不是和她在一起，不是的，是我自己搞錯了。我以為我愛她，可事實並不是這樣，現在，我也愛嫺嫺。

唔，這個我得承認。我有點喜歡嫺嫺了，上午我去老師家學畫，兩個小時以後，我急顛顛地往家裡趕，我想看見嫺嫺，想和她說說話，一起吃中飯。臨走之前，她特意問我，你今天中午想吃什麼？

我隨口說道，鯽魚湯。我差不多要笑了起來，是呵，鯽魚湯。

我說，你別做，好生在家待著，也別出門，外頭太陽毒，當心曬著。

她說，你會做啊？

我說是的，我做的鯽魚湯鮮嫩爽口，中午做出來嚐嚐。

中午，一般都是我和嫺嫺一起吃飯，那時我們已經很熟了，她成天淨想著弄吃的，自己做，拿著一本菜譜，照葫蘆畫瓢地放多少鹽，燜多長時間。她也會拿起鐵鍋，把菜顛一顛，煞有介事的樣子。有一次，油鍋裡冒了火，她失聲尖叫起來，我趕上前去，把鍋往地上一扔，滿地的菜，一片狼藉。

總之，她是很可愛的。她是幸福家庭出生的孩子，天真，單純，好脾氣。有時候，我甚至覺得她不像十六歲，她看上去要小一些，在我面前，她破例說很多話，變得喋喋不休。她自己也感覺到了，有點不好意思，稍稍沈默一會後又忘了。她跟我講起他們學校的事，哪個女同學是校花了，哪個人隨父母一起出國了。

其實吳菲長得也就一般，只不過身材好一些。隔了一會兒，她下斷語道。

我問吳菲是誰？

她說，咦，你怎麼就忘了？就是我剛才跟你說的那校花呀。

我微笑了，在這樣的女孩子面前，人真是會變老的。你會不自覺地生出某種角色感，就像她的兄長，那一刻，我真覺得自己人模狗樣的像個兄長。

隔了一會兒，她又問，你說國外是什麼樣子？我爸說，只要我能考上大學，他們就贊助我出國留學。嗨，不去也罷，在哪不是活呀。不過我希望去巴黎，那兒是時裝之都。

她成績中等，也不愛學習，她父母整天為她焦慮。她說，我不愛學習，可是我熱愛生活。——對了，你愛學習嗎？我想了想說，愛。可是這麼多年來，全錯過了，自己都搞不清是怎麼回事。

她沈默了，很長時間沒說話。我想，我的情況她已經知道了。她抬頭看我一眼，我們對視了一下，目光當即閃過了。很多年後，我還能想起這一幕，這一幕裡所包含的微妙的東西，只能屬於那個年紀的。

那是多麼好的年紀啊，青澀，害羞，和任何一個少女單獨相處，你都會覺得很微妙。嫻嫻也是微妙的，我猜想。她本不是個多話的孩子，她想靠說話來壓住那微妙。父母一回家，她就恢復了常態，她變得一如既往地安靜，自然。她成熟多了。看得出來，她煩他們，她不希望他們回家。

有一次，她不經意地說，他們要是出差就好了，兩人一起出差。我微笑了，我是聽出這話裡的意思了。她也笑著，大約很吃驚自己竟說出這樣露骨的話來。她解釋說，我的意思是——

我說，你別解釋，我明白你的意思，這樣我們在家裡能自由一些——說到這一句，我也臉紅了，真是越解釋越麻煩。最後我只好說，這也是我希望的。

這就是我和嫻嫻的全部，大致如此。我們只這樣相處了一個星期，一個星期，我和一個少女在一起，說話就像珠玉一樣，很精緻的，必須小心翼翼地從嘴裡吐出來，怕不妥當，怕傷害她，怕害羞。那是像湖水一樣碧藍的日子，微波蕩漾的全是心事，自己也不明瞭，也不能確定。一個眼神，一個手勢，一抹微笑……身心裡更大的波浪深埋在水底下，永遠也不可能翻起來。

一星期以後，我就去找了阿姐。你聽我解釋，事情本來已經結束了，只要我不去找她。那你會問，那你為什麼又去了呢？我告訴你，我沒那麼無恥，一星期不見女人就賤得骨頭疼。——我也許這麼無恥過，肯定有過。可是這次不一樣。這次我是去還鑰匙的。她留過一把鑰匙給我，為了方便我開門。你知道，她行動不便。

這鑰匙肯定要還的，面也肯定要見的。這是我做事的風格，我不可能留著一個女人的鑰匙，卻再也不見她，這算什麼事啊？我總得對人有個交代，我不能連招呼也不打，就從此銷聲匿跡，不了了之。這不是我的風格。

去還鑰匙的時候，我差不多已經忘了她。如果說，剛開始還有點留戀，那麼後來呢，一星期來和嫻嫻的相處——一星期，對一個少年來說已經足夠了；而正是這樣的相處，讓我順理成章地忘了一個女人。這真是件太輕巧的事。有什麼辦法呢，我天生就是個薄情郎。

這個我愛得四肢乏力，恨得牙頂癢癢的女人，在一星期以後的那個下午，再也不是那麼回事了。

我承認，在去時的路上，我就是這麼想的。現在，我不怕她，溫柔也好，暴戾也好，已經與我沒關係了。我自由啦。我想把事情做得漂亮一些，還給她鑰匙，落落大方地跟她告別。一切就結束了，我們誰也不欠誰的。

是啊，她長得很美，可是她長得美於我很重要嗎？大街上有那麼多的美女，我看不見，摸不著……一星期不見，我就能忘了她，這總是事實吧？

我希望她能在家，當然，這是肯定的。不在家，她能去哪呢？遍體鱗傷，又不能出門，我想和她隨便談談，唔，五分鐘吧。說一些閒話，告訴她我忙得很，請了一個老師，每天都要去學畫，也沒來得及跟她說，真是對不起得很。告訴她我還會來看她的，希望她能好好保重身體（唔，這個還是不說為好）。那麼還能說什麼呢？

也許什麼也不用說了，她要是不高興，我還她鑰匙就走。她要高興了，我就再幫她塗一次藥膏，再次向她道歉，同時也表示由衷的感謝，就說認識她很高興，這二十天來，怎麼說呢，很高興。

我也擔心會有什麼意外發生，我不是沒擔心過，這二十天來，這女人帶給我的意外還少嗎？她簡直讓人猝不及防。可是兵來將擋，我憑什麼要怕她？再說，此一時彼一時，我再也不是數天前的那個小毛孩子了，可以讓她隨便捏在手心把玩不已。重要的是，我已經移情別戀了。我移情別戀了她還能怎麼著？

我在樓下買了些水果，又去雜貨店帶了條菸上樓，天知道我當時懷著怎樣的雄心壯志，我就要與舊生活告別啦。我充滿了信心。我敲了敲門，裡頭沒人應。我掏出鑰匙開門，可是打不開，顯然門鎖換了。這是怎麼回事，真蹊蹺。

是囉，我不還鑰匙，人家自然要換門鎖。——她有一萬個理由換門鎖，我能夠理解，我被拒之門外了。我心裡不好受。

我木然地站了會兒，顛了顛手裡的鑰匙，這麼說，它已經沒用了。我把鑰匙丟在門外，與水果和菸放在一起，表示我已經來過了。

我正要轉身離開，這時門開了，她站在門洞裡，穿著碎花布睡裙，蓬頭垢面。她看著我，習慣性地咬了咬嘴唇，神情疲倦，冷淡，彷彿不認識我似的。我們就這樣看了很長時間，也許僅僅是幾秒鐘，——我覺得時間太漫長了，我受不了那樣的逼視，面無表情，目光平靜理智，彷彿看穿一切似的。

我知道她在指責我，彷彿我做了件傷天害理的事，不可饒恕。我指望她會發洩出來，可是沒有，她打開門說，進來吧。我剛才正在睡覺，你敲門我沒聽見。

我提著網兜進門，把水果拿幾個放在茶几上，菸也放在一邊。她指了指沙發讓我坐。自己提了只矮凳坐在我對面，中間隔著茶几。

我說，我是來還鑰匙的。——話一出口我就後悔了。我又說，你傷怎麼樣？好了嗎？

她點點頭說，早好了，謝謝你，小夥子。她疲憊地抬起頭來，甚至笑了一下。我看得出她很勉強。

我心怦然一動，這話裡的生疏的口氣……誰都聽得出來。誰都知道，一個女人，她受了委屈，她就像一個孩子，可是她不能發洩，只能迫不得已地裝出這種笑容來。她疲倦極了，她怨恨，可是她不怪我，只怪自己。她有自知之明的。這些天來，她肯定與自己的意志作鬥爭，所以，她疲倦極了。

我承認，我早就怦然心動了，從她打開門，站在門洞裡凝視我的那一刻起。我當時心潮澎湃，我承認，我一見她就心潮澎湃。不是因為她穿棉布睡裙（以前，她也穿過棉布睡裙，她在我面前很不介意的，以前，她沒把我當回事），也不是因為她的倦容……不是的，是因為她的倦容裡所藏著的委屈和怨恨，她有委屈和怨恨，可是她把它藏著，不讓人看見。

而那天，我恰好茅塞頓開，這真是件見鬼的事。總之，那天我聰明之極，我突然開竅了，我看見了一個女人，她已經三十二歲了……她不是嫻嫻，嫻嫻要是生氣了，她會直接掛著張臉，或者掉頭就走，她不會掩飾的。

可是她得掩飾，她要是不掩飾倒好了，她掉頭就走，那我也掉頭就走，兩結了。況且，她要掩飾得好倒也罷了，偏偏她又掩飾得不好，讓我看出了，這真要命。

那一瞬間，我眼前雪亮，心知肚明。

那一瞬間，我已經忘了嫻嫻，我承認，我很健忘。我看見這個女人，就忘了那個女人，這毛病在我身上至今還會反覆。治好這毛病的唯一辦法，就是讓我終生守著一個女人，每天都看見她，而且要讓別的女人都死光光。

她和嫻嫻的不同之處，就在於看見她，你會想入非非。這是難免的，她這樣一個女人，很漂亮，你難免會想想她的身體啦，大腿啦，肚臍眼什麼的，你只是很好奇，可是這麼想的時候，你的身體難免也會跟著躁動起來。你想跟她做一件事情，你愛她，也想做這件事情，這是不相干的，可以分得開的。

可是你對嫻嫻，你愛嫻嫻，哪怕你很愛很愛她，愛得忘乎所以，愛成心肝寶貝，你也很少想起她的身體，她沒有身體，她一個小毛丫頭，能讓你把愛和身體分得很清楚。

我們面對面坐著，很長時間沒說話。她開始抽菸了，我撕開菸盒，抽出一包，遞到她面前的茶几上，我說，抽這個吧，這個味淡一些，焦油量小。

那天我異常鎮靜，我聽著自己的聲音在空氣裡震盪著，低沈，沈著，那是男人的聲音。沒錯，那天我很像一個男人來著，迫不得已，你在這樣一個委委屈屈的女人面前，只能像個男人。

我說，這兩天你是怎麼過的，有人服侍你嗎？

她說，我丈夫。——我已經好了，只是暫時還不能出門，有時我會打電話叫他過來，幫忙燒點飯菜。

我點點頭，這才想起她還有個丈夫。她跟我提起來著，只提了兩句。第一，她丈夫是老實人，無業，靠她供養。第二，他們分居了，平時不來往，也互不干涉。偶爾她會叫他過來，修個馬桶、裝個燈泡什麼的。

人家有丈夫，我覺得不愉快了。關鍵時候，人家有丈夫來照應，我他媽在這兒瞎起什麼勁啊？我也點根菸抽上，我承認我有點難過，我火燒火燎，無聊，又沒話可說，我差不多想走了。

她說，你呢？你最近在幹什麼？——你還好嗎？

我說我不知道。真的，我什麼都不知道。那一刻我不想說話。我煩得要死，我想回家。

她說，我把門鎖換了——我以為你再也不來了。可是不來，你也應該告訴我一聲啊，一天等，兩天等，後來我就把門鎖換了，這樣我就不等了。死心了……她突然抬起頭來，我看見她哭了，她的眼裡含著淚水，她抿了抿嘴唇說，我想你已經討厭我了，可是我想不明白，我真有那麼討厭嗎？你已經嫌棄我了嗎？

我說沒有。我急忙站起身來，把菸頭掐滅，我不知道該怎麼辦，說真的，事情急轉而下，我嚇壞了。我沒想到會是這樣，她突然一個急轉彎，哭了。我從未見女人哭過，又是因我而哭，這卻如何是好？我那時沒有經驗，我不是沒想過握住她的手，或者翻身摸摸她的頭，然後順手再把她摟過來。或者我應該走到她身後去，就這麼不聲不響地抱住她，跪在地板上，抱緊她。可是我不敢，我從未碰過女人。我想安慰她，可是我不敢碰她。

她說，嫻嫻還好嗎？看了我一眼，突然噗哧笑了，她說，你站著幹嘛？誰讓你站著了？

我只好又坐下了。我不能聽她提起嫻嫻，一提嫻嫻，我就羞愧，我覺得對不住她。我跟她說過，半小時以後回來，現在，她一定在家等我。我對不起她們兩個。我說，你告訴我，你還好嗎？

她慘笑說，你看呢？

她笑得很美。她讓我揪心。她說，你怎麼能說不來就不來呢？你最起碼應該吱一聲，我從來沒這麼等過人——我告訴你，我從來沒有。我要是死了，躺在這屋裡一動也不能動，疼死，或者餓死，誰來管我？你把我打成這樣——她站起來，一邊哭著，一邊指給我看她身上的傷痕，胳膊上，腿上，脖子上……從來沒人這麼打過我，她說，你怎麼就忍心？——你怎麼能忍心？

現在，她站在我的對面，我們之間只隔著一張茶几。我站起身來，我知道下面我要做一件事情，這事情迫在眉睫，非做不可。這事情我已等了很長時間……是的，我要抱住她，撫慰她，總得有個開頭，那麼就是現在吧。

後來的事情，你也知道了。我只恨自己那麼清醒，我第一次抱女人，而且是在這種情境下，可我那麼清醒。我當時很緊張，可是抱住她以後我就踏實了，我抱住的是一個實實在在的女人的身體，她蓬頭垢面，她有很多委屈，她穿著睡裙，她的身上有暖香。

她幾乎是伏在我的身上慟哭，她說，你怎麼會這樣？你怎麼能這樣？她砸我的肩背，掐我，咬我……她快瘋了。我只是緊緊地抱住她。茶几也不知怎麼就被擠到了一邊，在什麼時候，是誰踢的，我也不知道。

我當時有點迷迷糊糊的，腦子處於休眠狀態，可身體是清醒的……我知道，這不是在做夢，這是真的。我感覺我的身體在發脹，它脹得疼，它在撕裂，它發出只有我自己聽見的尖叫聲。我開始吻她，其實不是我在吻，是她在吻我，她早已把嘴唇找上了我，她貼緊了我，她把舌頭伸進來，在裡面攪兒攪的，她發出呻吟聲。

我開始有一點點快感，其實也不是很多，尚且也不明確。我的快感不是來自她的舌頭，不是的，那時我還不會接吻，也不懂得技巧。我的快感是來自身心裡的某種撞擊，是來自想像，我抱住了一個女人，我和她接吻，這已夠了，我覺得滿足。

底下的事，你也許能想像得出，是的，我們做愛了。自從抱住她以後，底下我就不需要再做什麼了，也容不得我來做，都是她在做，這方面她經驗老道。我已經大功告成啦，只需抱住她，要宰要割全由她了。

我第一次做愛很失敗，糊裡糊塗的，可是又看得特明白。我眼見她把我拉倒在地板上，剝開我的衣服，我伏在她的身體上，她把睡裙揭開，她的身體呈現了，她很白，乳房俏而飽滿（她沒戴胸罩），充滿了勃勃生機。即便很多年後的今天，我已閱歷很多女人，我敢說，這仍是我見過的最美的肉體。

我只在畫裡見過這樣的肉體，我想說，她應該去做模特兒，她絕對能成全一名畫家，或者成全一幅傑作，她的身體應該留下來，掛在美術館裡供後人瞻仰。她不應該衰老，也不會衰老，她應該留在畫裡。

後來我便閉上了眼睛，我感到頭暈目眩。那時我對女人的身體構造尚不十分了解，她幫助我，她直接把我送進去了，很快我又跑出來了。我就像吐了一口血，以前，我也吐過類似的血，那大多是在夢裡，也沒有尖叫。可是這次我叫了，我很吃驚，怎麼就發出了這種奇怪的聲音，像在吃吃地歡笑。

我不敢朝她看，我覺得汗顏，臉漲得通紅。她安慰我說，沒什麼，第一次都這樣，你會好起來的，我相信你會很棒。她這麼說著，撐不住也臉紅了。她欲起身，我把她按住，我把頭抵在她的頭上，只是閉著眼睛，抱著她，不說話。

我想跟她說很多話，我想跟她傾訴柔腸，我聽著自己的聲音像蚊蟲一樣嗡嗡地叫著，它在我的心裡，她聽不見。我抱著她，差不多要昏昏欲睡了。她掙扎著再起，我又按住了她。她笑了，我也笑了。

我說，你是不是覺得我不講理？

她說是的，她想去洗一洗。

我放了她。我躺在地板上，拿手蓋住了臉。這就是我的第一次嗎？下午的陽光照在我的手背上，眼前黃黃的都是暗金的太陽，點點滴滴的，嗡嗡的，像金色的蒼蠅在飛。窗外的世界有什麼不一樣嗎？嫻嫻在幹嘛？她不會知道，今天下午發生了一樁事情，它於我這一生很重要。我想去看看她怎樣清洗，我想再看看她的身體，可是我不好意思。她也會不好意思嗎？她會拒絕我嗎？

7

在以後相當長的一段時間裡，我和她沈浸在肉體的歡騰中。我不能再陪嫻嫻了，我覺得抱歉，她們是兩個不同世界的女子，相差太遠了，她能給的不是嫻嫻所能給的，而她已經給了，我必須走進她的世界裡去。

好在嫻嫻也不閒著，她很快就忘了我，她不再做中飯了，成天和她的同學廝混在一起。常有男同學往家裡打電話，她接聽著，哼哼哈哈的，也不知在說些什麼。偶爾，她的眼睛會朝父母瞥上一眼。

有一天晚上，她母親說，門外有兩個男孩子，已在這附近轉悠一下午了，不像是在找人，真奇怪。

嫻嫻聽了，臉色正一正，並沒有說話，又低頭吃飯了。

隔了一會兒，她趿著拖鞋出去了，她母親笑道，是找你的嗎？

嫻嫻只是笑，她不耐煩地說，關你什麼事？我去看看，順便打發他們走。

我仍去學畫，中午急匆匆往回趕，不再是為了嫻嫻，而是為了她。我們總是躺在一塊兒，緊緊地摟在一起。有時整個下午都在做愛，有時也談些什麼。我的身心從未像現在這麼熨貼過，我的愛慾如此旺盛，充滿了想像力，時時刻刻都想飛翔。我的身體變得很虛弱，常常氣喘吁吁，它暴躁，飽滿，可是它也軟弱。啊，就讓我這樣愛她吧，讓我們的身體緊緊地貼在一起，讓我和她互相纏繞吧。

那是一段昏天黑地的日子，她把我攪垮了。她攪垮了我，可是我覺得很滿足。我再也不知如何去愛這個女人，怎麼愛也不夠，我的世界全是她的。

我拿手當枕頭，她俯下身來聞我的腋窩，用手輕輕撥弄我的腋毛，我怕癢，笑著躲起來。她撓我，我用手擋架著，簡直笑得喘不過氣來。

她說，你愛我嗎？

我點點頭。她說，你說出來，我希望你說出來，我想聽見。

我笑了。我告訴她，我愛她。我知道自己有點難為情，不過我還是說了，只要她喜歡。

她說，你臉紅了？

我說沒有。

她說，那就再說一遍，看著我的眼睛，大聲一點。

我翻過身來，看了她一眼，把嘴巴貼近她的耳朵旁說，我愛你。我靜靜地聽著這三個字，像從一個陌生的嘴巴裡吐出來的，我感到很吃驚；我以為自己用了一些氣力和感情。我用了很多感情，在我的一生中，對這樣的一個女人，這還是第一次。

她把膀子伸過來圈住我，說，你有點不習慣。

我點點頭，笑了。

她說，會習慣的。我要你每天都說，說很多遍。有什麼辦法呢，我是個貪婪的女人，我總嫌不夠。

我說，你還很虛榮。

她說是的。她總是不放心，她擔心我會突然消失，我又不是沒消失過。她再也受不了了。她要我說出來，說出來，她就放心了。

我們開始做愛。常常是這樣，說了一會兒話，我們就想起了做愛。我親她的乳房，慾念就來了。我咬她，她叫疼，她說她很滿足。我再咬，她說，使勁，再疼一些。她在我的身下躍動，她大聲地喊出來。

我親愛的女人，我讓她沈浸在愛慾裡，欲仙欲死，不能自拔。我讓她變得像個小孩子，我讓她放蕩無比，可是因為愛，我覺得她純潔無瑕。

她的臉上常常閃過聖潔的光，她那麼美，我常常看著她，有很長的時間，眼睛一動也不動，像要把她吸進我的身體裡去。

她說，你知道嗎，你長得很好看。我從未見過像你這麼好看的男孩子。

我搖了搖頭。

她說，你小我十六歲。

我又搖頭。

她說，你小我十六歲，我還是要愛你。

我們總是赤裸著躺著，說一些話。有時候我爬起來，跑到角落裡去看她，我告訴她，她赤裸著身子很美。我說，你應該光著身子走到街上去。她說，幹什麼？

我說，奔跑。

她笑起來。

我說，所有人都會停下來看你。商店營業員，公車司機，擺地攤的……所有人。

她笑道，那當然，一個老太太這樣跑上街頭，也會有人停下來看的。

我說不是，我不是那個意思。

她不自信地說，我的身體真有那麼好看嗎？

我點點頭。

她笑道，也許吧，不止一個人這麼說過。

我說，還有誰這麼說過？很多人嗎？很多人都像我這樣看過你的身體嗎？

她的臉紅了，停頓了一會兒，她說，很少。只有很少的人。我以前的男朋友看過，我有過幾任男朋友。

我咬了咬嘴唇，我不知道是否該相信她的話，我是說，我並不介意。關於她有幾個男朋友，在此時此地，我是不介意的。

沒錯，有時我會吃醋，我極愛吃醋，但這種情況下，我是不吃的。這種情況下，我希望所有人都能看到她的美體。所有人，包括男人和女人，他們應該看到。

她說，你做功課吧。我不明白她的意思，她說，你去把畫夾拿來，照著我的樣子，給我畫張像。

她說，我也畫。我笑著遞給她紙和筆，我們便遙相對坐，互相看著，不時地在紙上塗上幾筆。她說，比比看呵，看誰畫得更像。

她把我畫得很不堪，沒學過素描的人都會那麼畫，有鼻子和嘴巴，眼睛向前平視著，沒有表情，也沒有姿勢和身體。她要看我的畫，我笑道，畫得不好。她說，你讓我看看再說。我愧疚地說，要是不好，你不要生氣。

她不願多囉嗦，一把搶過去看了，她笑了起來，點著頭打量我，說，你小子行啊，畫得不是很好麼？

我說不好，本來可以畫得更像一些的。

她再也忍不住了，跑過來捉我，我說，你別，別……我擠進角落裡去。她拿著畫朝我臉上貼，說，告訴我，這是什麼？

我笑道，是一條母蝗蟲，酒足飯飽以後，把身體蜷起來，坐在那兒打盹。

她開始撓我，我告饒道，本來是畫你的，可是畫畫就成了一條蟲。你還不要說，躺著的時候，你們看著還真有點像。……好了好了，我錯了，以後再不這樣畫了。

她喜歡我喊她姐姐，平時我叫她阿姐，只有做愛時叫她姐姐。她說，有時我恍惚覺得，我就像你的母親。

她說，你母親長得漂亮嗎？

我搖了搖頭。我怎麼會知道呢，我又沒見過她。

她沈吟道，肯定漂亮。能把一個男人折磨到這種份上，如果不是漂亮，那也得有一番非凡功夫的。

我笑道，你喜歡折磨男人嗎？

她說，喜歡。年輕時受男人折磨，現在反過來了。男女之間就是這樣，如果你不折磨男人，他反過來就會折磨你。可是對你是不一樣的。——她拉住我的手說，我總覺得我是愛你的，就像母親愛她的孩子。

我不說話了。我不喜歡她總是提起母親，我缺少母愛，可這不是她能給予的。她給予我的東西，要比母愛多得多。它們是不可替代的。況且，我也不是孩子，我是男人。

她笑道，是了，我又說錯了。對不起得很，小傢伙，我傷害了你的自尊心。

她總是這樣居高臨下，她以長者自居，我生氣了。我告訴她，我不想去學畫了。我覺得索然無味。

她說，你覺得什麼不是索然無味的？

我笑道，做愛。我看了她一眼，咬了咬嘴唇說，你知道我的意思，我是說，我愛你，我想抽出時間來……

她拿眼睛盯著我，看了很長時間，她說，我覺得自己做錯了一件事情。

我問什麼。

她說，我不應該愛你，我在你身上枉費了很多心血。

我囁嚅著說，我只是想愛她，我現在做任何事都魂不守舍，我上課總是走神，聽不進一句話，既然是這樣，又何苦要走形式呢？

她大聲地說，不是的。你這個不學無術的傢伙，她開始罵我，你成心想讓我心不安。你知道我是個壞女人，你想跟我一起學壞，你想讓我心不安。

她生氣了。她的姿態就像一個家長，我也不高興了。她不是我的家長，她明明知道她是什麼，她是我的女朋友。她得有女朋友的樣子。我喜歡她上街時挎著我的胳膊，我喜歡她穿平跟鞋，這樣我們就齊肩高了。我喜歡她把頭倚在我的身上，就那麼一瞬，也許她是有意的，開開玩笑，逗我高興。

總之，做女朋友就得有女朋友的樣子。

有時候，我也把她認作情人。我說，你是我的情人。她笑了笑，我看得出來，她是強忍住笑的。這讓我特別惱火，我覺得丟面子。

我要的是平等的感覺，偶爾她會給我這種感覺，她給過的。可是現在，她像個家長。

她知道我需要什麼，我需要的不是學畫，不是做她的兒子，我需要做一個男人。我喜歡做男人的感覺。她知道的，可是她不想給予。

我想做愛，她拒絕了。她讓我嘗到了身體的好處，可是現在她斷然拒絕。她說，如果你不去學畫，我們就一刀兩斷，你永遠也別想沾我的身體。

她說，我說的是真話，不信你可以試試看。我離得開任何男人，不管是不是愛他。

她鐵青著臉，我嘗試著捅捅她的手肘，她看著我說，你不要以為我在跟你生氣，我不生氣。我只是想告訴你，你應該學畫。我不想改變你，我也許會改變很多男人，但是對你，我不想改變。這是我們相處的一個原則，你是怎麼走進這扇門的，就應該怎樣出去。

我點點頭說，我答應，我學畫就是了。

她說，還要學好。我希望你能考上附中，再考中央美院。我不知道你能不能成為一個出色的畫家，但我希望你是。我希望你的道路，並不因為遇見我而改變。

就是這樣，起初我是為理想而學畫，現在則是為她的身體而學畫。我想說，這兩者並沒有本質的區別。它們都給過我無窮的動力。

一九八六年夏天，我精力充沛，神采飛揚，我的身體就像憑空長出了翅膀，我周旋於學校和兩個家庭之間，絲毫不覺得疲倦。我的畫技得到了長足的進展，我在戀愛，我的耳邊能聽到呼呼的風聲。

只在晚上，我回到我的監護人家裡過宿，這簡直讓我難以容忍。我是說，他的家不再是新鮮可愛了。嫺嫺視我如陌路，再說我也很少見到她。兩個中年夫妻坐在吊扇底下看連續劇，一邊打著哈欠，一邊側頭看座鐘。——他們在等我回家。

我總是很晚回家。我捨不得離開阿姐，每次分別時，簡直要了我們的命。有時是她趕我走，我不走。有時我要走，她卻抱住我。她說，留在這兒吧，啊？就一個晚上。她看著我，親我，把身體纏著我。

這真要了我的命。這女人簡直像個孩子，她哀求你，天真爛漫，柔情似水。她把你視為男人，她需要你……我的心都碎了。

你明白我的意思嗎？那年我十六歲，剛剛有了性生活，原有的生活於我已經不再新鮮了。我是說，我想和她同居。我想每時每刻看見她，躺在她的身邊。沒有她的陪伴，漫漫長夜，我備受煎熬。我總是睡不著覺，想她想得四肢發麻，想她想得口乾舌燥。我想抱著她入眠，夜裡聽到她磨牙的聲音，翻一個身，就能搆到她的身體……

我和我的監護人曾談過一次，我說在學校附近看到了一處房子，價格很公道，已經談妥了。我的意思是，我想搬出去住，一來上學方便，二來呢，這也是我父親的意思。

張伯伯笑道，你父親什麼意思？

我說，怕太麻煩你們。來之前就囑咐好的，說先是在這裡安頓一下，等一找到房子就搬出去。在南京，我也住過校，那時我們家搬遷，暫時沒房子住。我自理能力沒問題的。

張伯母笑道，老戴還拘這個心。

我笑道，也不是這個意思。再說天也熱了，我在家，嫻嫻洗澡什麼的也不方便。

話說到這個份上，夫婦倆也不再堅持了。只是說，那再跟你父親商量一下，改天我們再去看看你的房子。

我知道父親不會有什麼意見。他並不關心我，他給我生活費，為我打點一切，所盡的不過是一份責任。他有這個責任，他要做到「錢」至義盡，我的一切與他並不相干。

就這樣，七月的一個星期三下午，我搬來和阿姐同居。我在學校附近租的房子不過是形同虛設，我很少回到那裡。自此兩年，我和我心愛的女人生活在一起，我和她成雙捉對，走南闖北，再也未分開過。

我的異質生活是從這裡開始的，是從這裡，我開始下滑。我和她一起墮落，比翼雙飛。整整兩年，我能感覺到墜落所帶來的快感和痛感。身體是輕的，精神很空虛。可因為在愛著，我永不言悔。

整整一個夏天，我和她待在一起。除了上午的兩堂美術課外，我很少出門。我們總是躺在床上，天熱，穿背心和褲衩都是多餘的。

我們在夏日的正午做愛，陽光從竹窗簾外照進來，一橫條一橫條的打在地板上，有種鬱鬱森森的感覺。窗外能聽到市聲。電焊的聲音，小孩子的哭聲，一個婦女在喊著，陳建國，陳建國。哎，人哪去了？一戶人家在放流行歌曲，蘇小明的「幸福不是毛毛雨」，是首老歌了，聽著有種恍惚之感。

即便在做愛的時候，我也注意聽這些聲音，我喜歡這些聲音，它讓我覺得踏實。我覺得自己是在做一件浪漫的事情，不是燭光晚餐，不是海邊漫步，是在做愛。做愛正融入到這些聲音裡去，它們都是人世的一部分，它們是互為背景的。

有了這樣的聲音，我就相信我和一個女人的存在是真實的，我和她的愛情是可以得到解釋和原諒的。

是可以原諒的，每當我伏在她的身體上，偶爾歇下來的時候，側頭聽窗外的聲音，我的身心便溫潤如水。我的身體浸泡在廣大的夏日裡，我的眼裡會含著淚水。我不是說我在哭，這時候我是不哭的。

我意識到我在愛一個女人，我才十六歲，這是夏日的一九八六，我和她沈浸在肉慾的歡騰裡。我聽著這些聲音，知道自己沈浸在愛慾裡。這是對的，我對自己說，我在做一件正確的事，哪怕付出慘重的代價，可是我愛她！

我說，你聽這些聲音。

她側耳聽著，隔了一會兒，她說，是的，我聽到了蟬聲，還有自行車的鈴聲。

她說，你看這陽光。我轉過身去看地板上的陽光，我抱住她，把身體更深地陷進她的身體裡。她掐住我的肩膀，越來越用力，她發出了像蟬一樣的嘶鳴聲。

你再也不會知道，那個夏天我曾有過多麼奔放的身體，在黎明，在正午，在晚上。我的身體枝葉繁盛，密密地綻放，開出花來。有一段時間，我們甚至很少交談。交談是必要的，可是我們來不及交談。

我們只說很少的話，我們互相看著，我告訴她，我愛她。她說她也是。我知道這句話是不夠的。我們輕啟嘴唇，只不過發出這麼一句話，這是不夠的。有時候，我們會就身體做一些交談。她告訴我，做愛首先是取悅，然後才是別的，比如說，你愛一個人，你想和她做愛，但做愛是為什麼呢？是為了取悅。

她說，首先是自己取悅，然後才是別人的。你不要顧忌到我，我也不顧忌你，然後我們才能共同取悅。

她又說，做愛就是自由，但這自由是受約束的。比如說，針對不同的女人，你得有不同的方式，方式是很多的，最快捷的方式就是雙方都很自由，有了自由，就可以抵達快感和高潮。

所以那個夏天，我們很快就摸索到了雙方都很自由的方式。我知道這個女人在教我技巧，她教會我的還有很多，關於怎樣做男人，關於言行舉止，人情世故，關於狡詐溫良，以及善和惡。

她說，這世上沒有絕對分明的善惡，這是沒有的。比如說我很惡，我承認，我做過壞事，傷害過很多無辜的人，但有時我覺得自己是善的，我也很無辜，我有很多委屈。我不比別人更自私，只是活得很辛苦。我相信情感，並依賴它。看見美的東西，我會特別傷心。

她笑著看我一眼，說，你相信嗎，有時一個人的時候，我會淌眼淚。

我說我相信。在這種情境下，她跟我說的任何一句話，我都願意相信。

她笑道，你又錯了。在這種情境下，我也會撒謊。你不要忘了我是幹什麼的，你不要相信任何人，這是忠告知道嗎？

我抱住了她，把她摟在懷裡。我無法再說什麼，對這樣的一個女人，我只是心疼。我從來都相信她，從相愛的那刻起，我就知道她已是另一個人，她變得很真誠，充滿了柔情，她不會撒謊。她老實巴交。

我說了一句話，是伏在她耳邊說的，自己也沒能聽見。我嚇了一跳。

她說，你說什麼？

猶豫了一會兒，我重複道，能改嗎？

她笑了起來，定睛看了我一會兒，她的神情有些怪異，像在思索。她沒再說什麼，只是拍拍我的肩膀。

我的臉紅了。我做了件蠢事，說了句最不該說的話。我在幹什麼？我在勸她從良？我難過得快想哭了。

她驚訝地看著我，咦了一聲，說，你怎麼了？——她探頭到我的臉上，不禁笑了，說，你這人怎麼回事？我又沒說什麼！你簡直像個小姑娘，怎麼這麼娘娘腔？

我把手指抵著嘴唇，那一瞬間，我覺得委屈極了。我說，我不願意你這樣生活……我的嗓子啞住了，我搖了搖頭，知道自己不能夠再說什麼。我想說的還有很多，我想告訴她，我為她感到害怕，我愛她，所以常常害怕。即便這些日子在家待著，我也時刻恐懼。我怕她會遭到報應。我相信，總有一天，她會遭到報應。她會毀掉的。

我想告訴她，她完全可以有另一種生活，只要她願意，她完全可以的。因為我愛她——因為我愛她，所以我想娶她。

我多麼想告訴她，我想娶她。我想大聲地跟她說這句話，我知道她不會笑話我，她不會的。至多，她會沈吟著微笑一下。她會側頭打量我，以一種隨意的態度說，嗯，你想娶我，小傢伙？那你拿什麼來養活我呢？你知道，我這種女人，一般男人是養不起的。她會托著腮，朝我閃閃眼睛。她會的。

或者呢，她會半開玩笑地說，你不是當真想娶我吧？你是想救我。我知道你的，你想當救世主。這樣可不好——她會一把摟住我，把手塞進我的衣頸裡，輕輕撓我一下，說，我不喜歡你這樣，我喜歡你像個孩子，活潑可愛一些，上進一些。唔，是這樣——她把手伸進我的腋下，我一下子笑著跳出來。

她正色說道，唔，就是這樣子，這樣才好。

她會這樣的，肯定會。她這樣一個女人，在這種時候，是不會跟你多談的。她不會認真。有時候她是認真的，她會跟你說起她的身世，她會生氣，發怒。她發怒的時候就像一個孩子，可這時候，她把你當作孩子。

我不能說出那句話。

很多天前，她就告訴我，她跟她丈夫是不會離婚的。她搖搖頭，再次說，肯定不會。我問為什麼不會。她說，他是個好人，我已經害了很多好人，不能再害他了。

我說，你以為你現在不是在害他嗎？

她說，我知道。但我只能這樣。我是個沒有將來的人，我和任何一個男人是沒有前途的，雖然和他也沒有前途，但我只能這樣。

我不再說什麼了，只有沈默。我知道，總有一天我會說出那句話，我要娶她。我要擊潰她的諾言，總有一天，我要拆散她的家庭。我缺的就是時間，再等兩年吧，我十八歲了，個子長高了，有了公民權，更加自信了，我就可以娶她。那時我是個自食其力的男人，我要養她，和她生個孩子——我要改變她。我要給她富足的生活，讓她衣食無憂。我要她做個賢婦，一個守法的公民。

我會的。

她在牆角坐下來，遞給我一支菸，我也坐下了。隔了很長時間，差不多半支菸的工夫，她才說，怎麼跟你說呢？——她咬了咬嘴唇，夾著菸的那隻手抵住額頭半天，又說，你知道，一個人走上這條道路，是不容易回來的，除非有大變故。

我問，這大變故是什麼。

她搖搖頭說，我現在還不知道。

我說，公安局有你的名號嗎？

她說不知道。這麼說的時候，她看了我一眼，笑了。她的笑裡有窘迫和調皮，我看得出來，她是窘迫和調皮的。她常常是這樣，說了幾句正經話，就會發出這樣孩子氣的笑來。也不知道她在笑什麼，她看上去很開朗，樂不可支的樣子。她簡直是個樂天派。

她說，沒準，也許早就掛上號了，管他呢，是不是？用你們南京話說，煩不了的。她彈了一下菸灰，看了我一眼，又笑了。

就從這時起，我們開始了交談。一開始，只是雜亂無章的，她會問我一些以前的事，比如朱二啦，陳小嬰啦。有一次，她也順便提起了嫻嫻。她說，你愛她嗎？我笑道，談不上吧。她說，你再想想看，假設不是我，你會愛她嗎？

我想了一下，覺得很難回答。這真是件難以想像的事。

她「哎」了一聲說，你說是她漂亮還是陳小嬰漂亮？

她淨提這種無聊的話題，這就是女人嗎？我當時想，如果這就是女人的話，那這類物種可真是難纏。我說，你讓我怎麼說，這怎麼能比較？就像一隻雞和一隻鴨——

她說，一隻雞和一隻鴨怎麼就不能比了？

我笑道，你最漂亮，行了吧？

她說，我嘛，也就一般。我只是很好奇，我曾有過兩個情敵。不過最終我贏了，唔，這感覺很不錯。她滿意地笑了，倚著牆角，把腿伸過來，腳放在我的膝蓋上。閒適之極。

每逢這時，我便笑了，我有什麼辦法呢？她這樣一個女人，她總是糾纏你，喋喋不休，說一些只有她自己感興趣的話題，可是正笑談間，她也會臉色一轉，把手扶住下頦說，你是我的苦命娃。

她總是這樣，她說話是沒有邏輯的，東一句，西一句，扯了一通，她便突然想起了一件事情，也許，這件事於她很重要，她總是想起它。她說，你是個不幸的孩子。她拿眼睛看著我，把我拉進她的懷裡，嘴唇貼著我的耳朵又是吹，又是揉。

她有時極像個孩子，她思維紊亂，滿腦子胡思亂想，想哪便說哪。

你不要指望她會跟你探討問題，她不會的。她的興趣不會在一個話題上停留太長，如果你想跟她爭論，你說了很多，關於人生啦，理想啦，她看著你，聽著，偶爾點點頭。可是她突然說了一句話，就能把你擊垮。她會說，你腳有三十八碼嗎？明天去給你買雙涼鞋吧。她把腳伸出來，放在我的腳邊驗了驗，捅了我一下說，你繼續說。

我還能說什麼呢，她根本就沒在聽。她也不感興趣，她已經三十二歲了，我能夠理解，像所有這個年紀的女人一樣，她對於大而空的話題持有本能的反感。也許很多年前，她還是個小姑娘的時候，也曾有過這樣的時刻，喜歡和人暢談理想。她抱著膝，穿著布衫布裙，坐在夏日的星空底下，她的眼睛睜著，一眨一眨的，亮晶晶的。她聽到夏蟲的啁啾了嗎？也許，她聽到了自己勻稱的呼吸聲，點點滴滴的，像年輕的話語，消失在很多年前的夜裡。

她一定覺得很愉快，然而現在想來，它就像一個諷刺。對於她，它是一記響亮的耳光，打得她心服口服。

她說，我沒有理想。我的理想就是吃喝玩樂，這難道錯了嗎？我又沒礙著誰，我養活我自己，還有一家子人，三姑六婆，我有時簡直崇拜自己。

她說著笑了起來，那一刻，她一定覺得很愜意。是呵，她好吃懶做，揮金如土，她養活她自己，這難道錯了嗎？她「工作」著，並覺得舒服，她沒有一點委屈，也從不抱怨。哪怕付出慘重的代價，她無怨無悔。

她說，人生不是談出來的……這麼說的時候，她點了點我的膝蓋，呶呶嘴，示意我去把電扇打開。我不說話，坐在牆角抽菸。

她笑道，你這人真懶。她起身，逕自打開電扇，提著衣領讓風吹進身體裡，她掉頭對我說，你也吹吹。

我搖搖頭。她說，你到底吹不吹？

我說不吹。

她笑道，那好，你要是不吹，我們就做愛，你看著辦吧。

我笑了起來。她總是這樣，她說話是無厘頭的，她無恥，可是她很可愛。她不是真的無恥，即便在那個夏日，我們也不總是荒淫無度，我是說，我們也交談。交談是重要的。我看得出來，她喜歡交談，也樂於傾聽。

她說，你錯了，我和男人是不交談的。我討厭交談，對他們，我沒有耐心。

我問為什麼。她說，我不喜歡說話，所有的廢話在我年輕時，都被說濫了，說臭了。所以現在就不說了，免得現眼打嘴。而且，我年輕時有很多困惑，現在沒了，現在我很明朗，知道自己在幹什麼，而且一清二楚。

我笑道，你和男人不交談，那幹什麼？

她說，我騙他們。她聳聳肩，做出一副無奈的樣子出來，笑道，你知道，這是我的職業。我騙術高明，騙男人一騙一個準，以後我要帶你見識一下。

她坐到我身邊，把睡裙撩開，看了看自己修長的腿形，發出滿意的嘆息聲。她說，你好像無動於衷。

我笑道，你什麼意思？

她說，我在勾引你，你怎麼就沒發現？你是木頭啊？我教你那麼多天，也沒教出個樣子來，我真失敗。

我又笑了，這女人是尤物，她讓人無可奈何。你辨不得她的真假，她任性，天真，她也世故。她在你面前撒嬌，她不是小女孩的撒嬌，那樣就沒意思了。她是個成年女人，她有她的一套撒嬌術，做起來舒服流暢。她自己也很滿意，簡直嘆為觀止。她說，我是不是很有能耐？我這個分寸把握得不錯吧？

我簡直心急如焚，看著她的樣子，我承認自己慾火難耐。十六年前，我還是個小猴崽子，僅有的一點性經驗是從她那兒得到的。十六年前，我有過旺盛的身體，年輕，新鮮，什麼都是第一次。

再也沒有過那樣的夏日，我的慾念每天都在膨脹，我的身體格外地有力，滋滋地冒出汗珠來。我如癡如醉地愛一個女人，為她沈迷，也為她欣賞。她常常說，我的男孩長大了，成熟了，變得有魅力了。是呵，我的思想正在沈澱，我越來越堅定，變得有判斷力，我思路清晰，並明智。

我想說，對一個少年來說，那個夏日已經足夠了。成長並不是件艱難的事，似乎也不漫長。一個夏日，我就可以速成。我靜觀她的一舉一動，她的嬉笑怒罵，我微笑著，並寬容。我懂得欣賞女人了，現在，我可以把她視為孩子了。

我聽著她的話語，簡單的一句話，也會在我身上留下烙印。我知道，有些話是不可以談的，因為太幼稚，不能容忍。有些話是可以談的，雖然也幼稚，可那是成人的幼稚，是幽默。我和她已經心照不宣了，我們彼此懂得了默契。

在那間屋子裡，我和她做愛。整整一個夏日，在那間屋子裡，我已長大成人。

我把她按在地板上，一下子躍到她的身上，我照著她的臉說，你敢撩撥我。她吃吃地笑著，閉上了眼睛。我知道她喜歡我，她喜歡之極。她說，對你是不一樣的。我敢對所有男人使壞，可是對你……她搖搖頭，笑了。

我掀開她的衣服，吻她，我壓緊她。做愛讓我如此亢奮，心曠神怡。我把一切都給了她，我一生中的十六歲，身體，情愛，汗水，那青春飽滿的年華……我親愛的女人，她在勾引我。她勾引我，不全是為了慾念，她無聊，單純，喜笑顏開，她想逗我玩。

她抱住我的身體，她喜歡做愛，她說，做愛是為了取樂。可這時候，她又告訴我，做愛是為了愛。

她喜歡和我交談。她說，從來沒有過的，我對聽一個人講話如此感興趣，你是個例外。她關心我的身世，我童年的事情，我的爺爺奶奶，我在南京的生活，和朱二的那段浪蕩史，我的父親和繼母。

她常常問起。我說，不都跟你說了嗎？她說，不一樣的。每次你進入的角度不同，我看到的事情就不一樣。我想了解真相。

我說，真相就在這裡，我恨我的從前，可是我對它們充滿了感情。

她說這是對的，你再重新講一遍，你會發現，這次講的和上次講的有不同。大致是一樣的，可還是略微有區別。我知道你是個誠實的孩子，你並沒有撒謊……但這區別是存在的，這不是你的錯。

很多年前，我並不能理解她的話，現在理解了。現在，我的理解是，這女人在教我看事物複雜的眼光。我們站在某個地方，自說自話，我們以為看見了全貌，其實錯，那只是一個側面。也許事物本沒有真相，那是一個無止境的探索過程。人世就像一個謎，我們每個人都以為自己猜中的是謎底，其實錯，人世沒有謎底。

人世在跟我們開玩笑。

她大約也意識到，她這一生就像一個玩笑，既然是玩笑，她就要開下去，開到底。她比誰都荒唐，放縱，不負責任。她是不負責任的，可是她充滿了感情，對很多細微的事情，對我，對人生的拐彎處，她很好奇。

她說，真奇怪，我已經過了好奇的年紀，我對一切都不在乎。可是有些事情——她皺著眉頭笑了：

我覺得它很神祕，我只有敬重。

她撫著我的頭說，我的孩子……她上下打量我，彷彿難以置信似的。一個孩子就這樣走過來了，她說，這其中有艱難和險惡，難以提防，可是走過來了，慢慢地長大，表面上看不出來，可是內心有很多變化，人心真是遼闊呵。

她很少發這樣的感慨，那天，她大約有些感同身受。她傷感之極。她抱著我，竟然流了淚。我為她擦去眼淚。

她說，你別管我，我今天有點不正常，我太鬱悶，哭一會兒就好了。

她叫我不幸的孩子。她沈浸到某種傷懷的情緒裡去了。她常常是傷懷的，也不知為什麼。她的神情會突然冷卻下來，她那張朝氣蓬勃的臉，在一瞬間裡會變得清冷，憂鬱。

她常常看著我，把手搭在我的肩膀上，或者摟著我的頭，把鼻尖對準我的鼻尖，我聽到她咻咻的鼻息。——她就這樣看著我，即便夏日炎炎，肉體在狂歡，可是當她靜下來的時候，她的眼神軟弱而慈悲，就像聖母。

她也意識到了，很不好意思地笑道，有什麼辦法呢？我的同情心太氾濫了，你總得給我點機會，讓我把它發洩出來吧。

我也笑。

她說，我知道自己是無聊的，這沒任何用處，而且你也不需要。

我說我需要。在她的大而無當的悲憫心的籠罩下，偶爾，我會覺得自己像個孩子，我喜歡這種感覺。這時候，我不想做男人，我做不起來的。

她總是很害羞，為自己竟有博大、光輝的母性，這聽起來確實像個諷刺。她一直感到很奇怪，她這樣的女人，身上也有這種東西。而且，只要條件允許，她笑道，她指望普天下所有男人都認她這個母親。

她說，我沒有兒子，我把所有男人都當作兒子。

我說，你是個不稱職的母親，一方面愛他們，一方面也騙他們。

她笑道，這是兩碼事。騙是難免的，騙他們的同時，我也同情。

我笑道，你倒是分得很清楚，做起來也毫不手軟。

她說是的。男人就像孩子，她把他們已看到骨子裡了。遇到她這樣的女人，他們是幸還是不幸呢？她想了一下，最終沒想出來，抿了抿嘴唇，笑了。

她把我摟在懷裡，親我，向我耳朵裡吹著熱的風。她說她愛我，愛得發狂，愛得愚笨，失去了幻想。她不能解釋，在她這個年紀，這是不可思議的。這不是好徵兆。

她知道我缺少愛，她說她要把這十六年來，我所缺少的東西都還給我。由她來還，她要替我的父母來還這筆帳。她看著我，眼神堅定，充滿了勃勃雄心。——她又是軟弱的：一切已經太遲了，什麼都補不回來了。她說，我沒這個能力，孩子你知道，我沒有能力。這麼說的時候，她的眼裡會含著淚水。

我沒指望愛會補回我什麼，我只是單純地愛她，我的愛倉促、窮兇極惡，越來越急迫。我要的很多，我貪婪之極。每當我伏在她的身上，我總嫌不夠。這太陽一樣的愛情讓我如此淒冷。一個饑餓的孩子，餓了十六年，餓慣了，神經趨於麻鈍。他不覺得有什麼委屈。從前的事，他差不多已經忘了。

誰能承望呢？在我十六歲的時候，就會遇見這麼一個女人，她帶給我愛情，那是遠比愛情更豐盛的晚餐，笙歌燕舞，溫柔富貴。我吃著……很可能是空前絕後的一次，走了，就再也不會回來了。我要來不及地吃，拚命地吃。樣子很兇殘。

吃飽了，便開始哭，我覺得委屈。從前的一切回來了，我開始覺得疼痛。疼痛就像陣雨，在那個夏日時常襲擊我。我潦倒，背運，我一下子意識到自己的處境，我本是個孤苦伶仃的孩子，沒有親人，我像站在荒野裡，渾身冰冷，四處搆不著人，能搆著的就是她了。而她抱著我，她也搆著我了。

她說，你也看到了，愛是沒用的。它解決不了什麼問題。

我的眼淚淌下來了，坐在牆角，拿手擤鼻涕。她說，事情變壞了，不是嗎？我搖搖頭。我只是變貪婪了，對於人世，我開始奢望。我的情感慢慢復甦，慾念變得具體而繁雜，呈現於光天化日之下。我勇敢了，能夠直面往事，回憶如蟲豸蠢蠢欲動，它是疼的，鮮活的，備受煎熬的。我看著瘀血的瘡口，可是我無能為力。——我沒法撫平它。我哭了，簡直無聊。

她叫我脆弱的孩子，她說她需要我。

我點點頭。

她說她需要我，比我需要她來得更為迫切。

我問為什麼。

她搖了搖頭，笑了。她說，她有時會恍惚覺得，她並不是愛我。

用愛是不準確的，她說。是比愛更複雜的東西，比如說是需要。需要更樸素一些。可是需要也不準確，或者說是關懷和疼愛，而不僅僅是愛情。她說她不相信愛情，可是見了我以後，這想法又改變了。

她說她愛我，這一點是不用懷疑的。那她懷疑什麼呢？她低頭想了一下說，她懷疑她愛我，是為了取暖。

當然了，她又笑道，男女之愛都是為了取暖，這一點是肯定的。可是不能肯定的是，為什麼遇見我以後，她發現自己迫切地需要取暖。這是為什麼呢？我並不是個很好的取暖對象，她說這一點，她早就知道了。所以，這不是我的問題，這是她的問題。

我和你一樣是冷的，她說。遇見你以後，我才發現自己很寒冷，我知道這個世界上有個孩子，也很寒冷，我們都需要取暖，我們正好碰上了。

我說，兩個寒冷的人能取暖嗎？

她搖搖頭。隔了一會她說，也許……兩個寒冷的人是需要取暖的。

她對我的身世很著迷，總是再三問起。我說了，她認真地聽著，一改平時胡攪蠻纏的態度，她變得安靜，端莊，彷彿沈浸在往事裡。只偶爾，她會打斷我，問某些細節的問題，或者做一些點評。她說，是了，問題就出現在這裡，你的方向變了，你開始轉彎了，你是知道的，可是你不能控制。

不過這算不了什麼，她自嘲地笑起來，幾個小屁孩一起玩鬧，雖然死的死，傷的傷，可是比起遇見我，那算不了什麼。

我笑了。我明白她的意思，可是我不在乎，我早就不在乎了。我的一生已經壞了，跟著她，還將壞下去。這沒什麼大不了的，該來的就來吧，我早就準備好了。我在此等候，我心靜如水。我愛她，為她墜落，為她粉身碎骨……一個人已準備粉身碎骨了，那他還怕什麼呢？

可是她感到害怕。她說她不想毀了我，這是難免的，跟著她，我難免會有改變。她現在還不能確定是哪些改變……所以，她有些惴惴不安。有時她是自信的，到了她這個年紀，她可以控制很多東西。她得小心翼翼才是。

有一次，她問起我的父親。她說她要跟我談談父親，我問為什麼，她說，親情是世界上最神祕的感情，你以後得去深究它。

我點點頭。

她說，對個人來說，世界上只有幾個人是與自己相關的，父母，子女，只這幾個人，別的都是不相干的。我和你也是不相干的。我們只是萍水相逢，哪怕愛到生死相許，我對你的影響已深入骨髓，可是有一天，我們會分開，分開了，就是不相干的。

我說我現在還沒想到這個問題，關於分不分開，我們才開始，我想和她在一起。

她說分開是難免的，只是時間問題。這個世界上沒有永常的愛情，只有永常的親情。

我感到很茫然。我告訴她，我父親曾揚言要殺我，那年我十二歲，念小學五年級，身材很瘦小。他舉著刀，隔著一張飯桌，站在我面前。那是夏日的正午，天很熱，能聽見知了在叫，和現在沒什麼兩樣。我站著，我當時嚇壞了，他也嚇壞了。當他意識到自己在幹什麼時，他確實嚇壞了。他面色慘白，就像死人一樣。

有很長時間，我們就這樣對峙著，睜眼看著對方，空氣非常安靜。腦子裡嗡嗡一片響，偶爾能聽到屋外巨大的蟬聲。我說，那時我很像一具屍體，真的呆掉了，也不曉得害怕。有什麼東西在我身體裡窒息了。悄無聲息的，突然一下，就窒息了。

她說，後來呢？

後來他哭了。放下刀，捂住臉，就像孩子一樣哭了。

我也哭了，低著頭把五指併齊，看著它，我的眼淚淌了下來。我不能談起父親，我跟她說過的。我也常常談起父親，我愛他，直到現在，我還留著他給我的清寒、驚恐的記憶。這是我生命的一部分，我無法忘懷。

我告訴她，我愛父親。非常愛。我長得很像他，愛他就像愛我自己。我說，你能理解這種感情嗎？它有點病態，接近於瘋狂。我知道自己是病態和瘋狂的，我依戀他，為他，我願意去死。可是我們之間全錯了，我們互相折磨，奄奄一息。

他是個不幸的人，我說，沒有人比我更懂得他。我們是血肉相通的，你知道什麼是血肉相通嗎？我抬起頭，終於哭出聲來。是他帶我來到這個世界，給了我生命，然後給了我不幸。

我說我怕他，在他面前常常就哭了，我不是因為怕他而哭，而是因為愛他。他長了白頭髮了……一個中年男人的白頭髮，這是再正常不過的了。可是我哭了。我是很沒出息的，知道他在衰老，知道他將變得無力和醜陋。

這是我不能容忍的。

我說我怕老，我才十六歲，總擔心自己會突然老去，有一天，就像他那樣，慢慢地老去。沒有知覺，無力，感嘆。可是我願意替換他，我寧願衰老。

我叫她阿姐，我抱住她，我說，我這一生全錯了，已經錯了。才十六歲，已經來不及重新開始了。只能這麼錯下去。我和他之間其實很生疏，我沒有任何辦法。

我叫她姐姐，我和她做愛。總是這樣，說不了幾句話，我們便開始做愛。有時是因為無聊，有時是為了身體，現在則為悲傷而做愛。在悲傷的時候，只能做愛，我們找不到別的方式。

8

阿姐生於一九五四年。有一次，她把身分證拿給我看。她說，你來看看我年輕時的照片。她年輕的時候，一九七六年，二十二歲。我看見了一個清明、貌美的女孩子，一雙炯目。看上去只有十七、八歲，穿著軍裝，劉海連同髮梢括在耳後。

總之，這個叫夏明雪的姑娘是有點英姿颯爽的。眉頭微皺著，把嘴唇緊緊地抿起來，沒有表情，像在跟誰賭氣似的。

她笑道，我年輕時就是這個樣子，一照相就板著張臉，怎麼也逗不笑。可是我喜歡照相，坐在鏡頭前，雙手緊緊地按在板凳上，照相的師傅說，來，笑一笑。我便笑了，拿手捂住臉，彎下腰說，你別照。

總是這樣，非把自己弄得跟苦大仇深似的，她笑了起來：其實那時也未必有多嚴肅，只是有些拘謹。也怕見人，常常躲在屋子裡。家裡有客人來，招呼我出來見客，拉著拽著都不肯出來，有時還會哭。

我說，那時你有多大？

她說，十幾歲吧。內向得很。

我說，你也有那樣的時候？

她笑道，看不出來吧？

阿姐很少跟我講起她的從前。偶爾她會蜻蜓點水，一掠而過。她說，都忘了，我是個不念舊的人。有時，我覺得自己是無情的。只要我願意，什麼事都可以忘掉。

我打趣道，人呢？有些人是不會忘掉的吧？

她笑了起來，拍我的後腦勺。她說，人也會忘掉的。隔了那麼多年，模樣都想不起來了。一個人連模樣都忘了，那還有什麼不能忘的呢？他沒了模樣，對你來說，他就等於沒存在過。

我笑道，將來有一天，我對你來說，也等於沒存在過吧？

她把手伸進我的胳肢裡撓了一把，我一下子跳起來，笑道，你幹什麼？她說，看樣子我已經把你教會了，你竟用這種口氣跟我說話。

我說，不可以嗎？

她說，我喜歡你這樣。

她讓我看她的照片。搬來一本厚相冊，一張張地指給我看。這張攝於一九五九年，現存最早的一張。她穿著碎花棉衣褲，站在院子的迴廊前，天大約很冷吧？她袖著手，縮著脖子。坐在她身後的是姨姥姥，她外婆的妹妹，正在給她梳頭。

這大約是下午時分，午睡醒來，人有些無聊。她便纏著姨姥姥給她編辮子，姨姥姥說，她頭髮短，梳不成辮子。她想給她梳抓髻，她不同意。姨姥姥說，你看，你腦門上有兩個旋兒，一左一右。你脾氣強，將來是要吃虧的。

這照片是怎麼拍下的，她已經忘了。也許是她的父母，正逢著星期天，想著給祖孫倆拍張照片。這照片裡的下午是有陽光的，別處看不出來，只是一個人的影子，站在鏡頭外面，無意間落進了照片裡。

這是誰的影子呢？她想著，覺得怪有趣的。她說，你看，這影子很好，放在照片裡，有點突兀，可是很生動。我點點頭，我能夠明白。在這照片的背後，是活生生的一九五九，她的童年，一個普通中國人家的日常生活，物質還不算匱乏，有照相機。這是北京的一個冬日下午，一家子人圍著她，父母，哥哥姐姐，姥姥，來作客的姨姥姥……家裡盛況空前，一個也不缺。她還有爺爺奶奶，以及姑姑一家，她的表兄叫蘇廣，她的表妹叫蘇羊，她從未見過面的……他們遠在廣州。聽說那兒四季如春。她父親說，來年吧，把他們接來北京過年。她急忙說，再來年吧，我們就去廣州過年。

總之，這是沒有心事的童年，幸福像葵花一樣開放。

另一張照片是在夏天，不記得是哪一年了，照片上沒有日期。她長大了些，大約有八、九歲吧，穿著連衣裙，一雙麻花辮掛在胸前，清瘦，嚴肅，隱約可見現在的模樣。她站在巷口，略頷首，只微微抬起了頭，那樣子很像個小大人了。

她有很多照片，各個時期的，保存得很完好。相冊裡密密擠擠的一家子人，父母，兄姐，名目繁多的親戚……浩浩蕩蕩的一部家族史。她家族是龐大的，母系的一支多集中在京津冀一帶，是官宦人家出身，很有些來頭。她母親曾是進步青年，學生時代就去了延安。她父親是留蘇學生，回國後在化工部工作，後來做到很高的職位上。

這樣一個源遠流長的家庭，子弟大多聰穎、智慧，有上進心；從小耳濡目染慣了的，對時代的嗅覺很靈敏——倒不像一般的紈褲子弟，煙花散盡，漸露出斷壁殘垣，晚境淒冷。這個家庭裡，也許她是個例外，還有她的哥哥，但世事誰能預料呢？他們只不過是隨著時間的洪流往前淌著，淌到某一截，突然被卡住了，任是怎樣掙扎、努力，都無濟於事。這幾乎是人的命數，他們得服從，他們是無能為力的。

而時代幾多變遷，自民國以降，戰亂紛呈，時代就像擦鼻涕用的紙手帕，新的，軟的，揉一下就皺了，不待髒就扔了。人們還沒有適應過來，一朝君主一朝臣就換了。而這個家庭的子弟們，總能在新時代來到之前，就能嗅出某種氣味。那是山雨欲來的氣味，憑著本能，他們知道大的動盪還在後頭，這是不可阻擋的。他們要的不是永世的，而是那間隙處的一小片刻的安寧，繁華的，熱鬧的，門庭若市的，觥籌交錯的……

他們家族的人都有旺盛的投機素質，這潛藏在他們的血液裡，生生不息，被一代代流傳了下來。他們幾乎躲過了所有的劫難，於逆流之中爬上岸來，重獲新生。說起來有點驚險，很富傳奇性。直到一九六六年……誰也不承望一九六六年來了，轉眼之間，說來就來了。那一年她十二歲，念初一。

很多年後，她也不知道一九六六年對她來說意味著什麼。一個懵懵懂懂的小姑娘，每天背著書包上學放學，回家後做家庭作業，星期天的下午，洗完了頭，晾曬著，和院子裡的小朋友跳橡皮筋。如果時代不變遷，她大抵會這樣一年年地長大，平安的，有少許記憶；這中間也會經歷一些變故，身體的，思想的，一眨眼就到了微妙的青春期了，不說也罷。她會是一個讓父母煩心的孩子嗎？脾氣暴躁，愛頂嘴，偷偷和男孩子約會？真是難以想像的。也許她會暗暗地喜歡一個少年，高年級的一個男生，或者她同學的哥哥……長得很是書卷氣。她為此苦惱了很長時間。又說不出口的，簡直害臊得很。

也許她會和幾個閨中密友偷偷交換一下對男生的看法，吃吃地笑著，彼此都是心照不宣的。提起某個男生時，故意說他的壞話，語文不好，用衣袖去擦鼻涕……然而說的說，聽的聽，也都是心照不宣的。第一次來例假了，怎麼也搞不懂這個勞什子，慌張，煩惱，喜悅。有一種莫名的驕傲……從此，是個小女人了。和她的母親、姐姐沒什麼兩樣。

世界從此為她打開了一扇窗，她看到了些許光亮，密密的，刺得她睜不開眼睛來。她還有很多理想，只不知能不能實現它。她是茫然的。想出人頭地，從平庸的人群裡一下子跳將出來，脫穎而出。是有些虛榮心的，名利思想很嚴重：被許多人圍著，寵著，像明星一樣耀目。少女時代，她曾一度幻想做電影明星，像王曉棠，白楊，王丹鳳。美則美矣，可是她們不辜負這美，這才是關鍵。民間有多少美女，一年年地老了，無聲無息，靜靜老死於街巷……她覺得憤慨。呵，她要被許多人追求，成為一代青年的偶像，在城市，在鄉野；被人暗戀著，被人默默地懷想。她要建立功名，到處有鮮花和掌聲，過富麗堂皇的生活。

她母親總說她好高騖遠，說，將來有你的虧吃的。母親希望她能踏實一些，像她的兄姐一樣念大學，結婚生子，不讓大人操心。其實她自小就是個省心的孩子……如果不是後來的變故，少年狂野的心一年年地遁去，成年後的她大約還是要回到庸眾中去，過日常生活：考大學，工作，豐衣足食，平安而滿足，慢慢失去了幻想。

她只是不喜歡日常生活，天生有抵觸情緒，她害怕它，那裡頭有生命的消耗。同樣是消耗，她希望用另一種方式完成。很多年前，她自然不知道那是什麼方式，現在知道了。她說，我沒想到我會幹這行，這事不能細想，一細想就覺得不可思議。她搖了搖頭，臉上有隱約吃力的笑容。看得出來，她不喜歡這方式，屈辱，卑賤，膽顫心驚，可是既然做了，也就一年年地接受了。習慣了。

她是坦然的，勿寧說，這是對自己的尊敬。對於自己的職業，她從來不置可否，很少加以評判。可是話語間，我聽得出她是傷感的，話說到深處，她甚至會哭出來——當然，這是絕不允許的。她絕少回想往事，非常小心地繞過去，只在心裡存著這塊自留地，平時懶得去打理，任它荒蕪了。這仍出於尊嚴。

只有一次，她提起她的家族，她祖上的榮光。門前車水馬龍，各種時髦的人物進進出出……她自然未經歷這樣的氣派場面。她是聽她母親說的。她母親亦很少說起，她是大家庭的叛徒，革命青年出身，一個徹底的馬列主義信仰者。然而老了，體力潰散，熱情一天天耗竭……她在太平的年代裡謀得一官半職，到頭來終究還是個母親。有一次，她說起她年輕時代的理想，怎樣不顧父母反對，離家出走，投身於革命。

她母親這代人是狠心的，對於親情，物質，一切溫暖的、具有柔軟質地的事物，有著天生的免疫力。她氣質清寒，對於少女時代的富貴生活，她是厭棄的，也絲毫不體恤。她家族人丁興旺，繁衍極盛，各門派的子弟中從事各種職業的都有，官、商、學、醫……且都自立門戶，冠冕堂皇。大的分歧是在一九四九年以後，支流中的不少人逃竄海外，一部分人留了下來，財產被充公，成為共和國的一分子，艱難度日。

她母親的這一支則在廢墟上重新站起來。是她的背叛，使得這個家族的一支在新時代裡又找回了尊嚴的面孔。他們住在大院子的一個獨門小院裡，青磚鋪成的甬道，四間正房，廂房的窗戶前有一棵臘梅樹，年年冬天，開得豔俏。她幾乎是聞著臘梅香氣長大的，清冷的，含蓄的，沁人心脾的。這是她成長的背景氣味，這氣味裡有童年，緩慢的日子，冬天的太陽光。旺盛的生活。

她母親梳著短髮，穿著列寧裝，一副英姿颯爽的樣子。她是果斷的，幹練的，也是細緻的。總之，有著五十年代職業婦女的一切習性，健康，開朗，有公德心。體力充沛，正處生命的盛年，走起路來也興致勃勃。她父親戴著眼鏡，身材高爽，臉龐清矍，典型的知識階層的模樣。他讀俄文資料，偶爾也教她說兩句俄語，「你好」，「再見」，他躺在籐椅上聽著小女兒拙樸的發音，大聲地笑起來。他有兩套毛料西服，是從蘇聯帶回來的，平時不大穿，後來也不時興穿了，改穿中山裝。

她姥爺死後，母親把姥姥接過來同住，近八十歲的一個老太太，瘦小，白皙，戴著老花鏡。這個民國時代的世家小姐在晚年時抽上了菸，很安詳，平時絕少參加女兒女婿的時政談話，也不讀報。她幾乎生活在隔世裡。讀《紅樓夢》和《鏡花緣》，給遠方的朋友寫信，端正漂亮的毛筆小楷，半文言體。

她害怕下午時光，寂靜的，無聊的，能聽見鐘錶走動的聲音；看見光線，就會想起時間對生命無聲無息的侵襲和腐蝕。她說，這是傷害。她敏感，潔淨，愛美。每天衣衫整潔地打發時光……她文字優美，看上去是個慣於寫信的人。對往事，她充滿了感情；對現世，她是豁達的。信裡有一些關於日常生活的記錄，風趣，略帶著微妙的嘲諷，很是精采。對於生死，她也有過一些精闢的議論，傷感的，寬容的，明朗的。她甚至會提及她們那代人年輕時代的愛情，開兩句玩笑。物質生活，時裝樣式，在信裡均有過細緻的描述。她生活在從前的空氣裡。沈默，只因為她尊嚴。

小外孫女要是問起了，她才會講古。這個家庭裡，只有這個孩子對舊時光感興趣。祖孫倆在院子的迴廊前坐著，都沈浸在對往事的緬懷裡。一個說，一個聽，下午的陽光落在她們的身邊：衣袖上，鞋尖上，眼睫毛上。

她那時也不過六、七歲吧，還未念小學。她最初的教育是從這裡得來的，不是雞兔同籠，不是看圖識字，而是舊京都的一場繁華夢。姥姥的敘述客觀，公正，止於就事論事；也許她是傷懷的，然而她克制著，慢條斯理地說著，那樣子也僅是在回憶往事。她有兩個舅舅，比她母親略長幾歲，至今下落不明，據說去了台灣，也有說是定居香港。總之生死未卜，音訊全無。

兩個舅舅都很聰明，是留法學生，按家族的意願學了工商，回國後一個任職於花旗銀行，一個做證券期貨業。兩個兒子性格差異很大，倒都也聽話，溫良，順從；雖是富貴人家出身，沒半點嬌驕之氣，做起事來兢兢業業。人也厚道——在外面不曉得，僅是在家裡，孝敬父母，厚待下人，那是沒得說的。姥姥說，世人都說富貴好，看得見的是那門面和排場，只當是呼奴喚婢，夜夜笙歌，其實這是外行話。看不見的才是那日日辛苦，奔波勞碌。掙一份家業容易嗎？俗話說，創業容易守業難。沒有永世的富貴，只有永世的操勞。單只你那兩個舅舅，累先不說……她搖了搖頭，嘆道：人生究竟有多少意思可言？

為富不仁的觀念，也許就在這時閃進了這個乳名喚做小雪的女孩的腦子裡，使她略略頓了一下，產生了懷疑。自小，她就是個懷疑論者，很偏執。你說對的，她就說錯；你說錯的——所有人都一口咬定是錯的，她也會好好想一下，到底錯在哪？為什麼錯？她小小年紀，雖簡單，也會人來瘋，但關於是非、對錯，倒有自己的一番思量。

她父親盛讚她是「小思想家」，不人云亦云。母親則很為她憂慮，「這種性格！」她皺著眉頭想了想，彷彿一下子無從說起。夫妻倆由此說下去，延安時代，關於辯證唯物主義，凡此種種，她也聽不懂。

她姥姥說，你兩個舅舅是這等人物，不想你母親卻清貞堅決，性格剛毅，簡直不是從一個娘胎裡出來的。她說著笑了起來，眼睛看著晴空，神情很遙遠。家裡只有這麼一個女兒，原指望她會平平安安地長大，嫁個好人家的子弟，榮華富貴，享樂一生。現在差不多以另一種方式實現了她這願望，然而這方式她看不懂。

想來是值得慶幸的，在四九的北平城（她一直把北京叫做北平），她眼睜睜地看著舊日的親友逃的逃，散的散，有的生離死別，骨肉分離，包括她自己在內，有一種恍然入夢的感覺。然而她滯留了下來，這是她的北平，從小生活慣了的，冰糖葫蘆，京戲，熟悉的街道和店舖，人力車，小胡同……很多顯貴人家衰落了，朱門深鎖，人去樓空。滯留下來的靜悄悄地過日子，惶恐不可終日。然而她是安全的，女兒女婿都是光鮮人物，體面，忙碌，受器重。……然而說這些幹什麼呢？

有一次，她去街上走了一遭，回來的時候不太適應。她看見了很多標語，字是熟悉的，可意思有些不大明瞭。穿棉袍的人還是從前的，那穿列寧裝則是現在的。她女兒也穿列寧裝，在家裡看著以為是普通裝束，去街上一看才知是時裝。許多店鋪關閉了，女兒說是遏業待整。北平城的上空豔陽高照，街上恍恍的都是人影子，看著有些頭暈。聽見鑼鼓喧囂的聲音，喜洋洋的，然而街道有些荒落。

她頹唐了很長時間。她熟悉的北平城被帶走了，物質的，生活習性的，趣味的……在新時代裡，她是個外人。她看不懂很多東西，再說人也老了，不湊那份熱鬧也罷。後來她便習慣了。安之若素。

母女倆的感情很好，有一點她們是一致的。當女兒說起舊時代時，批判官場腐敗，苛捐雜稅，分配不均，她點著頭，附和著，偶爾也舉些親歷小事做佐證。說到底，那也不是她的時代，她的時代在民國，一個妙齡女子，衣食無憂，家世很旺盛。她對於時代的變遷並不關心，關心的只是歲月，人的衰老，一世的平安。她也關心友誼。親情。

她一生富貴，自然很難體味富貴的好處。然而片言隻字，在她小外孫女的眼前卻打開了一幅生動瑰麗的畫面，她用她豐富的想像力，看見許多華美的人物走來走去，說著話，掩著嘴笑著，你方唱罷我登場。闊公子，俏小姐，適可而止的享樂主義。街上的電車鈴，綢布莊裡風塵僕僕的下午陽光，大飯店的服務生，烤鴨館的跑堂，這些都是物質的。

精神方面則接近清揚、明亮，各種新思潮的湧入，治國思想。知識階層穿著長衫，或者西裝革履，雖未投身革命，也並非個個飽食終日，荒淫無度。……她並沒有分明想到這一層，然而在那春日的太陽底下坐著，袖著手，低著頭，眼皮子重得抬不起來。四周都是陽光，壓得她喘不過氣來。身上彷彿出虛汗了。身體往深裡沈了下去。

很多年後，她想起姥姥，總有類似的感覺：暖洋洋的，喜悅的，人在正午的太陽底下打著盹，突然一激靈，醒來時有點冷。這是物質的感覺。物質就是姥姥，像普天下一切溫綿慈善的老人，上了年紀的，有點心事的，皮膚摸上去是軟的，溫暖的。誰不想有這麼一個「姥姥」？有她罩著，童年永遠是漫長的，人到中年的父母永遠是精力旺盛的。冬天有火爐子，夏天吃冰棒，家裡有姥姥。她是人世的底色，暖色調的，是保護色。她自古以來就在那兒，她是上天賜予人類的愛和關懷。有她在，所有人都覺得安全，人世才會有保障。

她姥姥死於一九六二年。事隔很多年後，她也無法確定這個老人施予她一生的影響。她影響過她嗎？她於她是否很重要？不知道。很多事情是無法追溯的，也未必有源頭。她教會她一些最基本的人世常識，帶給她一點微弱的物質的刺激。

呵，她喜歡這刺激。旺盛，飽滿，讓人想起豔陽天，或者新棉布裡散發出的棉花味，軟，新鮮，愉快。小時候一看見布料，她就迫不及待地把鼻子湊上去，聞著，吸著，吐著氣。她喜歡這氣味，無邊無際的，踏實的，像豐收和富裕。那裡頭的溫暖，值得她用一生的時間去焐吸。那溫暖……那溫暖是貼心貼肺的。

很多年後，阿姐跟我回憶起她的成長史，每一個拐角處，她都剖析得一清二楚。她以此來論證她成長中的必然因素。她從不相信偶然。有些事情看上去是偶然的，她說，比如你遇見了一個人，或者一件事，因為它們，你誤入歧途，越走越遠。人和事是偶然的，可是歧途是必然的。不遇見這個人，也會遇見那個人，總得有事。

她說，我注定要長成這個樣子，這是天生的，沒有第二種可能。如果時光能倒流，所有的錯誤我將重新再犯，而且很堅決。她笑了起來，很頑皮的樣子，拿手撓了撓鼻子。

她如此坦蕩，可是我覺得黯然。我試圖為她辯論，我相信成長是神祕的。就那麼一瞬間，三兩個人，幾件事，一些話語……使她稍稍猶豫了一下，從此改變了方向。我們每個人都是猝不及防的，茫然，空洞，像站在一個十字路口。我是說，人世就如迷宮，個人究竟有多少自主可言？走在其中的，衝出重圍的……不說也罷。誰不是誤打誤撞的？誰是對的，誰又是錯的？——我們知道嗎？不知道。我們是不負責的。

阿姐不同意我的觀點。她說，你太賴皮，也太悲觀，這樣可不好。她笑了起來，把雙手合起來，夾住鼻梁，若有所思的樣子。又笑道，不過也難說，一般悲觀的人都會耍賴皮，自憐，抱恨，翻臉就不認帳。這是在撒嬌吧？

我也笑，無以言對。

她不願意為自己開脫。這是個無情的女人，她坦然，明白，冷酷，三十多年風雨飄搖過來的，經過了多少事！她不需要為自己找藉口的，她負得起這個責任。一切全是她咎由自取。——她喜歡這樣的解釋。

她不喜歡她現在的樣子，可是也沒什麼可抱怨的。人生就像賭博，她說，我是必輸的那類人，可是我心服口服。所有的劫難……該逃的我已經逃了，不該逃的再給一次機會，我仍舊逃不掉。

她很信命。對它很服從，五體投地。我看見了一個女人，她貪欲，無恥，墮落，她軟弱，也堅強。她善良，也邪惡。她是如此龐雜，身心像廣闊的人世包羅萬象。她是一面鏡子，萬物在其中都投下了無數的影子。她是自得的。對人世，她有自己的解釋，也許偏激了些，可是總能自圓其說。她簡直得意之極。

我看著這張美麗的臉，生於一九五四年。三十二歲。她長得很清潔，有著單薄的、靜止的美。像是沒有背景。又像是在晴空底下，天很藍，空氣清新，陽光素淨；四下一看，視野開闊，街面整潔。——好得簡直要讓人嘆氣，無端地生出很多感慨。

她的美不是豔陽高照的。她不熱情，也不奔放。也不害羞……怎麼說呢，那是一種自管自的美，很自私，冷淡，忘我。她美得很高尚，有一次我這樣形容她。她笑得差不多要噴飯。她說，我還高尚嗎？這簡直是諷刺，有你這樣拍馬屁的嗎？罵人還不帶髒字。

我也笑。

她對自己的容貌並不滿意。她希望自己是豔麗的，外向的，開懷的，男人一見她就熱血沸騰，失去了方向。她知道自己長得美，但是美得不對。她要的是汗漬淋漓的，肉慾的，簡單明瞭的。她說，你要知道，這會給我的工作帶來多少便利，我簡直可以不費吹灰之力……她把手打開，放在嘴唇邊，作勢吹了一下，愉快地笑了。

我說，也不一定。各人有各人的喜好，有的男人就不吃這一套。再說，你又不是做身體交易的，長成那樣也未必佔便宜。既然是騙，就要騙得從表及裡，酣暢淋漓。

她吃驚地看著我，點點頭，笑道，我以前太小看你了。

我說，現在有錢人也不都是暴發戶、大老粗。前個報紙上還說，不少國家公務員、碩士、博士也都下海經商了。——說這話時已是一九八九年。

她又笑道，你還關心國家大事呢。

我說，隨便看看，這對你的工作有好處。

她對我很是讚許。一九八九年的我，未滿十九歲，已是個健壯的青年。跟了她兩年多，受過苦，逃過難，過過花天酒地、一擲千金的生活。什麼都經歷了，一切已見怪不怪。我的身體已經長足，依然旺盛。我的心智更加成熟，慢慢開始腐爛。我們相依為命，仍然愛著，漸成了習慣。她凡事找我商量，變得很女人，優柔寡斷的樣子。我知道，她並不是沒有主張，她只是喜歡這種感覺，製造它，和我一起去享受它。她變得溫順了，而我則更加自由。也許，我仍嫌孩子氣，但我不再掩飾了。我是說，一個青年，他長大了，變得自信，有力，不再懼怕。他是男人，他無須去證明什麼。

阿姐說，你以為博士和文盲有什麼不一樣嗎？本質上他們都是男人，對待女人的口味上，學歷不起任何作用。

我笑。這女人閱世太深，對男人算是吃準了。

她沈吟一會說道，還是不好。——我不性感，至少外表上是這樣。她笑了起來，朝我擠擠眼睛。又說，女人的關鍵不在美，而在於美得是否有用。我這種長相——

我笑道，太吃虧了。男人看見你，會爽心悅目，然而也畏怯。

她也笑，嘆道，簡直是白糟蹋了我這職業，不過先天不足，後天彌補吧。好在我早就意識到了，以勤補拙，頗有成效。

此刻，這張臉呈現在一九八六年的夏日，鼻翼上有汗珠，整個身軀沈浸在更久遠的往事裡。現在，她開始回憶了，沒有痛。行雲流水的述說，對自己做簡單的點評，不時地發出歡快的笑聲，簡直神采飛揚。話說到深處，她甚至會擊腿感嘆，站起來轉一圈，罵兩句粗話。她的潔淨的面龐在燥熱的空氣裡，活色生香。

我知道她是由衷的，她喜歡用這種姿態回憶往事，並不為掩飾什麼，也沒有嘲諷。這樣的回憶方式能給她帶來快感嗎？我不知道。

我端詳著她的面龐……某一瞬間，我以為自己是魔住了。我對不上號。我所看見的這個人是真的，她是女人，天生麗質。有軀體和四肢。正在說話，笑聲很爽朗。她長相優雅，偶爾動作也粗豪。她細緻敏感，卻很少傷感。

偶爾她也是傷感的，可是對於自己的處境，她又如此明朗，豁達。在人生極重要的事情上，她的表現全是冷淡的，沒肝沒肺的。她不認真，態度嬉皮，可她也端莊。此刻，在這張端良的面孔上，看見的全是孩子氣的、天真爛漫的神情。她三十二歲了，可是樣子純淨得像一滴水。歲月在這張臉上白淌過。她枉費了光陰。你猜不出她的年紀來。只要她願意，她可以裝成大學女生，機關公務員，記者或者編輯。她像的。神情單純，隱隱帶著世故，像剛剛長大成人。她讓人忍俊不禁。

她像是沒有身世，光溜溜的一個人，來這人世走一遭，僅僅為來看熱鬧。她讓人喪失了抵防心。誰能看見呢，在她身後，站著滄桑世事，鬱鬱森森的時代背景，家族的衰亡，個人命運的跌宕起伏……她把它們全抹去了。她不喜歡它們在她身上留有印跡。她說，沒用處的。太沈重了。背著它，人會喘不過氣的。

她從此獲得了自由，如此輕快，像在飄；像人生裡一切不落實地的空虛，她一定覺得難以承受。她壓抑著，偶爾她也會覺得氣喘嗎？她需要做深呼吸嗎？我猜她並不快樂，她常常憂傷。這話也許言重了。我能夠想像她那世故的神情，在聽到這句話時，略略笑了一下。那意思在說，我不快樂嗎？我憂傷嗎？你怎麼知道？

我覺得汗顏。

我看著這個女人……我是說，單看這張潔淨的臉龐；如果你像我一樣，和她生活在一九八六年的夏天，面對面坐著，聽她一席談；她的談話風趣生動，不多的幾句人生走向，是用溫和的、坦蕩的、近乎戲謔的方式說出的。她的思想脈絡清晰。皮膚溼潤。她在呼吸。這是個真的人。她沒有發瘋。

她在愛著，很真誠。她的神情天真無邪。是真的無邪，她沒有作秀。如果你知道她還很善良，她的周身散發出溫暖的質地；她很多情，也內向；此刻她在屋子裡走動，興之所至，這裡踢踢，那裡翻翻，她累了，一下子撲到床上，把下頦枕在手臂上，眼睛巴巴地打量著你。她笑了，像一個吃飽飯的孩子，腦子是空的，神情幸福而滿足。她無聊之極，偶有調皮的一瞬間，就像是鄰家的姐姐，每天上班下班，在樓梯口相見了，順勢摸一下你的腦勺，笑著跑開去，吐了吐舌頭。彼此都很相熟了，摸摸又怎麼了！

——我是說，這樣的一個女人，你怎會相信她是個詐騙犯。你怎會相信呢，在這張良家女子的面孔底下，隱藏著多少世故和心機。她對於人世是算計的，一步一趨，精確無誤。她自私，冷漠，損人利己。人生裡的一切矛盾在她身上遙相對望，探頭覬覦著，相安無事。

她說，我曾有過僥倖心理……她搖了搖頭，笑道：可是說這些幹什麼呢？一切已經太遲了。

她把頭倚在牆上，身子往下蹭了蹭，以期更舒服些。她的臉上有疲乏倦怠的神情，往往在說話的間隙處，她自己也沒留神，一不小心讓它跑了出來。那一瞬間，她一定覺得很潦倒。

她說，我父母要是知道我這樣……要是他們還活著。她吐了口氣，簡直不能再說下去。這個家族是毀了，她又嘆道。——看了我一眼，順手揭一揭嘴唇上的裂皮，說，我自己是無所謂的，活著，苟延殘喘，可是他們……他們會怎麼想？

她坐在那兒，肢體癱軟，由牆壁撐著。她是家族裡最小的女兒，自小就備受疼愛，長得美，聰明伶俐……她曾被寄予了厚望。誰也不曾想到，她現在會是這個樣子……可是這個樣子，有什麼不好嗎？她側頭問我，笑了。又恢復了慣常的神情，天真，坦蕩，無恥。

我笑了笑。其實也說不上什麼不好，如果這是她的職業，她以此謀生。我告訴她，我是個沒有是非觀念的人，可是——

可是什麼？她笑道。

我低下頭想了想，一下子也無從說起。

她說，你還是覺得不好。小傢伙，我知道你的。你希望我做個好人，有一份安定的職業，商店服務員啦，公車售票員啦，工人或者農民。每天起早貪黑，過皺皺巴巴的日子……她咯咯地笑起來：可是我告訴你，不行的。如果那樣生活，我寧願去死。

她搖了搖頭，神色鄭重起來：我不能那樣生活。雖然很多人都是那樣生活著的，每月拿固定工資，捨不得用。先存一部分在銀行——唔，存活期還是定期呢？活期利率低，定期利率高；還是定期吧，零存整取。——她拿手撐住額頭，作勢想了想，笑了起來：那麼剩餘的錢就用於日常開支吧。吃的，穿的，公車的月票費，孩子的書本費，還有人情來往……真是要命呵。小二子正在長個頭，褲腳已經吊在腳脖子上了，球鞋一個學期就能穿出窟窿來，聽說他在踢足球。這個該死的！老大愛臭美，才十六歲的小丫頭片子，成天鬧著要買新衣服。穿什麼穿！一家老小，喝老娘的血，吃老娘的肉！……

我聽著笑了起來，很驚詫她對街巷生活如此諳熟。她說，我丈夫就生活在這裡頭，剛結婚的那會兒，我在胡同裡也住過一陣。

不是窮。她說，我也過過窮日子，我知道那是怎麼回事。窮也可以窮得奔放，窮到極處，就開始變通，生出希望。可不是這樣子的，寒縮，揪心，太平……一年年地忍受下去，暗無天日。每花一筆錢都要記下來，生怕厚待了自己。人活著是為什麼？不就是一口氣嗎？這口氣要吐得舒展，窮也要窮得舒展。

我笑道，你真是站著說話不腰疼，窮就是窮，窮怎麼能舒展？

她理屈，咬著嘴唇，朝我抱恨地笑笑。她說，都是大同小異的生活。好一些的，有份體面的職業，夾著公事包，有人巴結奉承，整天忙得興興頭頭的。或者坐在辦公室裡，一杯清茶，一份報紙……可是突然間抬起頭來，幾十年過去了！人老了，這一生平庸而健全，也不太能記住什麼。

那真是恐怖的，她突然哎嘆了一聲，聲音尖細，像在呻吟。那一瞬間，我也頓了一下，打了個寒顫。我完全能夠明白，那日常生活的每一天，老實平安，而且強大。人在其治下生活，被生下來，長大，一年年失去了幻想。眼睜睜地看著軀體在衰敗，可是沒有能力。都曾有過新鮮的血肉，也許不羈過，抗爭過，可是又能怎樣呢？到頭來老了，那幾乎在瞬息之間，猶如白駒過隙。生命就是這樣邋遢，無知覺。

她說，我父母就是這樣老去的。我小時候，就看見他們在衰老。怎麼說呢，他們那時都年富力強，正忙於各自的事業，上面還有一個老太太罩著；逢著星期天，一家人圍著飯桌坐著，孩子們嘰嘰喳喳的，各說各的事情。——她扭過頭去，頓了頓，似乎是看見了什麼，也許完全是無意識的。

我在等她說下去。

就是這些，我看見他們在衰老。我那時有六、七歲了，還沒有念小學。真是奇怪得很，怎麼就看見了這些？這日常場景裡背後的東西，所有人都神不知鬼不覺的，可是我看見了，非常清楚。——也許姥姥也看見了，她是過來人，對一切已明察秋毫。我跟她討論過，我說我害怕。她說你害怕什麼。我告訴她，我看見母親在做家務活，捋著袖子。在院子裡和隔壁的董阿姨切磋毛線衣的針法。她在陽光底下坐著，打著哈欠。風吹進她的衣衫裡，她抱了一下肩膀，她感到冷嗎？……姥姥不知我在說些什麼。她說，這樣有什麼不好嗎？我說我看見了一樣東西。

她問是什麼。我沒法回答。很多年前，我不知道那是時間，它隱藏在日常生活的背後，一天天地睜著眼睛。我看見了它的眼睛。

阿姐不說話了。我看著她。

姥姥比我有承受力，她堅強。隔了一會兒，她又說，現在我也堅強，很多關節我已經打通了。但是對於日常生活，我還是害怕。沒有道理可講的，現在我一個人過活，吃飯，穿衣，睡覺，打掃屋子，和我母親沒什麼兩樣；可是也不能說就沒有區別。區別是有的，但我不知道在哪裡。

我說我知道。

她噢了一聲笑道，你倒知道！

我笑了。我知道一個人正在老去，像所有人一樣；她也很平庸，死後沒有聲名；她甚至更墮落，以詐騙為生。但是不同的是，她反抗規律，反抗一切按部就班的東西……比如日常生活。她不沈迷於此，拒絕無知覺地服從。她的性格決定如此，她怎能隱忍於市井呢？她虛榮，貪欲，愛慕錢財，追求享樂……她敏感，脆弱，沒有平常心——世俗性。她不在日常生活裡。

她笑著咕噥道，我父母怎麼把我養成這個樣子？她輕輕地皺著眉頭，很無奈的樣子。

總之，你也看出了，後天教育在她身上沒起反響。那就如一粒石子落在湖面上，石子沈下去了，湖面又恢復了平靜。這個「生在新中國，長在紅旗下」的一代少女，最終沒能成為「共和國的建設者」，也拒絕做庸民。——在她看來，這兩者也無區別。她按著自己的意願生長，胸懷很多夢想，正如「色彩斑斕」。

她八歲了，就讀於東城區的一所胡同小學。認識了很多字，也會說一些成語，艱苦奮鬥，自力更生……同學中有一些人來自底層，其中一個叫陳打鐵，和她是同桌。他祖上是拉人力車的，解放以後，父親進鋼鐵廠當工人。他這名字由此得來。家裡孩子多，底子薄，五六張嘴嗷嗷待哺。這陳打鐵一身寒素，兩套藍、灰卡其布衣服年年不敗地穿著。短了，那是捉襟見肘；長了，那定是他父親的改製的。

一個秀美的孩子，可是邋遢，含糊，迷迷登登的。成績也不好。在學校裡受欺負，常常就哭了。「階級」一詞就這樣進入一個八歲的小姑娘的意識裡，和書本裡的不一樣。她回家把這事跟父母說了，她說，不是解放了嗎？窮人不是翻身做主人了嗎？誰解放了？誰做主人了？她父母相視一笑，沈默了。她把陳打鐵領回家，和他一起做作業，把大院裡的小夥伴介紹給他認識。她做這一切小心謹慎，生怕傷害了他。有時她也是隨意的，拍他的肩膀，和他生氣……完全拿他當自己人了。

然而她知道自己是不安的，她覺得愧疚。這個愧疚就是貧富的差別，等級制度。即便一九六二年，嚴控食品配給，他們家還過著等常的生活，吃米飯饅頭。她記得小時候吃過豬肉燉粉條，姥姥偶爾也喝上杯牛奶，不知是不是此時。她母親拿回來一份只有高層看得到的報紙，一邊看著，一邊和父親議論道，四川農民開始吃樹皮了……聲音非常小，別的內容也未聽清楚。

陳打鐵並不領情，他對她冷淡了許多。也許，這友誼從一開始就是脆弱的，它有很多問題。她知道這問題的根源所在。然而在自己家的院子裡坐著，臘梅樹在冷空的氣流裡開出羞澀的花，她知道自己是吃飽的，因而也是幸福的。她珍視這幸福。

物質給予人的好處，從來不在物質本身，而在於它給身處其中的人們造成了一種幻覺。這幻覺是華美的，像裘皮大衣裡包著的冬天，溫暖，且名貴。這是面子。面子很重要。還在於它把一類人群和另一類人群有效地區分開來，造成了某種尊嚴。說到底，物質就是尊嚴。陳打鐵也是尊嚴的，然而窮人的尊嚴沒有底子，內向，瑟縮，不踏實。像煤油燈的芯子，微弱地跳著，像寒冬夜行人。

剛學會「富麗堂皇」這句成語時，她回家描述著：一間窗明几淨的屋子裡，鋪著毛茸茸的地毯，有電話，鋼琴，電冰箱。花瓶裡插著鮮花。窗外陽光燦爛，傭人正在花圃裡忙碌。所有人都長得美，神情倜儻，衣衫華貴……錢是用不完的。一家人都笑了起來。姐姐糾正她說，富麗堂皇是形容建築的。然而她很固執地以為它是用來形容生活的。

母親認為她有小資產階級傾向，價值觀大有糾正的必要。她告訴小女兒，首先這種生活是不存在的，新社會講究平等，財產共分。即便姥姥那個時代，富貴人家過日子也是算計的，錢花在明處，那是漂亮；算計在暗處，那是隱忍。

她聽著，有點似懂非懂。她抵賴說，我也只是打個比方。

母親繼續說，我知道你在為陳打鐵抱屈，人窮，遭壞孩子欺侮，這只是暫時現象。而且我們家的錢也是用得磕磕絆絆的，你小孩子不知道罷了。記住：一個人不能太貪圖享樂，我們的社會不提供這樣的土壤。你只有靠自己的奮鬥，才能受人尊敬。母親又舉例說明她在延安時代，窮是真窮，可是因為有理想和信念，「精神頭十足」。什麼是朝氣蓬勃，什麼叫意氣奮發……這就是。可見，物質只是物質本身，它並不能帶來什麼。

很多年後，阿姐也不知道這席話在她身上是否產生過影響，那一年她八歲，聰慧伶俐。自小，家裡就有兩種空氣，一個是姥姥的，一個是母親的，這兩種空氣混雜在一起，對立又相融。總之，每個人的話都是對的，有源頭，有歷史，有親歷的事件做證據……分析起來頭頭是道。

然而這些已經來不及細說了，一九六六年來了。春天。大院裡的楊樹長出了新綠。人們脫去冬裝，在大街上走著，說笑著，回過頭去看著，踅進胡同口的一家糧油店順便秤兩斤麵粉。什剎海一帶有人在晨練，春寒料峭，水面上結了層薄薄的冰。傍晚的少年宮裡傳出合唱團童稚的歌聲。……人們不知道這一年會發生什麼。那些年，發生了太多的事情，每天都是「日新月異」的，人們已見怪不怪的。本以為這一年會平安地過去；再不濟，運動來了，還是要過去的。什麼不是這樣過去的呢？一些人倒楣，另一些走上前台，然而老百姓還是安生的，過著他們簡素的日常生活。

阿姐說，一九六六年到底是怎樣的一年呢？按迷信說法，是有點神祕的。現在很多人拿它作文章，寫小說，寫回憶錄，我看沒什麼必要。所有人都覺得自己受到了傷害，青年人是誤入歧途，浪費了大好青春……全是扯淡。

她笑道，我是不說的，我相信沈默是金。——眼風稍稍瞟過來，自得地笑。——一個人經歷了很多事情，連說話的願望都沒有。真是懶得去說了。我喜歡事實被掩埋起來的感覺。你體會一下，真的很好。——她把眼睛閉上，立在空氣中微笑著，像一座雕塑。她常常這樣裝腔作勢的；我知道，這是因為她心情好，她拿我當小孩子逗呢。

這一年，她哥哥二十四歲，北大歷史系畢業，在某社科研究所工作已三年了。他長得不錯——她把眼睛看向前方，愉快地笑了。這是她的回憶方式。她講起某個人時，不管相不相干，都要先從相貌說起。她從小就喜歡這個哥哥，他比她年長許多，她還是孩子時，他已是個青年。長得好——也談不上漂亮精緻，是那種粗枝大葉的、疏朗的男子的美，長得高高大大的，氣質極為清爽。

他很有女人緣的，她笑道，高中時代就有男女同學來家裡小聚，坐在院子裡談馬列主義，常常就爭論起來。他引經據典──口才很好的，語氣果斷，言簡意賅，不容置疑。我記得當時他穿灰色的半高領毛衣，脖子上套上一圈黑圍巾，流蘇垂下來，很隨意的樣子，有點五四青年的味道。──她突然停頓下來，空氣像是狠狠地抽一下，她的臉色變得端凝了。隔了半晌，她才說，他那時多年輕呵，春天的院子裡，他的黑圍巾，流蘇一晃一晃的。嘴唇張合的頻率很快。……這一切就像在眼前。人群中有兩個女生，正在看著他。我在看著她們。我們都很喜歡他。

這個兄長，在她的一生中扮演過重要的角色。這一點她是願意承認的；承認它，也主要源於感情的聯結，他待她很好。家族裡，只有這兩個孩子是氣脈相通的，有野心，朝氣蓬勃，有「共同的悲劇氣質」。很多年後，阿姐是這樣認為的。她父母死後，她隨哥哥一起生活，住在軍區大院裡，這是一九七〇年，她哥哥已成為一線人物，重權在握，手下兵將無數。他是她的英雄。

她父母死得早。父親因病逝於一九六五年，她哥哥還是個沒沒無聞的青年，讀哲學和歷史，發文章，記筆記。她母親死於一九六八年，職位被免了，家被抄了，她瞬間成為一個蓬頭垢面的老太太──那時哥哥已離家出走，蹤跡不明。她隨母親住在一戶破平房裡（姐姐已結婚，與家庭劃清界線）。晚年的母親神經質，神情驚恐，夜裡常常一躍而起，下床踱步，嘴裡念叨著什麼。睡覺時打很響的呼嚕，而且便祕。她常常就發脾氣了，拍桌子罵人，動輒就躺倒在地底下。憑心而論，實在也不是個招人待見的老太太，心疼當然是心疼的。

這其間發生了太多的事情，有的她也未能目擊。母親突然失蹤了，一連好幾天，沒有她的消息。

她慌了，去她的原單位探問。一個十四歲的小姑娘，生生澀澀的，見人不敢說話。好不容易看見一個面相溫和的穿軍裝的人走過來，她上前問了，說不了幾句話，就哽咽住了，淚如泉湧。那人聽了，也只是點點頭說，知道了，你先回去吧，我給你問問再說。

母親的屍體是三天後被抬回來的，說是畏罪自殺，也有說是心臟病突發。她不信，又跑去哭鬧。這一次她膽大了，潑辣了，口齒也伶俐了許多。她說，人就這樣死了嗎？不明不白的，離家時還好好的！心臟病？我告訴你們，她沒病，她活得好好的。——我告訴你們，殺人是要償命的。要償命的。我要告你們去。

她躺在辦公樓的院子前，冬日的太陽暖暖地曬著，周圍站了一大圈人。有人嘆道，告什麼告？去哪兒告？你一個小姑娘家，說別的是假的，人家不願意跟你多囉嗦，要點安撫費倒是真的。果然一個幹部模樣的中年人後來出來說話了，問她家裡還剩幾口人，得知就她一個時，他擺擺手說，回去吧，後事你別管了。

她咬緊手指的骨節，在太陽底下一躺又是半天。腦子很昏沈，身上彷彿出汗了。太陽看得久了，暗下去了，在某一瞬間恍若黑色。她忘了是什麼時候回來的，到家時，屋子裡空盪盪的，母親已被抬走了。她來不及細想，揀母親躺過的地方坐下來，焐著。太累了，她要睡著了。這個家是迅速毀掉的，最疼愛她的人，姥姥，父親，母親……一個個走了。他們的血液在她的身上淌著，淌著，然而她就要睡著了。

接二連三的事件，隔幾年家裡就死個人，快得簡直讓她緩不過氣來。以為是假的，以為這是戲劇。這事她一般不願意多說，每個人都在說，說濫了，有規則和套路，聲淚俱下的控訴，聽起來可不就是假的？連她自己都要嘲笑了。不說罷了。

起先，她想不起哥哥這個人，他從她的世界裡失蹤很久了。當有一天他突然倚在門口時，她看著他，半天沒有反應過來。她認出他是哥哥了，也沒有立刻走上前去，做出親暱的樣子。她冷靜之極，她在等他的態度。他願意認她，她就隨他走；他不願意，她也無所謂。兄妹倆坐在屋子裡，談了一下午。他告訴她這一年的去向，參加武鬥，拿下他的研究所，奪取政權。母親死的時候，他在上海，去見某些「神祕人物」，他沒有說出他們的名字。也許是不便說。

他說，我要從政。她點點頭，她明白他的意思，區區一個研究所不在他的話下。這一年他二十六歲，她覺得他有點變了，是樣子。線條硬朗，平添了英武氣。他從前是能言善道的，現在只是沈默，深謀遠慮的樣子。她告訴他母親是怎樣死的，他聽了，也沒說什麼。隔了半晌，他才說，我救不了她。

她看見他的眼裡有淚光，他側過頭去。她這才撲到他的身上慟哭。他說，你放心，這個仇我會報的。她哭得聲嘶力竭，她熟悉的哥哥回來了。她從他身上聞見了自己的氣味。這是血緣的氣味。她以為自己已經很冷硬了，萬物不可侵蝕。然而不是的……不是的。她才十四歲。

她說，我也不知道我什麼時候變得冷酷無情了，這帳沒法細算。但我確實看見我長大了，心變硬了，對傷痛可以置之不理，對自己沒有同情心。我哥哥也說我長大了，模樣出來了，乍一看，他都有點不敢認了。才十四歲，他搖搖頭嘆道，說話做事這麼俐落，都讓人感到害怕。

他閉了一會眼睛，她知道他是不安的，他在為她擔心。——他十四歲的時候，還是個調皮的孩子，玩彈弓，唾女孩子。她跟著哥哥走了，換了好幾處住所，後來在某軍區大院安頓了下來。她哥哥就在這時成為青年才俊，某部一手遮天的人物。這年她十六歲，容顏長開了，五官明朗了。這是她的好年華，她在新的院落裡重新開始「人」的生活，變得有尊嚴，有很多朋友，容光煥發。

是呵，一個家倒了，另一個家又撐起來。單為這一點，她也應該驕傲。她曾一度以為，這個家族的血脈是旺盛的，斗轉星移多少個時代，先輩們倒了，後繼者又站起來。

她開始戀愛了。他也是大院裡出生的孩子，後來隨父母搬出去住了。有一年暑假，他大約是路過這裡，順便拐進來看看他的舊日好友。後來學校停課了，他越發走得勤快了，大院裡的孩子，認識的，不認識的，都被他串起來，就此形成一個小圈子。他叫單小田。相熟的人都開玩笑叫他「小甜心」。起先她也混著一塊叫，中途有一陣子不叫了，那是戀愛的前奏期。也不知怎麼就開始的，突然一下，心中有這麼一個人：在四目交會的一瞬間，兩人都躲過了。戀愛就是這樣躲出來的吧？

後來她問他，怎麼轉了一圈，偏偏又跑回從前的朋友圈中來？他自然說，那是因為遇見了你。她笑著嗔道：得了，少說兩句吧。這種話我聽得多了。他抿嘴一樂說，噢，我還不是第一個跟你說這話的人？還有誰？都告訴我。她撲上前去撕扯他，他笑道，怎麼看著我都像第一個，難不成被人搶了先了？他把她摟過來，在她面頰上啄了一口，她說，幹什麼？討厭！他嘆了口氣道，女的都這樣，一受用就來這套。哼，我見得多了。——他學她的口氣。兩人都笑起來。

他告訴她，他第一次見她是在院子裡，她站在水龍頭前涮腳，半彎著身子，屁股一翹一翹的。涮完這一隻，又涮那一隻。把水從腿肚子一路抹下去。她穿月白色方領小褂，花布裙子。頭髮剛長齊，用橡皮筋紮著，也是一翹一翹的。他從她身邊走過了，回過頭去看著，再看著，他便微笑了。他在不遠的地方站下來。她終於直起身了，把水從涼鞋裡空出來，低著頭小心地走路。她甩了甩手，在走進家門的那一瞬間，把手臂抬起來，攏了攏腦後的碎髮。

他也走開了。他記得自己是吹了一聲長長的呼哨，也許是擊了擊掌。總之，心情莫名地振奮。他對自己笑道，看樣子，這地兒以後得常來了。後來他跟她抱怨道，身材好倒也罷了，偏偏臉也長得好。憑什麼？她笑。

他又說，真奇怪，人那麼瘦，可是該長肉的地方一點也沒少長。他瞥了瞥她的胸脯和後臀，一臉的壞笑。她用腳踹他。他側了一下身體，躲在一旁抽菸，愛理不理的樣子。

他是個小甜嘴，會說話，可是不愛說話。想討你喜歡了，便用一種漫不經心的神態打量你，自上而下的把目光送過來，顛著腿，冷笑著。——簡直冷不防他下面會說些什麼。他說什麼她都是喜歡的。她知道他是吊兒郎當的，壞，可是壞得恰到好處。他說，我這人沒什麼優點，只是天生會掌握分寸感。你說是不是？——他側頭看她，笑了。

他中等身量，只是瘦。一雙細長眼睛總愛瞇著，也不知他在想些什麼。他穿黃軍褲，很肥大的那種，吊在細小的腰上，越發顯得瘦。身影像要飄了。她說，我從來沒見過一個人能把舊軍褲穿得那樣漂亮，既是日常的，邋裡邋遢的，又有款有形。——她把眼睛睜著，怔怔地看著。她看見什麼了嗎？然而她終究笑了。時裝這個東西，她嘆道，也只有在七十年代，才會表現得這樣樸素，有個性，才華橫溢。滿街一看，到處都是穿綠軍褲的青年，大踏步地走著，神情爛漫，勁兒勁的。——時裝不是高高在上的，它表現時代，由很多人來穿，就穿出味道了，有生氣了。

我點點頭。七十年代是她的一個情結，她在這其中長大，穿黑布鞋，肥軍褲，生之燦爛。現在，我也看見了單小田，一個七十年代的青年，不羈的，神情冷冷的。文化革命正如火如荼地進行。高音喇叭每天都在廣播，唱革命歌曲，播尋人啟事。街上的人影子一晃一晃的，太陽照得人睜不開眼睛來。牆壁上刷有「蘇修」和「反帝」等詞語，紅底白字，分外嬌嬈。大字報的一角耷拉下來了，也有被撕碎的，風一吹，滿街亂跑。

然而他……他是無所事事的，精力充沛得簡直時時要生氣。他很快就戀愛了。這一年他十八歲，看上了一個姑娘，成天幻想著怎樣把她勾引到手。他平生第一次關注起自己的容貌來了，站在穿衣鏡前，於早晨的光線中看見了一個神情倜儻的青年……唔，還不算難看。他對著鏡子說話了，糾正自己的表情，冷漠的，嬉皮的，端莊的……哪個更好呢？

他坐公車從東城趕到西城，有時也徒步走著，把手抄在褲兜裡，搖頭晃腦的。他突然跑起來了，把手圈在嘴唇邊喊著：夏——明——雪。有人停下來看他，他也看著他們，對峙一會兒，他靜靜地笑了。他趕到她的院子裡，先糾集一撥人打籃球。那會兒，她和他已經不陌生了，照過幾次面，偶爾還會笑一笑，眼風迅疾閃過。十七歲的阿姐就在這時觸摸到了「愛情」，他和她一樣年輕，如青果一般生澀。完全憑藉直覺，她知道她正在被一個人喜歡。他有意做出冷淡的樣子，對她置之不理。他騙不了她的。

愛情是這樣的一種東西，很多年後她說，當一個人第一次呈現在你面前時，他是否與你有關係，這關係是否會發生，你大體會知道。躲不過去的。

單小田就這樣進入她的生活，光溜滑順的，彷彿本該如此。因為他的出現，她封閉的閨閣生活被打破了，那就如一把起子，在她的邊緣輕輕一撬，她就開了。她看到了很多光亮，新鮮的人和事，聽到了嘈雜的市聲……她觸摸到了一種叫做「時代脈搏」的東西。他們和它一起呼吸，吸進的是青春、時代的空氣，吐出的是各自不同的命運。

有一陣子，他帶她各個街巷亂竄，他呼朋喚友，向人介紹她時，只說，這是我的小尾巴。眾人都笑。她也笑，她知道他是有虛榮心的，帶她出來是為炫耀。他朋友很多，有幾個相對穩定的小圈子，年齡大約在十六至二十歲之間。其中一個圈子是他的四中同學，有三兩個好友，屬於刎頸之交的。他們都對文史哲感興趣，私下裡偷讀禁書，並交換感受。車爾尼雪夫斯基就是這時聽來的。名字長，念起來拗口，放在嘴裡像是囫圇吞棗。然而她到底記住了。也不知怎麼就弄來了這本《怎麼辦》，他帶她回家，把房門反鎖著，他臉色黃黃的，迅速脫去了衣衫，她以為他是想和她親熱，然而不是的。他屈膝坐在牆角，把書搭在腿上，只說了句：你自個玩吧，今晚要還書，替我把著門。

她坐在一旁看他，走動時盡量不發出聲響。這是盛夏的下午，蟬聲嘶鳴。樹葉的影子打在窗玻璃上，陽光一晃一晃的。屋子裡如此寂靜，她看見一個赤膊穿短褲的青年，正在汗漬淋漓地讀書。他很警惕，不時抬起頭，眼睛裡滿是驚恐。這氣氛感染了她，她身上出汗了，密密的水珠子，像細小的麻子，也像無數的螞蟻在爬。

這是怎樣的一個時代呵，思想禁錮，可是在民間，青年人又如此自由活躍。很多年後，她也不知道這代青年的求知欲，到底是自發的，還是出於好奇和反抗。她笑道，我雖是個粗人，只念到初中畢業，可是畢竟補了一些課。在他的帶引下，她開始讀書了。現在想來，不過是些淺易的文學作品，帶有那個時代的烙印，革命理想主義的，關於愛情和人生，以及人的命運……她開始思考了。人世在她面前打開了一扇奇異的窗戶，她看見了她未能經歷的一切，那麼廣闊，豐盛，富饒。年輕的她激動得簡直要發抖。她常常就感動了，為書中的人物抹眼淚。她和他議論著，翻開某些章節小聲地念起來。

他在一旁聽著，神情沈鬱，可是眼睛很明亮。——她認真抄起小說來了，因為喜歡，有大把的時間需要浪費。她不知道這叫「手抄本」，也不知道在同一時間段裡，有多少個青年在做同一件讓他們熱血沸騰的事。她說，你們這代人是很難理解的，那麼枯燥的一件事，可是一代人曾在這其中投下了熱情和狂想。她搖了搖頭，笑了。她是否回到了很多年前，聽見夜深人靜時，鋼筆尖在稿紙上發出沙沙的聲響；真是緊張呵，身體在震顫，快樂隱祕而結實，像男女在偷歡。

有一陣子，她曾幻想寫小說和詩歌——唔，她讀過詩呢。一些無名作者的作品，用油墨偷偷地列印出來，也不知怎麼就流傳開來，散落於民間。她喜歡油墨味，也喜歡油墨味裡的句子，句子裡的青春傷懷情緒。它們散發著芬香，在她的十七歲經久不散。呵，她要做一個作家，寫出流芳百世的作品，像她看過的《牛虻》、《鋼鐵是怎樣煉成的》。她要所有人都記住她的名字，她死了，她的名字流傳了下來，躺在作品裡被人傳閱，誦讀，生命得以延續。

她笑了起來，臉上有靜靜的嘲諷。她說，真是虛榮呵。才十七歲，她的海闊天空的理想……那麼多的理想，做作家，當明星，出盡風頭。她要盡情享樂，過乾脆俐落的生活。而她讀過的那些書……很多年後，這些書也沒能幫她改變人生走向，它們施予她身上的光澤也早已消磨殆盡了。有的她也不記得了。

她坐在那兒，只是微笑著，神情是死的，某一瞬間像是盹住了似的。她告訴我，她不喜歡回憶，回憶是暖的，也是冷的；說到底，也是無意義的。回憶也會上癮的，開了個頭，就越發不可收了。只能任它淹沒。人在這其中是無力的，徒然地掙扎著，然而很清醒。——回憶到這個份上，很多東西她已經沒法控制了。她不能再偽裝了。

我看見了一個女人，她脆弱，潦倒，傷情。她軟弱之極，如一灘爛泥。她平生第一次正視自己，整個身心轟然倒地。她說，真奇怪，到底是什麼使我偏離了正常的軌道，變成現在這個樣子。我是清楚的，可是靜下來一琢磨，又覺得不可思議。

現在，她又看見了單小田，站在七十年代初的濃蔭底下。這是初夏，他穿綠軍褲和海魂衫，把一隻腿搭在樹幹上，另一隻腿飛身躍起，向空中做個劈叉動作。他是那樣一個貪玩的孩子，精力旺盛，有足夠的好奇心。一樣的時代背景，人心狂躁，身上滋滋地冒出汗珠來……然而他和她還是少年，紙片兒一般的單薄蒼白；一路手牽手走過來的，後來散了。一九八四年他赴英倫留學，他學的是土木工程，清華七七級。

她笑道，今生再也不會碰上了，連向他行騙的機會都沒有。是呵，還有什麼可說的呢，也不過是十年間，她沈淪陷落，而她的初戀男友……人和人簡直沒法比。他三十三歲了，也不知模樣變了沒有？沈靜了？開朗了？真是難以想像的。能看見的還是很多年前那個毛裡毛躁的小夥子，無聊，玩世不恭，喜歡側著眼睛看人。他常常把眼睛瞇起來，也不知想起了什麼，他微笑了。

他不像她那麼富有理想、野心勃勃，他是隨波逐流的。然而在人生重要的關口，幾乎憑著本能，他淌過了。讀書的興趣滿足以後，有一天，他表示想看看她的身體。他纏著她，說了很多討好話。他說，就一眼，我保證不動你一根手指頭。她說，你拿什麼保證？他回答是男子漢的尊嚴，她笑。

他說，要不，就給你買水果糖吃？

她呸了一聲，道，稀罕！

他撓了撓頭皮笑著坐回她身邊，冷不防把雙手塞進她的腋窩裡撓著，笑道，你是敬酒不吃吃罰酒了？他把她放倒在床上，壓住她的身體。她護著衣釦，嘟囔道，有什麼好看的，你不是都看見了嗎？他叫嚷起來，那能算嗎？隔著衣服，我看見什麼了？——他把頭探進她的衣領裡。

真是個孩子，賴皮賴臉的，討好她，哀求她。只要膩在一起，他就把她哄騙到床上，一會躺下來，一會翻到她身上，猴急猴急的。然而她始終不答應。她那時有多傻，對男人根本就不了解。她總以為他們有得的時間，等到結婚吧……她以為他們會結婚！他說，別人都以為我跟你怎麼怎麼地——

她問這別人是誰。他回說是馬三他們。她急了，一下子跳起來，哭道，他們都以為什麼了？他們以為我在跟你耍流氓？一群臭不要臉的。你也是！你跟他們一起議論我，背後肯定說了很多下流話。這馬三是什麼人？剛從勞改隊裡放出來的。你敢招惹嗎？你招惹得起嗎？

其實馬三人不壞，她也知道。他是單小田的朋友，二十二歲，仗義疏財，愛打抱不平。天生長著一張勞改犯的嘴臉，小平頭，說起話來尖酸刻薄，特能逗樂。那陣子，單小田的朋友她差不多全見識了，文道的，武道的，她自然就得出個概論來。她告訴他，她不喜歡馬三他們，完全不是一個道上的人。他笑道，你懂什麼？他們好玩兒。她說，再玩下去，我看你也差不多了，跟著他們一塊兒進去吧。他咧了咧嘴，說，甭在那兒小題大作。我告訴你，你本該是什麼樣的人，就是什麼樣的人，誰也改變不了你。什麼「近朱者赤，近墨者黑」，我看全是狗屁！反正在我身上不管用。

說這話時，他才十九歲，心智還未成熟；也許僅僅是說說而已。他並不知道，他身上具備某種秉賦，比如說方向感，識別能力……他終究是個普通孩子，單看那張平淡無奇的臉，聰穎，睿智，一馬平川。這是一張平安人的臉譜，這臉上寫著他風平浪靜的一生：好些的，是呼風喚雨，平步青雲；壞些的——終究也壞不到哪兒去——不過是酒足飯飽後的癡呆滿足。在這樣的臉譜上，你怎會看到風雲和傳奇？

馬三會相面。第一次看見阿姐時，他就說，姑娘你面相不好，命薄，好生注意著。阿姐就問，注意什麼，怎麼命薄了？馬三撓撓頭笑道，這可不好說。——他看了一眼身旁的單小田，繼續對阿姐說，你和他不好比。再說你倆也好不長。單小田把腿一伸，仰身躺下，拿手枕住了頭說，說誰呢？他翻了個身，朝「未婚妻」笑笑，擠了擠眼。——他一向開玩笑叫她未婚妻的。馬三也瞥了她一眼道，是他先不跟你好的。

她笑道，我看不出來，我們現在挺好的。他也不是那種人。

馬三笑。他不是哪種人？愛信不信！我告訴你，他是害人精，你防著他點兒，將來有你的苦頭吃的！單小田翻身起來，接過隔壁遞來的菸，放在嘴裡銜了一會兒，夾在耳朵上。他看著馬三笑道，嗨嗨，別糟賤我。我有那麼大本事嗎？

馬三說，你本事大著呢。只可惜這姑娘——

她說，可惜我什麼了？你剛說的命薄，指的是我壽限短嗎？

馬三拿手罩住半邊臉說，不是。他看了她一眼，示意她伸出手來，被單小田笑嘻嘻地擋住，握在手裡，說，我未婚妻不信這一套。——他又轉頭對馬三說，你有多長時間沒摸姑娘的手了？

馬三也笑，咳了一聲道，不信拉倒。不過我告訴你——他對阿姐說，你將來是凶多吉少，別跟這小子瞎摻和了，要不下場慘著呢。哼，什麼能瞞得了我？什麼人一打眼，幾斤幾兩，我看得清楚著呢！

她不喜歡馬三也為這一點，神叨叨的。她知道他喜歡她，他看她的眼神有點邪乎。她就討厭他那邪乎勁。單小田也察覺了，有一天他摩拳擦掌地說，這傢伙是一詐騙犯，真他媽噁心，像隻蒼蠅。也是因著這次相命，他與馬三有了成見，自此少來往了。

很多年後，阿姐已成了馬三的女朋友，有一天她突然想起了這檔子事，愣了一下。當時她正在街上走，秋日的太陽暖暖地曬著。標語口號已換了另一茬：打倒四人幫。打倒王、張、江、姚。貼在電線杆上的、刷在牆上的，句句都是義正辭嚴，隱約能看見相應的表情和手勢；城市的上空喜洋洋的，一個時代就這樣被丟在了身後，劫後餘生的人們走上街頭，然而街頭還是從前的街頭。所有人都喜笑顏開的，唯有她，她是喪魂落魄的。——這大約是一九七七至一九七八年間。

她跌跌撞撞地往家趕。家是她和馬三的家，臨時借住一個朋友的，在不遠處的一條小胡同裡。她幾乎是跑起來了，然而跑的是她落在牆上的影子，向前探著頭，蓬頭垢面的；她不知道她為什麼如此驚恐。她害怕什麼？太陽煌煌地照著，白，透明，就這樣照了幾百年了吧？有人從一戶門洞裡走出來，推著自行車，朝她笑笑，她也朝他笑笑。——她只覺得惶恐。

馬三躺在床上睡覺，沒睡著，正睜著眼睛。她在床頭坐下了，一下子也不知該說些什麼。沈吟了半晌，她才說，我記得有一次你跟我算命來著。當時也沒當真，以為你在瞎說。

馬三笑道，我本來就是瞎說。

她搖了搖頭，嘆道，真奇怪。現在都驗證了。我像是被你的話牽著走似的。——你說到底有沒有命相這一說？

馬三半坐起來，把手墊在腦後，似笑非笑地看著她：這玩意兒可不好說。你信它就是；你不信它就不是。

她又想起了什麼，因笑道，當時你算我跟單小田會散夥，怎麼就沒算我跟你——

馬三笑道，這還用算嗎？就跟看見似的。只是當著單小田的面我不便說。

她吃驚地看他，到底笑了。她拿手搡他，把臉伏在他的身上，她覺得自己快要哭了。隔著花洋布被面，他的腿在被子裡支起來。秋日的太陽照在被子上，她的身上，頭頂上。她覺得她像要被烤化了，頭髮軟而癢，像有蝨子在蠕動。

馬三說，姑娘你聽我一句話，沒事別在那兒瞎琢磨，跟自己較勁，犯不著！啊？什麼都在你臉上寫著呢，甭看你小臉兒長得俊俏，那沒用。你性子剛烈，愛認死理兒，遇著坎你就跳不過去。人跟人不一樣，誰不想好？誰都想好，可各人有各人的命。按說這兩年你也夠倒楣的，什麼事都讓你給撞上了，撞上了，能怎麼著？就不活了？還得活。過了這關口就好了，人不會一輩子都倒楣，就算倒楣了，你認了不就結了？一個人鐵定心來要倒楣，那你還怕什麼？我看倒楣也拿你沒轍。

她抬頭笑道，有你這樣勸人的嗎？不過我告訴你，馬建國——她伸手掐住他的脖子，恨道，你以為我會感激你嗎？你毀了我一輩子，這帳我記著呢。

馬三撥開她的手，笑道，話可不能這麼說，我還救了你呢。人得有良心，是不是？再說了，當初是誰先找誰的？是誰哭哭啼啼地跑我跟前來？——他擺擺手說，這個就不說了。阿姐站起來，把一雙眼睛半搭著，木著臉，似笑非笑地看著他。馬三笑道，理虧了吧？她揚眉說道，誰理虧了？馬三說，那你怎麼不言語了？

她哼了一聲，笑道，不想跟你一般見識。她掉頭走出房去，太陽已經偏西了，陽光來到了院子裡。畢竟是秋天了，身上竟覺出些涼意；她回房找件衣服披上，欲出去走走，然而到底懶怠動了。她能去哪兒呢？這個世界不是她的。

她二十三歲了，自小生活在這個城市裡，這裡有她熟悉的街巷，樓房，公園，百貨公司……出去溜達一圈，看看張燈結綵的街市，重創後的古城正在恢復它應有的生機，所謂「百廢待興」；看見重新有了尊嚴的人民，正揚眉吐氣地在街上走著，歡慶著，張開雙臂迎接「科學的春天」的到來；也許看見的還是「打倒四人幫及其餘孽」等標語口號，城市的大街小巷張貼得到處都是。——沒有人知道這口號對她來說意味著什麼：她失去了一個哥哥。他三十五歲，戴著眼鏡，有方正的額、清臞蒼茫的笑。他是家裡唯一的男孩，被判了二十年刑，半年前她剛得知。

年少時的朋友，現在也少走動了。讀書的讀書，就業的就業；有的父母官復原位，老有所終。只有她……她已家破人亡。她哥哥出事以後，她跑去找馬三，沒說上幾句話，她就抱住他哭了。她匝緊他，把頭搭在他的肩膀上，然而身體漸漸支撐不住了，她從他的臂膀裡滑落下來，用膝蓋撐著，樣子很像給他下跪。

他守了她一夜，第二天醒來的時候，他問她，你有地兒住嗎？她搖搖頭。他沈吟了一會兒道，我來想想辦法……如果你信得過我的話。她又一次哭了，拿手捂住臉，手指偷偷塞進嘴巴裡，她知道自己哭得很醜陋，簡直喪心病狂。人一旦落魄潦倒，連最起碼的尊嚴都顧不上。她感激他嗎？她總是在落難的時候來找他，她知道他能救她。也許他也救不了她，可是他能安慰她。這是第二次了。

第一次是在兩年前，她和單小田分手。現在，她簡直不能想起單小田。他是她青春期的一個見證，她一生中最好的年華是交給他的，四年，從少女到青年，風一般的日子瞬息而過，都來不及細想是怎麼回事。整天像影子一樣地跟著他，過迷迷糊糊的日子，他喜歡的也是她即將喜歡的，讀小說，玩彈弓，打撲克牌……他和朋友聊天，她坐在一旁聽著，不時地側頭打量他；他朝她做鬼臉了，吐舌頭擠眼睛的，那定是他在吹牛或撒謊，他知道自己瞞不了她的。他愛開玩笑，有時也當著眾人的面尋開心她，她也不惱，笑嘻嘻的拿腳踹他。有一陣子，他熱衷於打架鬥毆，把她帶著去現場觀摩。就有一次，終因勢單力薄，他吃了敗仗。他拉著她撒腿就跑，跑了一截，他拖鞋丟了，他又跑回去撿拖鞋，她急得不行，大聲地尖叫著。他回頭看了一眼，追兵在不遠處的街頭站著，他又脫了另一隻拖鞋，一股腦兒地朝他們扔去。後來，赤腳的他跑起來順暢了，拐彎抹角帶她逃進了煤炭部家屬區，兩人在一棵樹底下坐下來，喘息未定，互相看著，又不敢大笑，怕肚子疼。

這一幕幕她總記得，也不知為什麼。她記得的都是他的好，壞也是漫不經心的壞，調皮頑劣的；不說話的時候神情沈鬱，沈鬱的時候也不失機靈，一雙眼睛轉動著，嘴角泛出不易察覺的笑容。在她面前，他常常要扮出這副高深莫測的樣子，她也看慣了，懶得搭理他。他希望她是溫順的，乖巧的，唔，最好做出小鳥依人的樣子。他說，你就假裝騙騙我也不行嗎？滿足一下我的虛榮心吧。她把雙手撐住膝蓋，俯身大笑了。她常常這樣傻呵呵地笑著，他叫她「傻大姐」，兩個人都有些神智不清，成天一起廝混，沒有喘息的餘地，難免會覺得無聊、犯迷糊勁兒。可就連這些也是好的。在街上走著，太陽底下曬著，她有些目眩，像暈船。和他的每一刻都像在暈船，這是分手以後她才知道的。他常常冷不防地親她，左臉頰啄一口——他說，再來一個——右臉頰又啄一口。她微皺眉頭笑道，討厭哪，正在做事呢。他倒也不糾纏，自顧自走開了，摸頭笑道，也是一下子想起來的，本來還沒想親你呢。

她迷他就為這一點，他的無賴，冷不防。常常花樣百出逗她開心。動輒就把身體黏上來，在街上也這樣，淨把她往僻靜處領，四下望一下，迅疾把手搭在她的胸脯上，她一下子摔開，漲紅臉喝斥道，你幹什麼？他涎皮涎臉把頭伸過來問道，生氣啦？真生氣啦？——緊跟兩步又說道，我剛才伸懶腰，不小心碰上的。一路陪著笑臉，躬身拱手作揖。

現在想來，她就是這樣失去他的。她那時有多傻，她知道他需要什麼，可是她拿姿捏態。她為什麼不把自己給他呢？一個正處於青春期的男孩子，他愛她……也許愛的僅僅是她的身體，可是這還不夠嗎？對男人你又能指望什麼呢？——她也是很多年以後，歷經數次戀愛，才一點點醒悟過來的。她說，男人在跟你說愛的時候，其實說的是身體——她笑了起來，把下頦抵在膝蓋上。呵，多麼可愛的男子，現在她已經原諒了他們。她說，這不怪他們。男人就是這樣的，他們以為愛就是身體，他們常常會混淆的。

而年輕時，她曾經有多麼好的身體，純潔，奔放，完整……總有一天她會失去它的，把它交給一個男子；她應該明白這個道理的，她那麼聰穎——誰都說她聰穎。她愛著一個男子，可是他們錯過了彼此的身體！很多年後，她還在設想著她和他身體的第一次接觸，那將是怎樣的一種接觸呵，羞澀，無知，弄得滿頭大汗，也找不到途徑。——單為留下這點青澀美妙的記憶，她也值得這樣去做。

是呵，一切都太遲了。青春是不可延誤的，一延誤後悔都來不及。她錯了嗎？也許是的。一個美麗的錯誤，可是她懊悔不已。多少次，她拒絕了他的身體，背地裡她是懊悔的。她常常就哭了，也不知被他氣的，還是可憐他。一見她哭，他就偃旗息鼓，忙不迭聲地向她道歉。她錯過的僅僅是他的身體嗎？不是的，那麼微不足道的一個男孩子的身體！她錯過的是她這一生。她為此付出慘重的代價，太不值當了。她拿身體做砝碼，末了身體留了下來，他走了。

她輸得一塌糊塗，她這錯誤犯得毫無意義。她為從前的自己感到羞憤。是呵，一個純白的姑娘，有羞恥感和道德心，符合「審美」……很多年後，當她意識到這一層，她氣得要剜心。年輕時看重的東西，現在她已視若糞土。她說，身體是什麼？身體是工具，就得好生侍候著，讓它舒服，獲得快感。

她這雖是一時氣話，不過在今天的我看來，也自有它的一番道理。經歷過一些人世風塵的男女，到頭來都會發這樣的感慨，這一生什麼都是假的，唯有自己的身體是真的，它存在過，渺小如塵埃；它有自身的內在體系，有生命和慾望……也許彈指之間便會衰亡，所以抓住現時的快樂尤為重要。

而很多年前的她並不懂得。她把身體當成理想，她要為青春守貞節。她活生生地把他送給了別的姑娘——聽說也是個姑娘，大他五歲，天哪！有這樣老的姑娘嗎？敢情是破鞋吧？她和他吵，聲嘶力竭的，把瓶瓶罐罐往他身上砸去，她簡直瘋了。她恨他，她告訴他她恨他！恨一輩子！她要詛咒他！一邊哭著，一邊指著他的鼻子說，這種騷貨你都要！你不是人，你是畜生！

又說，長得那樣醜，你沒見過女人怎麼著？再大兩歲，就能當你媽了。

他到底忍不住了，咕噥道，你又沒見過她，憑什麼這麼說？

她一下子跳起來，啪啪摔他兩嘴巴子，說，她就是醜，她就是你媽。——怔怔地站在那兒，她知道自己說錯了，也做錯了。她不聰明，愚蠢之極。她正在傷害一個人，她將失去他，她為此要負責任的。

他斜著眼睛看她——呵，她又看見了那熟悉的眼神，她的心在起皺。她哭了，向他道歉求饒，她說，我求你……俯身抱住他的身體，把膝蓋抵在他的鞋面上。她仰頭看他，她知道她已經失去了他。呵，一切都太遲了！她太蠢！她不應該這樣鬧的，她應該溫言軟語。她不懂男人，她不知道怎樣對付他們。不就是跟破鞋睡覺嗎？沒關係，睡吧，她不在乎。她跟他說她不在乎，他願意跟誰睡，就睡吧，睡十個八個都沒問題，只要他跟她好，她什麼都容忍。

後來她也找過他。最初的一個月，每天都來找，說著說著就哭起來，低三下四地哀求著；也偶有通情達理的一瞬間，她和他認真談起話來了。她說，你會跟她結婚嗎？他咬了咬嘴唇。她說，你麻煩大了，她肯定要跟你結婚。她又不是處女。你媽要是知道——她微皺眉頭，嘆了口氣道，能接受一個比你大五歲的兒媳婦嗎？

她這類話題雖擾人，但也正是他害怕的。他便告訴她，他們是怎麼認識的。她說，是她勾引你了？他搔了一下頭皮說，我也不知道……反正說不清楚。

有一陣子兩人似乎有和好的跡象，但說不上幾句話又吵起來。她哭道，不就是搞破鞋嗎？你以為我不會嗎？——她三下兩下把衣服扒了，蜷縮到床上，說，你搞呀！你就拿我當破鞋吧。她號啕大哭，她一生中從未有過那樣的哭泣，她絕望之極。她在他面前丟人現眼，她像個潑婦。他嚇壞了，把頭探出門外看著，說，穿上，快穿上。把身體從門縫裡擠出去，逃了。

後來，他躲著不見她。她每天都在路口堵他，有一次竟堵著了。他和他的新任女友從馬路對面走過來，她不像她想像的那樣不堪。落落大方的，打一眼就知道是精明厲害人。她躲在樹幹後，一顆心端的要跳出來。她沒有上去論理，到底是因為膽怯。

這是她最後一次見他。她的自尊心回來了，力氣跑了。她太累了——糾纏了兩個月。現在，她一個人走在正午的街道上，看見自己的影子矮而肥；她的神智很清醒，可是身體就要昏睡了。她氣喘吁吁地跑起來，就像風一樣，她掠過城市的街巷，夏陽打在街巷上的影子，她的十九歲的青春年華，愛過的，恨過的……她要把它們丟在身後，忘卻。她要回家。

是呵，我不知道你是否見過這一幕，——你還能記得嗎？在一九七四年某個夏日的午後，也許你正走過某條街巷，看見一個汗漬淋漓的姑娘，她正在跑步，她就是我的阿姐。你也許會扭頭看她一眼，心想，多麼健康朝氣的一個姑娘，大夏天的還堅持鍛鍊。你不會知道，從這一天起，她開始加速滑行，一種叫做「命運」的東西正攫住了她，把她帶往一個陌生的方向。她迷迷糊糊地跟著它走——她怎會知道呢？她還未滿二十歲。

她回到家裡昏睡不醒，一連幾天滴水不沾；中途有一陣子像是醒過來，看見窗外的綠葉在陽光底下打著盹。屋子裡有隻蒼蠅，嗡嗡的在她頭頂轉著，牠叮在她的鼻子上，她手一趕，牠又跑了。她迷迷糊糊地又睡著了。——然而真的不記得了，也許是夢囈吧。

她哥哥也嚇壞了，抽空來陪她。他跟她說些空洞的道理，男女之事上他完全是外行，整天忙忙碌碌的，根本也顧不及談戀愛。她反過來安慰他，話說得地道又得體，連自己都覺得吃驚。她哥哥放心地走了。她一個人在房間裡坐著，也不曉得哭，整個人像是呆掉似的。然而沒有，她現在很清醒。她知道怎麼做了，她要報復他。

她是突然想起馬三這個人的，心頭一陣振奮。事隔很多年，很多細節她已經忘了。猶豫過嗎？也許吧。她不喜歡他，再說，他是個有污點的人——那時她還很在乎這個。大約後來就去找了馬三，也不知說了些什麼，她就哭了。她站在他面前，拿衣袖去擦眼淚，馬三坐在床沿上看著她，說，怎麼像個小孩？他站起來拍她的肩背，把她摟在懷裡。

馬三說，是因為單小田？她也不應答，她只想跟他睡覺。這個他也看出來了。他說，你再想想，不要後悔的。如果你一定要我幫忙，我也不反對。

這就是她的第一次，疼，澀，根本沒法做。馬三差不多要放棄了。然而她抱著他，不放他下來，近乎哀求了。馬三說，下次吧，你明天再來。可是她知道不會再有明天了，明天她會後悔的。她今晚抱著悲壯而來，她要犧牲掉自己，為她的四年愛情做總結和祭奠。她沒有把身體給她愛的男人，那麼就隨便給一個男人吧。她不是在自暴自棄……真的，不是的。為區區一個單小田，她犯不上。她做事一向果斷，思路清晰，越是骨節眼上越清晰。四年了，她跟著他，像一個優柔寡斷的小媳婦，拿不定主意，也沒有志向。每天暈頭轉向的，都不知道自己在幹些什麼。她對他言聽計從，他就是她的一切……她把自己給弄丟了。現在好了，她自由了。

她恨他，然而跟恨沒有關係，她希望自己的身體能飛起來，就像小說裡描述的那樣，沈浸在愛慾裡的身體是會飛翔的。她希望自己能浪蕩一些，她想獲得「罪惡的快感」嗎？然而沒有，只是疼，不愉快，兩個人的身上都是汗；腦子有點麻痺，知道自己在做什麼，可還是麻痺。單小田在幹嘛？他也在做同一件事嗎？──僅想到這一點，她的身體就發軟。他不會知道，他就此毀了一個姑娘，她曾經那麼清白，完整如玉。很多年後再相見的時候，他們都老了，醜了，慘不忍睹。

他不會知道，她經過怎樣的一生，幾經掙扎，嫁給一個不如意的丈夫，有很多孩子，生活慘澹，蓬頭垢面；而年輕時的那段愛情，躺在七十年代初的陽光裡，有很多背景人物、場景和音樂……他還能記得嗎？

總而言之，十九歲的阿姐就這樣度過了她的初夜，很多天後，一想起這事，她的胸口就發緊。她後悔嗎？不。她報復了單小田，以及自己，連同他們的愛情……用這種方式，她把它們埋葬了。她出盡了她心中的一口惡氣。非這樣做不可，要不然，她會出事的。她是那樣一個激烈的姑娘，愛恨交加，有著骨子裡的真正的瘋狂。也許有一天她會殺了他，或者自殺，她把刀片都備好了，是她哥哥的剃鬚刀，她把它放在手腕上試了試。

這以後，她又找了馬三兩次，每當把單小田恨得咬牙切齒的時候，她就去找馬三。她和他之間僅限於這些，總有三、四次吧，十幾天時間。那時她對男女之事尚不敏感，身體的樂趣還來不及體會。馬三也回訪過她，她推說生病……馬三是什麼人？他在屋子裡坐了一會兒，和她說兩句話，便什麼都明白了。他走了，再也沒來找過她；也許他稍稍受了點傷害，他喜歡她，可是不要緊，他有得是女人。

一天天在陰涼的屋子裡坐著，看見夏日的陽光像金子一樣曬在院子裡，四處流淌。她也不明白她和馬三之間是怎麼回事。她不愛他，可是她利用了他；她利用了他，又覺得不愉快，身心收縮得很緊，像是嘔吐，又像是下雨天褲管上被甩了泥點子，總之，不乾淨，邋遢。她差不多要哭起來，她就這樣葬送了自己，把她給一個不相干的男人……她討厭他。還有一層，她也隱隱地覺得了，她怕馬三影響了她，倒不是聲譽。怎麼說呢……這是一個有力量的男人，他的力量四處輻射，她害怕的是這一點。

她害怕的是她這一生會因此走形。在她和馬三的關係中，有什麼東西開始讓她覺得不安了。她也許做錯了什麼，她太任性，她急於想「過掉」單小田，她病急亂投醫。

她知道他有牢獄史。整整兩年，她躲著他，就像單小田一樣，他們從各自的世界裡消失了，聽不到任何訊息。想想都不可思議，怎麼能夠！一個是愛過的人，四年的相濡以沫，一個是肌膚相親的人，身體和身體曾緊密地交合摩擦……現在，他們都把彼此抹去了，就像抹掉一星點唾沫，未留下一點痕跡；就像一切從未發生過。

要不是後來她哥哥的變故……是呵，說這些幹什麼呢？兩年以後，她又去找了馬三，情形大同小異，他收留了她。她最終沒能逃過他，她逃過了單小田……他們都是她的劫難。

即便很多年後的今天，阿姐已閱盡世事，能夠心平氣和地看待這件事，她還是不知道該怎樣評述馬三這個人。這是她碰到的一個難題，這其中有一些盲點，千頭萬緒的，一下子也說不清楚。她分析起人事來頭頭是道，可是只在這一點上，她被卡住了。

怎樣的一個男人呢？應該是極具魅力的，層次複雜……他不是壞，而是邪惡。她總覺得他是邪惡的。可是往深處接觸，他又是善良的，他通曉人情，講理，細枝末節處，能把你熨貼得無微不至。可是再往深處，他還是邪惡的。如此反覆，沒有窮盡。他到底是個什麼樣的人，她至今也得不出概論。

她並不了解他，和他一起生活的兩年，他就像個陌生人。他待她如兄長，竭盡所能地為她提供生活的一切便利……他有點像她的親人。他寵她，有點像大人寵小孩的那種寵。她要什麼，他就給她買什麼。

她貪圖享樂的毛病也許是天生的，但卻是由他帶出來的，得以實現和張揚。一有時間，他就帶她去友誼商店，為她購置各種物品，吃穿用度，都是當時市面上的緊俏貨，有時也託朋友去上海買。他並不總有錢，哪怕借錢也不短她的。他花起錢來是有點一擲千金的派頭的，淡定從容，倚在櫃檯旁抽菸，偶爾也側頭看她一眼，見她打著手勢在和服務員交談，他微笑了。

她真正的物質生活是從這裡開始的。一九七八年，風氣還不算開放，人們沈浸在新舊兩個時代交替的過程中，茫然地期待著什麼。物質對很多人來說，還是個相當陌生的字眼，構不成足夠的想像和刺激性。人民生活樸素，街面上少有幾家娛樂場所，所謂的「燈紅酒綠」、「紙醉金迷」都是後來才出現的。

然而就在這黯淡的氛圍裡，她和馬三卻憑空而起，開始了「新生活」。馬三交遊甚廣，上至部局領導，下至平民百姓，有時也結交老外。他膽子大，腦子又活絡，場面上很會應付。有一次，他帶她去見一個「國際友人」，她害怕，抵死不去，說，你不要騙他錢。馬三笑道，我不騙，都是朋友，幹嘛呀？又說，你去見見世面，沒準他也是個騙子呢。她便跟他去了，在北京飯店喝的下午茶，其實也未談出什麼，也未必真地要騙取什麼，只不過是聊聊天，安靜地說一會兒話。坐在飯店的大堂裡，聽著音樂，看著落地玻璃窗外秋天的街景，陽光和落葉，行人像水一樣從窗戶的邊緣淌進來，又從另一個邊緣淌出去。她想起了她姥姥那代人的生活，這才是人的生活。

晚上，他們又隨「國際友人」參加一個小派對，七、八個人，除了三兩個老外，都是時髦的中國青年，個個高尚整潔，談吐精緻。她第一次出入這種場合，難免惴惴不安，人很緊張，然而也做出落落大方的樣子，和人交談，適時地微笑著；很多人讚美她，她臉微紅，略低了低頭——幸好黯淡的燈光下沒人注意到她的表情。馬三正蜷在沙發的一隅抽菸，一隻手墊住下頦，另一隻手的食指在鼻梁上輕輕地刮著——他在聽一個人說話。

也許就在這時，她有點喜歡上了馬三，她覺得自己應該愛上他。一個平民子弟，其貌不揚，出身寒微，可是他天生具有某種氣場，他不懼怕任何場合裡的人，他說，人和人都是平等的，沒有貴賤之分。現在，他優雅之極，神情散淡而落拓——這落拓是必要的。他處世不驚，言行低調，越是危急越鎮定低調，她總覺得他身上有一種貴族氣，也許他是投錯了胎？

從這個場合看馬三，看見的只是他的一個側面；從另一個場合看馬三，那馬三是個什麼樣的人呢？一個男人：坦誠，作風果斷，有親和力，樂於助人——在任何場合，你都不會認為他是個騙子。他也騙，騙不到的情況下，偶爾他也幫你。總之，這個人在阿姐的生命中扮演過重要的角色，其影響甚至要大於她的哥哥。她日後的言行舉止、對人世的辨別力很多都是從他身上得來的；雖然對於這一點，她不願意承認，因為她恨他。一天天耳濡目染過來的，連她自己都不知道她是怎麼走上詐騙道路的。天知道她有多委屈——偶爾她也是委屈的，她不甘心！她的一生就這麼毀了嗎？她才二十三歲，已經是個地道的詐騙犯了。

馬三也勸阻過她，說，好生待著，這兒沒你的事，你一個大姑娘家，幹這營生太危險，也有損臉面。她不答應。她學會了一項技能，從這技能裡她得到了樂趣，和人周旋並藉此謀生；她欠馬三已太多了，她不能白白讓他養著。

她突然想起了什麼，「咦」了一聲笑道，那年你算命，是不是已算準我將來會有這一天？馬三笑而不答。她又說，我看是。你不是說，什麼都在我臉上寫著的嗎？馬三說，反正你臉相不太平，風雲太多。

很多年後，阿姐是感激馬三的，平白無故地搭救過她兩次；可是她也恨他，當她意識到自己在做什麼時；而大部分情況下，她是意識不到的。一天天在屋子裡待著，生活無著落，她的哥哥正在服刑，她的母親遲遲得不到平反，她總得養活她自己。更重要的一點是，和馬三這樣的人在一起，人有時會犯迷糊的。

他把這事稱做「營生」，就像當工人或者農民，手段不同罷了。他常說，走，帶你去見幾個朋友。在乾淨寬敞的店堂裡坐著，他篤定，自信，坦誠……這時候，她會恍惚的，這完全是在聊天、拉人情、談生意呀。

馬三說，我做什麼了？什麼也沒做！我一沒偷，二沒搶，只不過替人傳傳消息，就有人把錢乖乖地送到我腰包裡來，這是我該得的。

和馬三分手以後，她另起爐灶，開始獨闖天下。這是一九八〇年，她母親的冤案經過一些周折，終得以平反，分了她房子，也補了一些錢，安排她去肉聯廠做正式工人。然而這一切來得太遲了，她已經回不去了。

她喪失了正常工作的能力，初中畢業，沒有知識和技能，怕一輩子要待在底層，過幾十年如一日的生活，上班，老去，拿微薄的薪水……衣服上沾著豬油，皮膚上有死豬的血腥味。為什麼這一天不早些來呢，在她走投無路的時候，在她還未遇上馬三之前，在她對人世還心存幻想……它來得不是時候，它就像諷刺。

她不後悔的，她的行騙生涯才剛剛開始，有足夠的好奇心，跌宕起伏。每天衣衫華美出入各種場所：大飯店，名目繁多的派對……她實現了從前的理想，過富麗堂皇的生活，還可以接觸到陌生的人群，那麼多的男人對她趨之若鶩，巴結她，奉承她，她換不同的形態跟他們交談，簡直就像在演戲。她的行騙技術也日益漸長，她不像從前那麼害羞生澀了，她大方，談笑風生，翻臉無情。她依賴她的技術，熱愛它，在這裡頭翻筋斗，玩耍，遊刃有餘……她離不開它。

很多年前，她並不曾想到，這一切也是緣於對庸常生活的恐懼，怎麼不恐懼呢？這潛藏在她的血液裡，從她姥姥輩起，到她母親，她哥哥，一路相承了下來。他們都曾採用不同的方式逃離過，末了殊途同歸。

她哥哥被捕的那一天，她正好在家。走進來幾個便衣，說了幾句話，就帶他走了。他一直在等著這一天，中途有一陣子慌亂過，準備出逃，後來形勢明朗了，人倒也坦然了。兄妹倆曾有過一段暗無天日的日子，舉國在歡慶，可是她為他哭泣。他總是很晚回家，有時夜裡也有人來密談。她把耳朵貼緊牆壁聽著，抱著胸口，牙齒顫得發出叮叮的聲響。自始至終，她聽見他只說一句話：沒用了，說這些太晚了。這話他重複了很多遍。

她勸他自首，他搖了搖頭說，一樣的，我在這兒等著就是了。她哭著撲到他坐的沙發前，搖他的膝蓋說，你去吧，去了就不會判死刑的。他摸了摸她的頭髮，輕聲說道，你不懂。他的聲音如此溫軟，充滿了耐心和無限的柔情。他竟然笑了，靜靜的笑容浮在臉上，像石雕，蒼茫的，冷的，也是定格的。他站起身來踱步，背著手仰天長嘆。

她說，你會死嗎？

他回過身來看她，似乎是想了一會說，不知道，看怎麼判吧。

她又哭道，你告訴我，你都做了些什麼？你是不是欠過人命？

他走到她跟前蹲下來，把雙手搭在她的肩膀上，說，別怕，我沒事的。我做過什麼，我很清楚。我擔心的是你——他認真地看她一會兒，說，我不放心你。家裡沒人了，所有人都走了……他把眼鏡摘下來，擦了擦又重新戴上。她的哥哥在哭嗎？她不知道。僅僅是這一念頭，就足夠讓她抱著他失聲痛哭了。

他說，將來社會不知會走到哪一步，但是你——你一定得答應我，要好好生活。身邊要是有合適的人，就盡快結婚。我不指望你別的，就指望你平平安安的，別再攤上什麼事。哥哥又說，你也長成大姑娘了，什麼事都得小心——他端詳她一會兒，欲言又止。她知道他想說什麼了。有些話他是不方便跟她說的，他是男人……他擔心的就是這個。

哥哥設法替她安排後事，想了半晌，欲把她託付給某個親戚，又怕牽連人家。最終留一筆錢給她，說，先撐過這一段吧，以後就看你的造化了，或者就找個人嫁了吧。後來這些錢她也沒拿到，還沒來得及轉移，家就被查封了。

她說，我真不知道他那十年間都幹了些什麼……是呵，十年，一個青年就這樣度過了他的似水年華，他呼風喚雨，風光無限。她在他的庇護下生活，戀愛。那十年間，她了解的唯一的事情就是戀愛，後來她又談過一次戀愛，最後也是不歡而散，幾成仇敵。

她一直盼望哥哥能逃過這一劫，呵，老天為什麼不保佑他呢？他不過是個有虛榮心的孩子，不想被俗世淹沒，不願意這麼光滑無痕地度過一生。人生走一趟不容易，平安是重要的，可是於平安以外總還有些別的東西，值得人去幻想，去攫取。

他想過光堂明亮的生活，他如此朝氣，有功名進取心，這難道錯了嗎？時代恰好把他捲進了浪潮的尖口，它捉弄了他，整整十年，他為它奮鬥，受它蠱惑。誰知道這是個怎樣的時代呢，對的，還是錯的，身處其中的人們又有幾個能明白呢？

他不是智者，他不過是個普通的青年，信奉馬列，有理想主義情懷——他有過的。誰能否認，他這十年不是浪漫主義的英雄之舉呢？誰都認為他罪有應得，包括他自己在內，可是誰看見了這一切的背後，是一個青年對歲月的恐懼呢？十年過去了，他醒了，他說，我應該料到這一天的，什麼事都得付出代價，就比如一個人前半生賺的錢，後半生用來還債。先是有了這筆債，上天才一路開綠燈讓我賺錢。

她後來去探監，她哥哥瘦了許多，佝僂著身子，仍戴著眼鏡。他告訴她，他在讀《資本論》和《聖經》，也做了一些筆記。她問，你會信這個嗎？她是指基督。他把雙臂交疊在胸前，搖搖頭笑道，不會，如果一定要信，我寧願信佛教。我也信辯證法，從小受的教育，大了也不容易改變。

十幾分鐘的探監時間，他跟她念叨起家族的命運，人生無常。她聽了，也只能感慨。面前這個像小老頭一樣的中年男人，就是她的哥哥嗎？二十年後，當他放出來的時候，他已經五十五歲了。她看著他，搖頭唏噓，說不出一句話。

她告訴他她已經結婚了，在一家工廠上班，別的也沒多說。他聽著，很寬慰的樣子，說，這我就放心了。

十年間，她送走了母親，後來又送走了哥哥。還有失戀……劫難就像連環套，一環緊接一環，每一環她都不能倖免；它是陰謀，它形成了一股力量，攢足了勁把她往某條路上推。她躲不掉的。我突然想起，這女人成長過程中有一些我熟悉的東西，似曾相識的，讓我的心微微動了一下。是什麼使我們聚在了一起，相識，憐愛，取暖……是上天的疼惜。上天疼惜這兩個遭外力驅使的孩子，先凍其筋骨，然後使他們禦寒。

我不知道阿姐的生命中有幾個男人，單小田，馬三，她現在的丈夫……後一個基本可以忽略不計。我是說，三兩個男人絕對成就不了現在的阿姐，一個老江湖，通達透徹，精於世故。她後來大約又經歷了一些男人，有身體上的，情感上的，數量不計。她也不願意多說，估計是顧慮我的面子。

後來，這些男人也離開了。彼此鬧騰過，傷害過。她笑道，我年輕時也不知哪來的勁頭，愛鑽牛角尖，每場戀愛都要拚個你死我活的。本以為經過了這些，劫難已經結束了，她可以逃過去了。然而沒有，還早著呢。她這一生就此安定了嗎？不，劫難總是一步步地來，一而再，再而三，以為它走了，稍息一會兒，還沒醒過來，新的劫難又來了。

人生是有「修行」這一說的，什麼叫「修得正果」，她笑道，我就是！經過多少次折騰，翻雲覆雨的，後來真的是累了，也失望了，所有的熱情都耗光了……驀然回首，眼前一亮，其實眼前什麼也沒有，空空盪盪的，她看見的就是這空空盪盪。她說，本以為什麼都看穿了，卻又遇上了你，莫名其妙的又談了一場戀愛。

我笑道，也不妨礙的，憑我這麼一個小嫩雞崽，還不夠傷害你。

她說，倒也是，不過我真的喜歡你，我只會對你好。

我笑了，完全相信她。她應該具備這種能力，退可以談情說愛，進可以騙錢謀財。做的都是男人的生意，沒這點能耐，她憑什麼混跡江湖？以前的苦就白吃啦？

是什麼造就了現在的阿姐？是愛情嗎？時代的變遷？是她哥哥、姥姥、母親……整個家族的衰亡？是人生中一些不相干的小事情，所謂「差之毫釐，謬以千里」？不，是她自己。她說，我得負這個責任，而且，我也負得起。她撇了撇嘴笑了，現在，她差不多好了，回憶能療傷的，痊癒後的她開朗了許多。她把手搭在我的肩膀上揉捏著，咯咯地笑道，我覺得生活很美好——把腿向前攤開，伸了伸懶腰。

這就是我玩世不恭的阿姐，再沒有什麼東西可以傷害她了。這也是最真實的阿姐，她單純無恥，充滿了別樣的魅力。她心力旺盛，也狡智；不多的一點善良，用的全是最恰當的地方。這是一個死去又活過來的人，搭過無數人的肩膀往前攀，往前攀……現在，她是她自己，鮮活，燦若桃花。

第三部

9

我知道，一九八六已經遠離了我。掐指一算，十六年過去了。當年的毛頭小夥子已過而立之年。而阿姐呢，她現在哪呢？還活著嗎？她過得好嗎？

按年齡推算，她已經四十八歲了。我無法想像一個四十八歲的女人，歲月一定爬上了她的額頭。她已經老了吧？一定變醜了吧？騙財騙色的生意肯定做不得了，沒有哪個男人會對一個老嫗感興趣。那她能幹些什麼呢？一個人走在這秋天的街頭——她會走進這秋天的街頭嗎？或者午睡醒來慢慢睜開眼睛，她會想起十六年前的往事嗎？那時她還很年輕，有著姣美的容顏，她可以不費吹塵之力就把男人騙到手。

在這些得手的男人當中，她還記得一個少年嗎？才十六歲。他跟了她整整兩年，她曾經是他的一切，她該不會忘記吧？兩年，不是兩天，也許夜深人靜的時候，她偶爾會想起他。

這個秋天，他常常一個人在街上走。有時候，迎面會走來一個中年婦人，他像著了魔似的停下來，目送著她的背影遠去。他甚至會跟上一段。他不以為這個人會是他的阿姐，不，他還沒有發瘋。他只是很好奇，他想著，這個女人有多大呢？四十八歲？五十歲？五十五歲？他盯著她的背影，她中等個頭，體態臃腫，穿灰卡其布西服，而且頭髮有點亂了。

她的頭髮一看就是染過的，染得不齊整。風一吹，裡面的白頭髮就翻出來了。

他總想著，他的阿姐要是還活著，差不多也是這個樣子吧？他對她沒有信心。他想著，她一定完了，就像這個老婦人一樣，她四十八歲，完了。

而這個秋天，滿街都是這樣的老婦人，平庸的，失去了性別的，挎著菜籃子的，站在街頭和人說笑的。這些女人像是從地底下長出來似的，齊刷刷的……都是他的阿姐。隨便把眼睛往哪一抬，這個也像，那個也像。有一瞬間，他像是做夢似的，他想著，僅僅是十六年前呵，他和她們中的一個談起了戀愛。而現在呢……可不是，真的像夢一樣。

他最擔心的還是她那不服輸的性格。做色相生意的，最忌的就是這個。一個女人老了醜了不怕，騙局被識破了也不怕，怕就怕在男人不上你的當，他連和你搭訕的欲望都沒有。他怕他的阿姐現在就是這樣，這等於要了她的命。

她是不能再活了的。她一生興興頭頭，吃男人這碗飯，視容貌為生命。很多年前，她就害怕自己會老去，她說，有一天，我要是老得不成樣子了，你就告訴我一聲，我去死。

他就問，人老了，難道自己不知道嗎？還要等別人來告訴嗎？

她說是的，人沒有自知力的。人是在不知不覺中老去的，所以需要別人來提醒她。這麼說的時候，她笑了，神情有點潦倒。

除了看老嫗外，這年秋天，我在街上做的另一件事就是看姑娘。有時我懷疑自己是病了，在做白日夢，可是腦子又很清醒。我先選好一個地點，人多嘈雜的地方，商店門口，公車上，地鐵站。現在的姑娘和十六年前的姑娘已有了很大的不同，首先是裝束上的，怪異，輕佻。有人把嘴唇塗成黑色的，頭髮染成藍色的，眼影是紅色的。

在這一張張被欲望充塞的臉孔上，我看不到阿姐。一個時代過去了，十六年前的阿姐隱身了，她的方式落後了。

姑娘們大多是看不出年紀來的，就像當年的阿姐一樣，你說她二十四歲也好，說她三十二歲也好，反正就是這個年齡段的。我一個個打量她們，連我自己都不知道，我是想從她們身上找到我熟悉的東西。今年秋天，我找到了回憶阿姐的一個視角。有時我會把她們中的某個人與一個老嫗連繫在一起，由此產生了幻覺。我常想，她們很可能是一個人呵。如果把她們中間的十六年抽空了，這兩個女人就合二為一了。

在這樣的幻覺裡，我就看見了阿姐。

我看見阿姐向我走來，她走在這年秋天的風裡，衣袂飄飄。

她走在城市的街道上，城市的街道闊朗而整潔。

她走進我的臥室裡。——你聽，有人在敲門，這是阿姐回家了嗎？我聽見鑰匙插進鎖孔的聲音，她推開門，換上拖鞋，朝屋裡略張了張，說，怎麼啦，生病了？

她把菜蔬放在廚房的砧板上。

她去衛生間，門也不關，我聽見她小便的叮咚聲。她又說話了，然而我聽不清。水箱在放水。

現在，她就立在我的床前，我只需睜開眼睛，就能看見她穿著白襯衫和鵝黃裙子。這是永恆的形象，我再也不會忘卻。一九八六年夏天，當她第一次出現在我面前，就是這個形象。這身行頭她只穿過一次，可我卻牢記終生。以後，她還穿過很多別的衣服，她每天都換行裝，淡雅的，豔麗的……她喜歡著裝打扮，這是她的工作，她以此為生。

她說，女人生下來就為吃喝玩樂。生命是有限的，所以要把無限的揮霍和享樂投入到有限的生命中去。她笑著朝我吐煙圈，為自己的這句話得意不已。

她常常逛百貨店，買最昂貴的時裝。她過著朝不保夕的生活，可是仍舊奢靡。她到了令人髮指的地步。

她總是在鏡子前端詳自己，正面看，側面看，轉過身去從後面看。她對自己是很挑剔的，有時在鏡子前磨蹭半天，也不夠滿意。她為袖口、衣領等小細節而煩惱。她說，你看這口袋，還有盤釦。她嘖了一聲道：花了很多錢呢，當時怎麼就沒注意這些。

她笑了，彷彿有點難為情。

她站在房間裡，這裡看看，那裡瞧瞧。電視，冰箱，洗衣機……對一九八六年的中國家庭來說，也許不算什麼珍稀品。可是組合音響呢？木質地板呢？還有電話和後來添置的空調。她有一個首飾盒，裡面有很多我叫不出名目的珠寶，她一件一件向我介紹著，金的，銀的，瑪瑙，鑽石。她攢積它們，以防有一天山窮水盡了，把它們典當出去，撐一陣子。對於很多東西，她的目的不在於使用，而在於擁有。比如衣櫥裡的那件晚禮服，黑綢緞，露背裝，V字形的開口，一直開到背部中央。這樣一件輕佻的衣服，她穿著，卻極顯雍容華貴。

現在，我就看見穿晚禮服的她，從客廳走進來，她把手扶著門框，樣子有點羞赧。這是她第一次在我面前試穿，很不放心。她看看我，又看看自己，拿手撫一下衣服上的摺痕，說，好看嗎？是不是太過分了？露得太多了吧？她轉過身去，用手遮著後背，回過頭朝我看。

我笑了起來，告訴她很好，很漂亮。禮服的左襟上有一朵暗花，紫金線描織的牡丹花，開在她的胸脯上，盛大，華麗。她的嬌俏的乳把這花撐起來。高而白的脖頸上，只見得雲鬢輕挽，有那麼一股翩若驚鴻的洛神風韻。她的背部線條很性感，露出來的那部分豐滿、圓潤。說真的，我有點看呆了，我和她赤身裸體躺了一個夏天，可是現在，她穿著衣服的身體仍讓我激動不已。

我讓她再放鬆一些，重新再來一遍。她低頭笑了，踅身回去。隔了一會兒，她又進來了。這一次，她自信了許多，她和她的衣服合二為一了。她向我走來，謙和，低調，漫不經心。她輕輕側過頭去，也不知看見什麼沒有，她微笑了，就像在跟一個熟人打招呼。她的神情禮貌、矜持，典型的明星作派，彷彿在赴華宴的途中，金碧輝煌的大廳裡，高朋滿座。她所到之處，人們自動讓出一條甬道。她光豔照人，四壁的燈光彷彿暗了一暗。她聽到掌聲響起了嗎？然而她隻身在幻覺裡。

不得不承認，這女人是衣裳架子，她穿什麼像什麼。一九八六年夏天，因為閒來無聊，她翻箱倒櫃地為我表演「時裝秀」。她有那麼多華服，可是根本沒有機會穿，只能穿給我看。

這就是她的物質生活嗎？她被它們包圍著，有用的，沒用的，她一律裹挾而來，佔有它們。這世上沒有她不敢買的東西，只要她能想到的……這世上也很少有她想不到的東西。一九八六年，大部分中國人還不知道別墅和私家車，她就說，總有一天吧，我要住一幢大房子，四周風景如畫，推開窗戶就能看見海。我要開著自己的車，車前插著雛菊。

這話聽起來就像讖語，她說得卻很認真。誰能想到呢，僅僅在十多年後，它實現了。整個中國的發展就在她的一句話裡，一切全囊括了，奇異的想像力，預見性，可行性。

一九八六年的中國，雖說不上物欲橫流，人們也待從精神的荒漠裡慢慢甦醒。最早下海的一批人暴發了，更多的人蠢蠢欲動。這是怎樣的一個時代呵，太陽每天都是新的，人們因激動和狂想流出汗珠來。躁熱，不安，古老的國度從未如此騷動過，煥發出勃勃生機。

阿姐不嫉妒有錢人，她沒錢，卻過著有錢人的生活。用她自己的話說，她奮不顧身地投入到時代的大潮裡去了。她和他們一起「做生意」，賺他們的辛苦錢。她忍心。傷風敗俗。她有自己的解釋。她說，你以為他們的錢來得地道嗎？一群暴發戶，坑蒙拐騙，貪贓枉法，逃稅漏稅。你以為他們賺了錢就會行善？呸！不過是用來揮霍，吃喝玩樂，嫖女人，做髒事。

都是鑽空子，她很知道，暴發戶鑽法律的空子，而她鑽道德的空子。她做這一切心安理得。她說過，男人就是要被騙，要不長不大。

我笑道，男人長大了，也許會變得更壞。

她說，那我不管。我能做到的，就是要讓他們壞得小心一些，不要太恣意妄為。

我說，那更可怕了。壞不可怕，可怕的是壞得小心翼翼，不露痕跡。

她朝我笑道，我也壞得不露痕跡吧？這也是男人教的，現在我學會了，再還給他們，也算是禮尚往來。

總之，她有一萬個理由可以說服自己。她知道自己在做什麼，她本不需要理由。我告訴她我很擔心，鑽法律空子的可能會逃掉懲罰，鑽道德空子的，法律正在等著她。

她把雙手叉在胸前，「哎」一聲笑道，有什麼辦法呢？認了吧，人生就是這樣不公平。

此刻，她站在屋子的中央，環掃四周。這屋裡的一切都是她親手掙來的，掛在她的名下，由她一樣樣添置的。只有她自己知道，它來得有多不容易！冒著風險，艱難珍貴。她由衷地疼惜它，拿眼睛撫摸它，她的眼睛裡有深深的愛和同情。她纏綿悱惻，情意綿綿。

我看見了一個女人，怎樣站在她的年代裡，愛著，恨著，可是很清醒。她必須有所附麗。她可是什麼也沒有了，這炎夏一樣的時代卻緊緊包裹著她，她聽到蟬聲聒噪了嗎？抑或看見塵土在飛揚？陽光一片片的，熱，煩躁，汗涔涔的，她只是靜不下心來。誰能相信呢，她的物質生活較之於同時代的中國人，竟提早整整十年。一九八六年的她，在過一九九六年的生活。一九九六年的她……誰能看得見呢？她會在哪呢？她知道嗎？

她突然抱住了我，把頭磕在我的肩膀上，拿手指搓揉我的脊梁骨，竟吃吃地笑起來。她笑得如此孩子氣，像一個癡呆的嬰兒。她說，做愛吧。啊？做愛吧。她的聲音如此迫切，像在哀求。她解我的衣鈕，動作粗野而魯莽。總之，她任性之極，就像在耍鬧。我能夠懂得，有什麼東西突然間襲擊了我的阿姐，她感到害怕了。她害怕什麼呢？

我把她放倒在床上，我的身體隨著她一起飄搖，墜落，顛沛流離。它幾乎是軟弱的，沮喪的。可是它也憤怒，偶爾發出咆哮的聲音。沒有比這樣的情境更讓我徹底明白一件事情：什麼都來不及了，對我的阿姐來說，愛情，快樂，物質，肉體享樂……都是一瞬間的事。來不及了，一切太匆匆。

至於我自己呢，我不知道這十六年來我都幹了些什麼。我用十六年的時間去忘記一個女人，忘記她給我的生活曾造就的陰影。我像浮萍一樣生活，虛度年華，又不甘寂寞。我在社會上跌打滾爬，左衝右突，說來說去還不是為了錢。

不能說我是奸商，嚴格意義上，我不是。現在生意難做了，不比從前，在阿姐那個時代，一夜暴富算不得什麼神話，擱現在就不行。經過十年的狂躁發展，社會穩定了，制度健全了。我是說，老老實實做點小本生意是重要的。也不知道是從什麼時候起，我對人不再信任了。我提防心很重，也許我提防心一向很重，但是我不能忘記，和阿姐一起生活的兩年，她曾帶我四處行騙。我見過太多的人和事，看它們怎樣被玩弄於她的股掌，卻無知無覺。

我不知道這以後，我是否有過真正的愛情，也許有過，但骨子裡又很懷疑。到了後來，我幾乎厭倦了和女人的相處，真的很累。額外的東西太多了，她們總愛談婚論嫁，拐彎抹角地說，翻來覆去地說。沒錯，我是發了點小財，有一家經營不錯的公司，有車，有房產。她們是愛我這個人嗎？我猜不是。我這麼一個人，懶散，蔫，沒學識，沒才華，對女人不夠耐心。我對一切都不起勁，除了錢。——我猜，她們愛的是我用錢提供的那份生活。

老實說，是在很多年以後，我才發現，我身上已經沒有愛了。我相信愛，有時也盼望它到來，為一個女人魂牽夢繞，喪魂落魄，為她熱血沸騰，為她受苦，為她犯罪……可是這麼多年來，沒出現這樣的女人。戀愛是談過一些，很安靜，很正常，總的來說，相敬如賓。我想，這不是她們的問題，這是我的問題。

我喪失了愛的能力，從我十八歲和阿姐分手。我不會忘記十八歲的我，擺脫了一樁愛情的羈絆，長長地舒了一口氣，以為從此獲得了自由。我雄心勃勃，一身蠻勁。我還有很多事情要做，重新學畫，再戀愛。我也這麼去做了，可是事與願違，我做得不好。

這一切是緣於阿姐嗎？我不知道。她是否從我身上帶走了什麼？理想？愛情？對人世不多的一點幻想？現在的我，很像一具軀殼，慢條斯理地活下來，僅僅為過物質生活。我想於其中汲取微弱的光，就像當年的阿姐一樣，我態度虔誠，心甘情願地躺在其中，任它們埋葬。我就像她的影子。人走了，她的影子留了下來，附在我的身上。她代我去思想，去說話，去行事。——我突然發現，這麼多年來，我做的唯一的一件事，就是按照她的旨意去生活。我如此服從，就像習慣。

來看看這麼多年來，我的「幸福生活」吧。一個三十二歲的單身男子，衣食無憂。每天洗澡修面，口腔清潔。開著本田上班下班，穿過熙熙攘攘的人群，我知道我是這芸芸眾生的一分子。即便不照鏡子，我也能看見自己那張小資的臉，平安而富足。一張黃色的臉，神情茫然呆滯，我想這是因為疲乏。

有時我覺得自己真是累極了。我必須工作，每天像陀螺一樣被牽著四處跑，深夜回家躺到床上，癱軟如泥。我不知道自己在幹什麼。我理應覺得空虛，可是沒有，因為不久我就睡著了。我想說，我喜歡這種感覺，雖勞碌麻木，可是一覺醒來是早晨，滿屋子的天光，白窗簾飄飄，我迅速盤算一下公司的事務，精神抖擻，新的一天又開始了。

我以為自己還算熱愛生活，且身體健康，二十八歲以後，每週堅持鍛鍊。邀三兩個朋友，週二打網球，週末爬香山。此外，我還辦了一張游泳卡，沒事的時候，我一個人去游泳。我用正確的方式浪費時間，生活充實而優裕。近一兩年來，我甚至開始潔身自好了。我想說，這很了不起。我不再去找小姐，沒什麼意思，這類事做多了，我會小瞧自己。興致好的時候，我便約約姑娘，和她們坐坐星巴克，在四目對視的一瞬間，我相信自己是笑了，眼神很亮，很愉快。晚十點之前，我送她們回家。

至於性生活嘛，這我可說不好。你知道，對一個單身男子來說，這是個問題。我不是說，我找不到姑娘睡覺，姑娘有的是，可是睡完了以後怎麼辦？這是個問題。憑經驗而論，我知道有的姑娘是可以碰的，而有的則不可以。有的你可以隨便帶她上床，而有的也只能坐坐星巴克。這裡頭有個「度」的問題，弄不好就會惹麻煩。哎！良家女子縱有千般好，可是一沾上了身，她就好比藤蔓纏上了樹，非逼你娶她不可。我告訴你，頭都大了！

這裡順帶說一句，我不是個惡棍，我尊重一切的女性，並熱愛她們。可是我不想結婚，你明白我的意思嗎？我三十二歲了，單身，我不想負什麼責任。我不可能每次帶姑娘上床，就事先跟她打招呼說：嗨，聽我說，姑娘，我不可能跟你結婚。或者說，假設我不跟你結婚，你還願意和我做愛嗎？我不能這麼問。第一，太傻。第二，我也不能保證她就不會成為我的妻子。每次我總希望這是最後一個，我會愛上她，娶她，和她過和和美美的日子。但是很多年過去了，我的希望落空了。

可是我曾允諾過阿姐的，要盡早結婚。我幾乎實現了她所有的願望：忘掉她；從良過普通人的生活；掙一份辛苦錢，安分守紀去享受生活。——我實現了她所有的願望，可只在結婚這一點上……阿姐，我做不到。

生命是麻煩，阿姐。這麼多年來，我一直過著自欺欺人的生活，表面光潔如玉，可內裡不堪一擊。我曾以為自己很「幸福」，翻手為雲，覆手為雨，只要我想得到的東西，最終都能得手。我懷疑我從未真正痛苦過，為一個姑娘，或者為友誼。……讓我想想，這是哪一年的事了。噢，一九八六年。在這一年裡，我痛失過一個好友，然後開始了一場愛情。我常常哭泣，那時我敏感，多情，還是個少年，心像青草一樣能掐出汁來。

多少年過去了，是什麼讓我變成現在這個樣子？忙忙碌碌，麻木不仁。也許我「痛苦」過：一場談判失敗，一個訂單飛了，我的員工背叛了我……淨是這些。那些為女人如癡如狂、為朋友兩肋插刀的日子是怎麼走丟的呢，我再也不會知道。

這個秋天，我總在問自己，你的生活到底發生了什麼？你為什麼如此沮喪？我沒法回答。我不想說，我父親的死打擊了我這一類的話，事實上我很麻木，神情乾巴巴的，人變得很癡呆。從南京回來以後，我就病了。我躺在病榻上一個秋天，滿腦子胡思亂想。

我不以為自己是真的病了，也許是悒鬱所致，也許是受了點驚嚇。我總覺得我應該大病一場，我累極了，能有時間躺下來看看窗外的藍天，整理一下自己的生活，想想生命，青春，愛情這些空洞無用的東西，我會覺得自己富足而奢侈。

有多少年，我遠離了這些東西。我害怕嗎？也許吧。可是為什麼想起它，我又會心馳神往？如果單看表面，我自己也察覺不出我生活的變化，房間還算整潔，一日三餐，偶爾接聽一下電話……有時我會覺得頭暈目眩，四肢乏力，總之沒個精氣神兒。你也許會說，不要緊，情緒所致，過一陣子就好了。可我擔心事實並非如此，它要壞得多。

我看見一樣東西倒塌了，就在這年秋天；它在我的心裡，苦苦支撐我很多年。現在它一片狼藉。我看見一樣東西倒塌了，阿姐，這是真的。它發出轟然的巨響，灰塵像熱氣一樣冒散。第一次，我意識到自己活著不容易。我生命中最重要的一個男人走了，他與我曾有著血肉的聯結。

這才是我生命的一切：愛。成長。久已消失的青春往事。各種糾纏和煩惱。我父親。阿姐。

我的阿姐回來了。這一天遲早會回來的，因為我愛她。總有一天，我會找回她。我想跟她說，阿姐，我病了。輕輕地囁嚅著嘴唇，就像很多年前的那個小男孩一樣，眼神散淡而無辜。或者強打精神，裝作很不在乎的樣子，表現男子漢的尊嚴。還會跟她說，阿姐，我父親……我說不下去了。我會哭的。眼淚順著我的臉頰淌下來，撕心裂肺的，可是不發出聲音。

只在這時，我才看見了十六年前的那個孩子。他一直沒有長大，時光在十六年前就凝固了。即便他現在已經三十二歲了，他還是像從前那樣軟弱，需要安慰。當他遇到不順心的事時，他就會想起阿姐。他生命的軌跡一目了然，無外乎周旋於父親和女人之間，左右為難。兩個都是他生命中最重要的人，最終他選擇了女人。這事發生在一九八六。他這一生最重要的事都發生在一九八六，真是見鬼了。

那年秋天，我參加了美院附中的入學考試，等錄取通知的時候，我接到父親的一封信。信不長，幾乎是大發雷霆，命令我立即回南京，要不他將斷絕和我的關係，並不再支付我的生活費，學習費，總之，「一個子兒也甭想。」他罵我是畜生，和一個年歲幾乎能做我母親的人在一起，簡直是亂倫。他說得對極了，我丟人現眼，不爭氣，醜事做盡。

我把這事和阿姐商量，她說，你看呢？

我自然說，我是不會離開她的。我哭了，拿衣袖去擦眼淚。

她看了我一眼，笑道，為誰哭？為父親還是為我？她把我摟在懷裡，拿手指一縷一縷地挑我的頭髮。

她說，真奇怪，怎麼就知道了呢？難不成是你那位張伯伯？是房東告訴他的？

我突然想起來了。有一次散步，我領她去我租賃的小屋看看。房東是一對四十來歲的中年夫婦，過來搭訕時，阿姐胡謅道，他是我表姪，以後還得多依仗你們。房東說，付了房錢，也不見回來住，倒是可惜了。阿姐說，暫時住我家，和我兒子搭個伴。房東笑道，你才多大？就有兒子了？阿姐笑道，我兒子都十二了。我結婚早，今年也三十二了。房東嘆道，倒真顯年輕，看上去跟姑娘似的。

屋子裡燈光幽暗，趁房東轉過頭的間隙，阿姐把手指伸在我的手心裡輕輕撓著，這動作很是輕佻，尤其在這種場合，更顯得緊張刺激，撩人心弦。這女人具有偷情者的一切素質，膽大無恥，擅長製造激蕩氣氛。房東走了以後，她把門掩上，抱著我親吻，一邊回頭看著，吃吃地笑著。我把燈熄滅，把她往床上推去，她抵擋著，把燈又打開。就這樣，關燈滅燈，雖未做成什麼，身體的搏鬥也自瘋狂。

我說，這能說明什麼？他們又沒看見……

阿姐笑道，你懂個屁！噢，照你這麼說，捉姦就非得捉到床上？男盜女娼這類事，明眼人一打眼就知道，你再撇清都沒用，全在臉上寫著呢。

總之，事情又一次擺到我面前，非逼我做出選擇。我這一生最怕選擇，非A即B，哪一個我都捨不得。在我十六歲那年，只發生這麼一樁事情，卻一再節外生枝，我不知道這是為什麼。不就是一場戀愛嗎？我是個孩子，她大我十六歲。我父親只知道她大我十六歲，卻不知道比這更危險的，是她的職業。

他不會理解，這樁發生在小男孩和成年女人之間的愛情。——我的父親已經遠離了愛情。青春於他就像一場夢幻，他從其中廝殺出來，想起來的時候只有嘲諷。他不會知道，我經過怎樣的一個夏天，面對的是何等樣的一個女人……她之於我，就像我母親之於他。——世上確實有這樣一類女子，天生被賦予某種能力，她們來到人世，就是為了改變男子。

我父親試圖糾正我。他不想一個女人從此改變我，至於是哪些改變，他自然還不清楚。他只是憑藉直覺，他的這個兒子柔弱，沒有定力，而且不辨是非，簡直讓人頭疼。照他的理解，我已經壞了，正處在墮落的邊緣。試想，能跟一個三十多歲的女人胡搞，膽子越來越大了，怕將來胡作非為的那一天也會有。

我父親怎會知道，我胡作非為的那一天早就開始了。如果我告訴他，從我十歲那年起的種種往事，他肯定會嚇一跳。他在信裡說，他想把我拉回來，不是為了盡責任和義務，而是為了面子。原話是這麼說的：你不要臉，我還要臉呢。

阿姐微笑著看信，一邊點評道，唔，不錯，你父親罵得很對，你要是我的兒子，我也會這樣罵你。她把信摺起來，托著腮看我。她建議我回南京，和父親談一次，以求他的諒解。我說，他不會諒解的，他只會把我痛打一頓。

阿姐說，他不會的。我問為什麼。她笑道，因為他知道，你已經是個男人了。我咬牙笑。她歪著頭打量我半天，蹙眉笑道，就一個夏天，這個小男孩就變成男人了。怎麼變的呢？——她搖著頭，很不相信的樣子。

我說，這得問你自己。

她把手半遮住眼睛，笑著哎嘆一聲。從她的眼睛裡，我看見了自己，一張稚氣的臉，下巴乾淨光潔，還來不及長鬍鬚。有小小的喉結，卡在脖頸上一動一動的，像活塞。他看上去體質瘦弱，可是每天清晨醒來，小玩意堅硬地挺著，那真是極美妙的瞬間。她把它握在手裡，告訴他，這不是慾望所致，而是精氣旺盛。在剛剛過去的這個夏天，這個孩子跟著她亦步亦趨。他害羞，自卑又膽小，動輒就臉紅。有時他會說些孩子氣的話，毛裡毛躁的，還會發脾氣。

是從什麼時候起，這個孩子變成男人的呢？她怎麼也弄不明白。她饒有興味地觀察他，他抽菸的樣子，說話的神情……她看見他在學習。她的一舉一動，趣味，見識，說話方式……都逃不過他的眼睛。他突然進步了。這很讓她欣慰。六月的一天，他突然進入了她的身體。她饒有興味的是這一點。一個孩子開始了他橫衝直撞的男人的一生。

阿姐把形勢分析給我聽，跟了父親，我自然什麼都會有。他會支持我一直到大學畢業——如果我能考上大學的話。然後是求職，工作戀愛，結婚生子，總之，這是普通人的一生，卑微，平坦，慢慢消失於俗世裡，做一個好人。因為愛我，她寧願我平庸，馬馬虎虎地活下來，只為了安全。她當然希望我出人頭地，比方說做一個畫家……即便跟了她，她也希望我按正常的軌跡走下去，資助我把學業完成。至於錢的事情嘛——

我說，這不用你管。

她笑起來，「喲」一聲道，你還挺有志氣的，不花女人的錢。她告訴我她目前的窘境，還不足以資助我。手頭緊，一個夏天閒滯在家，花銷又大，這還不說，「把你的千把塊錢也搭進去花了。我真的該出去幹活了。」

我無以言對。這個時候，我無法阻止她不去「幹活」，因為我養不活她。我身無分文。我父親已斷絕了我的經濟來源。兩天前，我收到了錄取通知書，定在九月一號報到，學資不菲，我必須籌到一筆錢。我看著這張薄薄的紙片，普通的白紙黑字，看上去漫不經心，可是它事關我的一生。

我告訴阿姐我想學畫。我喜歡在畫布上堆砌很多顏色，而且我稍稍懂得了一點技法。大概就這麼說說而已，也沒別的意思。後來我們又扯了一些別的，比如說分離。也只是說說而已，我不以為自己真的會離開阿姐。首先情面上過不去，其次是感情，也許最終還是因為身體……那天晚上我們又做愛了。我咬住她的肩膀，把頭伏在她的脖頸裡，當我想像著將要離開這個女人，再也觸摸不到她的身體，我就哭了。

在我和阿姐的關係中，我不知道什麼在起決定性的作用。總之，我碰到了一個關口，我跳不過去。我害怕面對父親，他看我的眼神，那一定奇怪極了。我跟阿姐說，我不能回去。一回去就完了，我的那個家是不能待的。阿姐說，可是你喜歡畫畫。我說是的。

放棄它你覺得可惜嗎？

我點點頭。

那你就回去。她說，跟著我，你也許還會學畫，我明天就出去弄錢，可這不是錢的問題。你明白嗎？錢我可以弄到——她把我扶起來，拿被角搭住我的身體——可是跟著我，你會有風險。第一，我不能保證你安全。第二，我會把你帶壞。

我說，我不擔心這個。至於學不學壞，我從不在乎。

可是我在乎。她笑道，我把一個孩子從他的父親那兒搶過來，我得對他負責任。你再想想，這一留下，你可是再也回不去了。耽誤學畫倒在其次，可是你怎忍心你的父親？你將失去他，你傷了他的心，他也不會認你這個兒子。你們或許不再見面，直到他生病，死了，你都還得不到他的消息。

我把身體滑下來，緊緊地蜷縮。那一瞬間我的毛孔很緊，喉嚨裡有異質的聲音，像含了一口痰。

我說，我父親……他恨我。從我見著他第一面起，他就沒喜歡過我。

阿姐嘆了口氣。她知道我說的不是真話，可我也沒在撒謊。她了解我們父子的關係，那是一種互相糾纏的關係。愛著的，處壞了的，欲罷不能。彼此都很殘忍，水火不相容，破罐子破摔。就這樣折磨著，小心翼翼地愛著，可是不讓這愛探出頭來。

她伸手把燈關滅，躺下來，拿身體壓住被角。初秋的北京，夜有些涼意。晚上九、十點光景，臨街聽得見市聲。路燈光從窗外照進來，她側頭看這孩子的臉。

她聽見他在問，你愛我嗎？

她沒法回答。她愛他，但不是他要的那種愛。他才十六歲，還不到理解這件事的年紀。她說，這是兩碼事。

他說，那……要是離開，你捨得嗎？

她笑了。把手伸進他的胳肢窩裡，輕輕拽他的腋毛。該怎樣讓這孩子明白，她愛他，但是分離對她來說已不是個問題。到她這個年歲，她是可以離開任何人的。她甚至不再需要什麼愛情。

她想跟他說，女人吧，總會有的，說到底也沒什麼兩樣。不遇見這個，還會撞見那個，都是瞎碰的事。

她還想說，至於父親嘛，卻只有一個。你想想，你是怎麼來到這世界的？是因為父親。……父親是什麼？是根源。是本。是最初的泉。是千古不化、從來就在那兒的。是源遠流長。她這麼說，不是讓他就一定選擇父親。不是。她是想讓他明白一個道理。一個人在年輕的時候，最忌的是受感情支配，為了父親，或者為了一個女人……人活在這世上，最終為的是自己。

她想跟他說很多。她有預感，他們在一起的日子不多了。那麼就讓他明白這些吧：在他們有限的交往中，如果說她曾經帶給他什麼，她希望它不僅僅是愛……還有為人處事的基本素質：自私，頭腦清晰，有決斷力，勇往直前。這是一個人的立身之本。很重要。

事情就這樣決定了，我回南京，隨父親一起生活。忘了是怎麼度過那一兩天的，等火車票，和阿姐話別，有時也出去散散步，逛逛商店。是有點離別的意思了。事情擺在桌面上權衡再三，阿姐說，你是個懂事的孩子。我點頭。她又說，你很聰明。我拿手撐著頭，看著她笑。

我笑得很平靜，因為什麼都懂得。在我十六歲那年，她給我上了一堂愛的教育課。我學得很好，學通了。對人，對自己，我懷有慈悲心理，我懂得去愛惜。

這大約是個星期四的下午，阿姐領我去街上走走，後來我們又去了一家商店，她意欲為我挑幾件合適的衣服。這事就發生在挑衣服的過程中。有時我覺得，在我和阿姐的關係中，是有那麼一點戲劇性、一波三折的東西的。也許我們本不該談什麼計畫，明天，未來。談是可以談的，但是阿姐的生活是即興的，她朝不保夕。

從天而降這麼一件事情，讓我改變了主意，固執地留在她身邊，我不知道這是不是天意。

很多年後的今天，我還在想，我這一生是有內在邏輯的，從一九八〇年那列南下的火車上，到小學時代的「刀子事件」，還有朱二之死，直到北京站和阿姐的邂逅……都是極偶然的事件，可是它們按時間順序，呈現出某種平行、遞進的因果關係。

我們走進商店的時候，客人已經不多了。時間大約是下午五、六點光景。起先，我們逛的是女裝櫃台，阿姐拿來一件衣服在鏡子前比試著。我想說，也許我應該有一點預感，當我看見一個胳膊底下夾著公事包的男人也在挑選衣服。他站在不遠的地方，拿一件黑白條紋的連衣裙問一旁的售貨小姐道，這多少錢？小姐報了一個數目，我聽得出來，價格不菲。他又對售貨小姐說，你能幫著試穿一下嗎？

這時，我看見阿姐側頭打量了一下這個男人，很漫不經心的，稍稍一抬眼。我應該能想到下面會發生些什麼，就憑她這麼一眼。可是很遺憾，我大意了。一個夏天，我和一個女騙子生活在一起，竟忘了她是個騙子。她告訴我很多事情，我都把它們當作了傳奇。

阿姐把衣服送還，摟著我的肩膀說，走，帶你去看看男裝。她又拉拉我的頭髮，笑道，該去理髮了，啊？長得那麼快。她為我挑選的是一件套頭毛衣。試樣子的時候，她站在五步遠的地方，抱著胸認真地看我。唔，不錯。她說，轉過身去讓我看看。稍大了些，不過你正在長個頭——這毛衣會不會縮水？她問一旁的售貨員。

她輕輕皺了一下眉頭，拿一隻手扶住小腹。這動作做得很是隱蔽，可是我察覺了。我問她怎麼了。她彎了一下身子，走近幾步伏在我耳邊說，沒什麼，肚子有點疼，可能是著涼了。她讓我在這裡等著，她一會兒就回來。臨走時又說，千萬別走開，免得我找不著你。

底下的事你大約也知道了。她沒去廁所，去的是她剛才試衣服的女裝部。那個男人大約還在。我無法設想這中間到底發生了什麼。半個小時以後，也許有四十分鐘吧，我開始樓上樓下地找她。後來，我跑回女裝櫃，問那裡的服務員，她想了半晌說，好像有這麼一個人吧……回來過，一露面就沒了。

我問，那個男的呢？我向她比劃著胳膊底下夾著公事包的那個男人。她說，走了。

我知道出事了。我站在商場門口。看見暮色蒼茫裡，許多人從我眼前走過。可是她——她會在哪呢？我開始一條胡同一條胡同地找，哪兒都找遍了；後來，我又回到商店門口，正手足無措時，感覺手臂被人撞了一下，一回頭，卻是她。她朝我使了個眼色，逕自走開。

她走得很快，可是看不出一點慌張。她的手裡提著那只公事包，我注意到了，是黑色的，樣子很精巧。

差不多走到商場側門時，我聽到身後一陣踢踢踏踏的腳步聲，接著是一個男人的喊聲：站住！往哪跑？說真的，我當時嚇壞了，我不知道該怎麼辦。人群一下子騷動了起來，很多人停下腳步，狐疑地看過來。

阿姐也轉過頭來，在那靜靜的一瞬間，我看見了她的臉，那麼鎮定、機警。她看了我一眼，好像什麼也沒發生似的，側身走進了一條胡同。

那個男人指著她的身影說，就是她，別讓她跑囉。底下的事，我是在事後才回想起來的。人行道上橫架著一排自行車，就在他繞過自行車拐向胡同的時候，我把車一推，十幾輛自行車像倒骨牌一樣倒在胡同口。這男人倒也身手矯捷，他縱身一躍，竟跳過去了。我想事情壞了。要出大麻煩了。區區一個人我都對付不了，要是再碰上幾個見義勇為的「活雷鋒」，那阿姐真是死定了。

我跟著他跑進了胡同，抬頭一看，阿姐竟沒了。真奇怪，她能去哪呢？

那個男人拐進了胡同的一條岔口，我站在那兒正自發愣，猶豫著是不是要跟過去時，這時聽到身後一聲咳嗽，我回過頭，卻見阿姐從公廁的一側走過來，她微笑著朝我呶呶嘴，領我往一條相反的岔道走去。

我一邊走一邊回頭看著，阿姐說，你別看，看了會出麻煩的。有時事情就是這麼奇怪，當我再次回頭時，和那個男人的目光碰個正著。他站在離我們身後不遠的地方，看上去喘息未定。

我驚訝極了，怎麼也不能相信自己的眼睛。我承認我害怕。我拉了一下阿姐的衣袖，她也停下了。

她一邊看著這個男人，一邊拿手指揭嘴唇上的一塊裂皮。她在等他。

她把公事包送還，說，這是你的吧？那男人接過包，並不答話，朝她臉上只一搧，阿姐叫了一聲，捂著臉坐下了。

我俯身看了她一眼，說，沒事吧？

她說，沒事……可能是淌血了。

那男人正開包清數物件，我把包從他手裡又拿了回來，往腦後這麼一扔，順勢揪住他的衣領。老實說，我有點心虛。阿姐該打。換了任何一個人，都會這樣待她。她配。我不是也這樣打過她嗎？可事情就在這裡發生了一點偏倚，因為我愛她……我愛的是這麼一個女人，這是我生命轉彎的地方。

我側頭看她一眼，她正坐在牆角，嘴角有血。她拿手背去擦拭。她抬起頭來。路燈光下她的臉靜靜地抽搐。……當我看見了這一切，我就知道我該幹些什麼了。

忘了是誰先動的手，總之，我和那個男人很快打起來了。我想我是瘋了。我不愛惹是非，可那天晚上我真的瘋了。周圍漸漸站出來一圈人。也不知過了多長時間，只聽身後有人說，快別打了，民警來了。

我覺得自己像是被震了一下，這才想起阿姐。我扔下棍子回去找她，不由分說，拖起她就跑。很多天後，當我想起這一幕，似乎還能聽到耳邊呼呼的風聲，腳步聲。各種嘈雜的聲音。有人被撞了一下，惱恨的聲音：神經病！

胡同裡的路燈光。枝葉的影子。那麼多可愛的影子，安寧的，慈祥的，在這初秋的夜裡就要睡著了。這是一九八六年北京某條胡同發生的一幕，一個少年帶著他的女人狂奔不止。他的身上出汗了，他的影子飛起來。

這確實是驚險的一幕，就像我們通常在電影裡所看到的那樣。後來，他們換乘了三輛公車，終於安全了。女人的臉上還有傷痕，她拿手撫著那傷痕。她說她被打悶了，腦子裡有蒼蠅在飛。她把臉貼在少年的懷裡。

他們坐在公車的最後一排，車上人很少。她叫他把手伸進她的懷裡，內衣的左側有一落紙票子，她說，她預感到今晚會出事，所以先拿了一部分。她又說，他的包裡倒是有很多錢，只可惜那錢了。她讓他摸一下她的懷裡有多少錢。唔，大體數一下，三十張還是五十張？他把手抽出來，側頭看窗外。她笑了起來，伸手撓了一下他的脖子，說，生氣啦？我是逗你玩的。

她把臉擱在他的腿上，正面仰著，閉上了眼睛。街市的燈光在她臉上變換不同的顏色，明亮的，黯淡的，有如夢幻一般。她打了個哈欠，似乎想睡了。她說，累了。蜷了一下身子，又說，現在好了，都過去了。

他俯身看她的臉，那是一張沈靜而疲倦的臉。他看了很久。他聽見她在說，有了錢，就好辦了。你可以帶一部分回南京，一個夏天都在用你的錢，這筆錢應該還給你的。另一部分呢，我自己留下。

——她輕輕笑了。那一瞬間，她的整個臉活了。笑容不是浮在臉上，而是先浸濡到血肉裡，再從血肉裡長出來。這是第一次，他見她這樣笑，那麼靜美，燦爛，安寧。

她說，我喜歡幹活。一個夏天閒著，骨頭都疼了……什麼都荒廢了。我怎會淪落到今天這種地步？我很少出差錯的。

她突然睜開眼睛，她的眼裡有淚光滾動，他這才知道她在哭。他俯身抱緊她，把自己的臉貼在她的臉上。他吻她。他覺得自己也像是要哭了。

他跟她說，他不回去了，這主意從她挨打的那一刻起就決定了。那一刻，他覺得自己對她很重要。這麼說的時候，他的臉稍稍紅了一下，後來他又說，當然了，她對他也很重要。他讓她換位想想，在這種時候，要是她，她會怎樣做呢？她會回去嗎？不會。就是這個道理。人得講道理不是嗎？

那天晚上，他突然變得伶牙俐齒了，這讓他很吃驚。這是他嗎？從行進的車窗玻璃裡，他看見了自己的身影，模模糊糊的從街巷、屋頂、枝葉上倏忽而過。他稍稍抬起腰板，他看見的是一張完全陌生的面孔，剛毅果斷，安詳又幸福。

9

阿姐帶我離開北京，是一個星期天以後的事。我們去的是廣州。阿姐的意思是，先在廣州住下來，以它為據點，再向四周輻散。也確實做到了，那兩年，我們幾乎走遍了中國最富庶的城鄉，深圳，汕頭，東莞，肇慶。我們也去過廈門，這是四大特區之一。也去過溫州和寧波，這裡是個體老闆和私營經濟的集聚地。

一九八八年海南建省的時候，她甚至帶我去過海口。只不過那時候的海口還是一片工廠，所謂萬物待興。她草草走了一遭，沒能遇上幾個出手大方的有錢人。失望而歸。

這期間，我們也在南京生活過一段。又以南京為據點，隔三差五地走走江南，比如蘇州和無錫。這裡是改革開放的中國另一種經濟模式的所在地：鄉鎮企業。

是的，我們當然去過上海，是去消費的。買買衣服，嚐嚐上海菜，順便逛逛黃浦江。阿姐沒指望去騙錢。那時候，上海有錢人不多。鄧小平南巡以前的上海幾乎被人遺忘了。

總之，從我們的行走路線上，很可以看出當時中國經濟發展的大體狀況。這是八十年代後期的南方沿海，一片沸騰的土地。這裡正在成為世界矚目的焦點。全球各大新聞社爭相報導，有預言說，下個世紀的經濟重心將轉向中國。這絕不是空話，有數據為證。關於國民生產總值，平均收入，經濟增長指數，出口量……都有長篇累牘的報導。

而我記得的就是跟隨著阿姐，一個城市一個城市地走過。在離開她以後的日子裡，我常常夢見自己背著行囊，走在火車站熙熙攘攘的人群裡，我茫然極了，不知道要去哪裡。況且我身無分文，得忍饑挨餓。身邊的人走丟了，可我並不知道那個人是誰。任是怎樣想也想不起來。我在煌煌的太陽底下坐下來，淚水打溼了臉頰。

這幾乎成了我永恆的夢境。我不知道我為什麼竟如此傷感，事實不是這樣子的。事實上我們很快樂，我堅定地跟著她走。在一九八六至一九八九兩年多時間裡，我從未覺得自己是在做一件錯事。我不後悔，雖然我們常吵架，可是吵完以後又上路了。而且，那兩年我們揮霍無度，用阿姐的話說，是

「大把大把地花錢，大口大口地吃肉」。

現在我對於那段時光的回憶，首先就是火車站。火車站的候車大廳或者出站口。出站口外的紅鐵護欄。青白或者烈日下的天。一對男女走在摩肩擦踵的人群裡。他們衣著摩登，表情恬淡自然，你很容易就把他們與周遭的環境區別開來。你也許會著意看他們兩眼，心思稍稍動了一下。

你也許會猜他們的身分，這是枉然的。僅從衣著上看，他們是有錢人，在過上等生活，且很有修養。底下你也許會猜他們的關係，女的看不出年紀來，說大不大，說小不小。男的幾乎還是個孩子——肯定是個孩子，但是一雙眼睛冷峻而木然，你也可以認為這是審慎。

只能認為這是一對姐弟，如果年齡差距再大一些，有可能是母子；再小一些，則可能是夫妻。總而言之，他們看上去很相愛，女的挽上男的胳膊，低聲說著什麼，笑了笑，很是親密無間。

多年來，我一直記著這樣的畫面：一個少年跟著他的女人，走出火車站。那一瞬，出站口的風撲面而來；在他們的周圍，是第一次進城的農民工，身穿劣質西服的小推銷員，鑲著金牙的暴發戶，豔裝的暗娼，樸素的知識分子……還有許多不明身分、神情曖昧的陌生人。——這是八十年代末期的中國：巨幅看板，騎自行車下班的人群，汽車的雜訊和廢氣，正在崛起的高樓……

這個少年就走在這其中，消消停停地隨便看看。他不太去注意什麼，因為他在戀愛。他並不知道，他走進的是一個高速運轉的時代，他和他的愛情、他周圍形形色色的人群是構成這個時代最形象貼切的一部分。

有一件事我必須說一下，這就是阿姐的工作。事實上，這工作在我們來廣州的途中就開始了。車過天津的時候，阿姐稍事休息，開始和我閒聊。只三兩句話，我就知道她意不在聊天，而是在扯謊。她說的是，到廣州以後她的日程安排。先護送我回家，順便看望一下我的父母，即她的姑父姑母，看他們能否託一下關係，因為她手裡有一筆木材生意要做；當然了，她純粹是幫朋友忙。

「你不懂，」她對我說，「我在機關，根本沒有可能去做生意。想想真是心不甘，整一清水衙門。哼，說起來倒是好聽，是在部裡工作。有個鬼用！一星點好處也沾不著。這些年，經我手發財的人不知有多少個，自己卻只能拿一份死工資，你說這心態能平衡嗎？——也不是沒想過下海，可當真要丟掉這份鐵飯碗，又不是我這種性格的人能做得出的。」她搖了搖頭，「哎」一聲嘆道：這難道就是時代的困惑嗎？說完苦澀地笑。

「早幾年下海的人都發了，像張小軍。——你還記得嗎？常去我們家的，你小時候見過，長著落腮鬍子，你還叫過他小軍叔叔。把一家人都樂壞了。」說完送一個眼風過來，示意我說話。

對於這個莫須有的小軍叔叔，我只能說我記得，印象中確實有這麼一個人，常來家裡玩的，追過她。「他是你的同學吧？可看上去真顯老——」

「你不懂。」她笑道，暗裡感激地踢了我一腳。「他只比我大兩歲，都是那鬍子害的。現在他可是百萬資產。」

我說，他是做什麼生意的？

什麼生意都做。先是賣服裝，後來又和人合夥開飯店，現在深圳開一家貿易商行。說是貿易商行，她笑道，我看也是個幌子，當真做什麼就不知道了。

我說，倒空賣空？

她抿嘴一樂道，沒準。這次有空倒是要見見他，估計又得挨罵，什麼「捨不得孩子打不得狼。都什麼年代了」這一類的話，我聽都聽煩了。——她把手一揚。

話說到此，我大概理出個頭緒來了。她是大學畢業，現在外經貿部工作，出身世家，關係直通中央。這次她是護送我回廣州，我父親是廣州市委祕書長，母親在物資局工作。我是來北京過暑假的。

我只能認為，這時的阿姐已經完全進入角色了。她話不多，神情極為斯文，雖身處高職，出身顯赫，可看不出半點炫耀之意。她有苦楚，還有這個年紀的女人一點天真爛漫的想法。唔，也許她容易受騙。首先，她在火車上就不應該暴露身分，這樣會被人利用。她會栽跟頭的。

我躺下來，拿手枕著頭，很注意去打量一下對床男人的反應。顯然，阿姐的這些話是說給他聽的。他也確實在聽，架著腿，把一張報紙翻來覆去地看得獵獵直響。他大約三十六、七歲，戴著眼鏡，格子襯衫牛仔褲，然而氣質上我更相信他是個港商。看上去是有些閱歷了，一副精明世故的樣子。很含蓄，而且謹慎。也許這是他第一次來大陸，看看投資環境，找找機會。

我忘了他們是怎麼搭上話的。兩天後我們走出火車站時，他們已談成了一筆生意。在阿姐沒能輕易拿到他包的情況下，他們交換了名片。（阿姐預備了各式各樣的名片和身分證。她曾經告訴過我，這次她南下想做一番大事業。）

第二天下午，他們又約見面，是在中國大飯店。阿姐笑道，他要和我談投資。她彎下腰朝鏡子拍拍臉頰道，唔，這聽起來不錯。也許我會答應他，給他找幾個下家，收取——廣東話叫做佣金。或者拉幾筆業務來，我拿提成。看起來，我們開了個好頭。她拍拍我的肩膀道，祝我好運吧，小夥子。起身欲走。

我叫住她。不知道該說些什麼。我本應該放心她，這麼多年來跌打滾爬慣了的，什麼場面不能應付？可這是異地他鄉，她的第一次。我想跟她一起去。

她站下來，臉色鄭重地說，你不能去。第一，只會增麻煩；第二，不都說好了嗎？這是我的工作，我不想讓你摻和我的工作，這是規矩。

而我要說的是，在跟隨她的兩年多時間裡，我確實沒能破壞這規矩。她不允許。我是她身後的小男人。吃她的飯，花她的錢。後來我們在廣州租房而居，她出去「工作」了，我便上街逛逛，打打桌球，看看閒景。天知道那段時間我有多無聊，我鬱悶之極，閒得骨頭都散了。

老實說，我不喜歡這種生活。我是個二流子，無賴，吃軟飯的無用的傢伙。有一陣子，我想去打工。這個阿姐倒是贊成的，她考慮到了我的自尊心，也想鍛造我自食其力的能力。

她常說，你還是個孩子，我養你是應該的。可總有一天你會長大成人，那時候你就得養活自己，不管有多辛苦。

就這樣，我在麥當勞做過三個月的收銀員，又在一家合資企業做過業務員。在廣州近兩年時間裡，我跑過推銷，做過宣傳員，也就是散發廣告傳單的。當我騎著自行車，穿行於廣州的大街小巷，偶爾吹吹口哨，掉頭看看姑娘，我覺得自己是快樂的。我為工作而工作，沒什麼壓力。掙錢於我來說純粹是為了掙面子。某一瞬間，我可以忘掉很多憂愁，不再為一個女人去擔心受怕，不再想她的所作所為是對還是錯，不再有羞恥心……這時候，我覺得自己是快樂的。

這是我在廣州的另一種生活。事實上，正是這樣的生活為我以後做了鋪墊，它讓我變成一個適應性很強的人，能吃苦。這是阿姐帶給我生活的積極性的一面。

而且我開始攢錢了，我喜歡這種感覺，因為阿姐不攢錢，我們兩個人中必須有一個人得學會過日子。每月我抽取工資的一部分，還有她給我的零花錢一併存在銀行，和她一起出門，我總是搶先買單。我的這種做派雖有點孩子氣，慢慢地她也接受了，並且很愉快。

我還記得我第一次送她禮物的事。那是我十七歲那年，用平生掙的第一份工資買的。我去商店挑了一只戒指，五百多塊錢，這是我能付得起的最昂貴的價錢了。我想像著自己送她禮物時的情景，很慢很慢地替她戴上戒指，眼睛並不看她，說道，戴了我的戒指，以後可就是我的人了。雖是笑著說的，可是很認真。或者單膝下脆，就像電影裡的那樣，把戒指套在她的無名指上，向她求婚。

當然這只是我的想像，我是不會這樣做的，因為太傻，也不合適。那天晚上回家時，我只是把戒指盒放在床頭櫃上，輕描淡寫說了句，這是給你的。我想我臉稍稍紅了一下，這是我第一次送女人禮物，我不知道是否合適，太輕抑或太重？我沒有經驗。後來我又掘寶似的從紙袋裡掏出別的東西，那是我給自己買的剃鬚刀，給家裡買的牙膏牙刷，還有洗滌劑，當最後我把一包衛生巾拿出來時，她大笑了。

我也笑了，解釋道，臨時想起來的，日子就在這兩天吧，怕萬一……她一下子抱住我。似乎隔了很長時間，她把嘴唇貼在我耳邊說，我很喜歡。錢都花光了吧？

我點頭，很驕傲。我十七歲了，能掙錢了，能任性去買很多東西，並有快感。而我的同齡人用的還是家長的錢呢。

阿姐並不是每天都去「工作」，很多時候她閒滯在家，養養花睡睡覺，收拾一下屋子。晚上我下班回家了，見她在廚房裡忙碌，滿屋子的油煙，遮得燈光也黯淡了許多。我湊上前去像狗一樣地嗅了嗅。這是我的幸福時光。

我的工作之所以時斷時續，還是因為我上過兩次美術班，這是阿姐給報的名。她一直沒有忘記這件事。第一次是廣州美院的暑假班，第二次是她從報紙上看來的一幅招生廣告。我學了有半年多，也沒能堅持下去。我想主要是心態變了，我沈不下來，很浮躁。更重要的一點是，學畫得花很多錢。她確實有錢，可這是她的錢，不是我父親的，我想這是最根本的區別。

在火車上遇見的那個香港人的事還沒有結束。我沒能參加他們的談判，我對其中的細節一無所知，我也不知道阿姐怎樣博取了他的好感和信任，怎樣扯謊又不擔心謊言被拆穿，這確實需要技術。後來他們又見過幾次面，那陣子，阿姐似乎特別地忙碌，她竟開始找臨街的租賃商舖，還去工商局打聽辦營業執照的事。這聽起來確實可笑，她跟我說起時，自己也樂不可支。我只佩服她的膽量，她怎麼敢在太歲頭上動土？

事實上，這是我所見過的阿姐最沈得住氣的一場騙局。那個香港人答應給她投資，大約三個月後，他匯十萬港幣進她的帳戶，作為第一筆資金注入。如果阿姐再耐心一點的話，她還會等來第二筆，第三筆，可是沒有。她是個見好就收的人，這十萬塊錢對她來說已經足夠了，相對於以前的小本經營，這是一筆鉅款，而這僅僅才是開始。

就這樣，這個化名叫做錢菲菲的女人有一天突然從地球上消失了，那個香港人將死無對證。如果他想起訴的話，他會發現，連那張營業執照也是假的。

我還記得她第一天拿到這筆錢時的情景。是在晚飯後，她推開碗筷就要走進臥室時，突然站住了，把手搭在門框上，悠悠地說了句，今天我掙了一點小錢。是那個香港人的。

我抬頭看她，噢了一聲道，多少錢？

她說，不多。就十幾萬。

我愣了一下。她俯身大笑，算是達到了預期效果。這方面，你得承認她是孩子氣的，她很天真。那天晚上她確實爛漫之極，她抱住我又是叫又是笑，又是親。她說，我忍了很長時間沒告訴你，都快憋死了。

她把我拉到客廳裡，盤腿坐下來，就地開始數錢。她不是一落一落地數，而是一張一張地數，一五，一十，三五，二十……她笑了，俯身躺下來，做了個拿錢抵住下頦的造型。她說，我從來沒見過這麼多的錢哩。

我知道這話不準確，她一定見過。可她願意這麼說，就讓她說吧。她找不到更好的表達快樂的方式了。她和我商量這筆錢的用途，我知道這只是她的虛招；她未嘗不想存留一部分錢，有計畫去生活。可在銀錢上她一向信馬由韁慣了的，只消到百貨店走一遭，一切就由不得她了。

她從不吝惜錢財，因為她沒有明天。有時我覺得她是病態的，可是立馬又會為她辯護，她只是比別人更沈迷於錢罷了，這沒什麼錯。縱然，她的錢來得容易了些，可是她也付出了風險。她隨時隨地都有可能出事。如果有一天她一宿未歸，我就得去公安局問問，或者等人來領我去荒郊野嶺認屍。

有一次，我們因事外出，走至廣州站附近的天橋時，看見一對盲人祖孫在賣唱，老人八十多歲的樣子，穿著破舊絨衣，一張雕刻時光的臉，瘦削，敗落。他拉得一手好二胡，幽怨悲愴的琴聲在晴空的天底下像是一個孩子在哭泣。他一旁的小孫女十歲光景吧，拖著鼻涕，雙手交握放在胸前，如果不是親眼所見，很難相信從那脆生生的喉嚨裡唱出的竟是「小寡婦哭墳」。

這場景裡不知有什麼東西打動了阿姐，她立在一旁聽了很久。是冬天，剛下過一場雨，新晴的天氣，然而空氣清寒凜冽，使人鼻子一陣陣發酸。天橋上的一汪水漬還未乾，從這水漬裡能看見藍天，枯樹的剪影，賣唱的小姑娘和她的瞎爺爺……還有我的阿姐。她看上去那麼傻，不時有行人從她身邊走過，冷漠地扭頭看看她，又看看對面的祖孫倆，裹緊衣衫像風一樣地跑過了。

阿姐數出錢讓我送過去，自己也跟過來說，老爺爺，你拉得一手好琴呀。又順手摸摸小姑娘的臉頰道，冷不冷？小姑娘搖搖頭。她蹲下身來替小姑娘拉拉衣袂，從皮包裡又抽出兩百塊錢道，喏，這錢是阿姨給你買新衣裳的，你歌唱得好，可是記住，以後別唱「小寡婦哭墳」了。

我們離開的時候，天色已近傍晚。阿姐裹緊風衣只是一個人走著，異常地沈默。遍地的黃葉，風一吹，漫天飛舞。後來她常常想起這天傍晚，一對祖孫倆。爺爺是個瞎子，小姑娘有副好嗓子。她不能忘記那個十歲女孩的藍花布襖，穿得邋遢，破棉絮從衣袖裡探出頭來。

這是八十年代末的中國，貧富不均現象已初顯端倪。廣州站附近，一面是拔地而起的高樓。西裝革履的商人。各類外資企業像螞蟻一樣紛紛進駐中國。據說這裡每天都要誕生一個百萬富翁。另一方面，窮人們出來討飯了，就此形成數以萬計的乞丐群，俗稱丐幫的，有組織和嚴密的管理。

阿姐見不得窮人，她自己也不能解釋這是為什麼。看見他們，她總會想起自己。她說，我本來沒覺得自己是在犯罪，我花自己的錢，我一擲千金，我又沒礙著誰。可是她有愧疚感，這是顯而易見的。

我說，這不關你的事。這是社會。

她笑道，你別跟我說這些，我不懂。想了一會又說道，真奇怪，我竟良心未泯。我在其他方面倒沒什麼良心，你說是不是？

我點頭不語。這方面她確實頭腦簡單，太過輕信。事實上，類似盲人祖孫的事發生過多起，每次她都出手大方，這個我不反對，我反對的是她對這件事混沌不清的態度。我不是沒告訴過她，丐幫是一個機構，你給窮人的錢，最後窮人是拿不到的，他得上繳。就是這樣，你幫不了他們。

她說，這不是幫，誰也幫不了誰。再說了，他們不是乞丐，他們是賣藝的。她搖搖頭，不再說下去了，隔了一會兒咕噥道，反正我這也是不義之財，就當是劫富濟貧吧。

還有一件事，也差點讓阿姐棄惡從善。一件很小的事。那是有一次我們經過一戶人家的院子，突然聞見的一陣玉蘭花香。阿姐停下了，像狗一樣地嗅著鼻子，激動不已。她說，這是我小時候的氣味。

她聞見了她小時候的氣味。我不能忘記那靜靜的一瞬，她彷彿盹住似的，四面看著。是黃昏，有人騎著自行車從林蔭道上經過，街巷的拐角處有幾個孩子在踢足球，一個少女站在不遠的地方，穿著及膝裙子，紮著麻花辮……她說，真是我小時候的情景，這巷子，人，也是天色黃昏。

她拿眼睛瞪著我，非常無助的、驚奇的。這是我第一次見到她這樣的眼神，像在做夢。她不停地問我這是怎麼回事，我沒有答話。她應該知道，在我們每個人的一生中，都會遇見這樣的一幕。一個場景，一聲狗吠，一陣熟悉的氣味，就能把我們帶回久遠的從前，這不是幻覺，而是時間的迴光返照。

當阿姐又一次回到現實世界時，她在人行道上坐了下來，久久不說話。她看上去頹唐極了。也許她應該自憐，那個站在街頭巷尾，穿及膝裙子紮麻花辮的小姑娘……她怎能看得見呢，很多年後的自己竟成了一個江湖騙子。她是看不見的，這當兒她正在看一群孩子踢足球，她的腦子混沌而清白，布裙子在風裡飄起來。

無論如何，這次事件以後，阿姐有過一段認真的生活。她拿出五萬塊錢讓我存進銀行，亦和我商量是否該拿這筆錢去做點買賣。她謹慎地過起小日子來了。因為閒來無聊，她把早些時候扔下的關於談判技巧、經濟常識的書又拾起來了。說起來你會難以置信，阿姐常讀書學習，補充營養呢。騙也有騙術，從前阿姐對經濟詐騙一無所知，她連行業術語都不知道。現在知道了，她是邊幹邊學。

她和我計畫著將來開一家公司，因為資金不足，公司創業之初，自然騙是難免的。很多人不都是這樣發財的嗎？她跟我說，這也是鑽法律的空子。等到公司一天天地壯大，有了信譽，老老實實做點生意還是對的。

可是，我能行嗎？她突然咯咯地笑起來，沒準哪一天技癢，舊病復發也不是沒可能的。你知道，一個人掌握了一門技術……她搖搖頭道，難。

這話被不幸言中。

阿姐騙起人來，有時會騙得一時興起，酣暢淋漓。這是詐騙的至高境界，她追求它。最有名的例子就是去郊縣騙那些鄉下人，阿姐把他們叫做「老廣」的。那時節，老廣們個個富得流油，因為土地被徵收，他們基本上算不得農民，閒滯在家，戴金戒指，穿花格衫，家家戶戶比拚著撂高樓層。

就有一天，一個天仙似的年輕女子飄然而至，震動了整個村莊，因為聽不懂普通話，她好不容易讓他們明白，她給他們帶來了一種「萬能」藥。她站在村廣場中心，一遍遍地展示著。這個，她拿出其中的一粒說，叫做維生素B。她把它扔到嘴裡，喝一口水嚥下去道，吃三個療程，可以使瞎子睜開眼睛，不瞎的人看得更遠。至於怎麼個遠法，她舉例說，站在這裡——她跺跺腳下——就能看見鄰村。

村民們紛紛轉過頭去。

她說，現在你們是看不見的。她手搭涼篷做觀望狀，並向人們描述她所看見的十里之外的場景。這也是一個村子，村中央也有一個廣場，一個胖子正牽著一條狗從廣場上走過。有 戶人家在造樓，一塊磚頭從樓頂上掉下來。對面一戶人家在吃飯，男主人掏了幾塊鼻屎抹在鞋幫上。門前好像有一口老井——她皺緊眉頭，最後總結道，應該是枯井。人群中發出一聲驚嘆，有幾個聲音同時說道，這是井村。

她做手勢讓大家安靜下來，繼續說道，吃五個療程，可以看見廣州；七個療程能看見北京。有人接話說，北京就算了，看那麼遠幹什麼，人又不認識。她笑了笑。

繼續吃下去，能造就一雙夜光眼。什麼是夜光眼呢，她想了想，打了一個通俗易懂的比方。就是你在夜裡能看見隔壁夫妻的床上事。

人們哄笑起來。有一個少年怯怯地問道，躺在自家床上也能看見？

當然。阿姐答道。

再吃下去，自然囉，看見的就不僅僅是能看見的，還有看不見的，比如人的內心。她指了指胸口。我們每個人都想知道別人在想些什麼，他有怎樣的心理，比如殺人啦，放火啦，強姦啦，他會不會使小壞，他在不在撒謊，這些平時都是看不出的，可是吃了這個，她用手指拈起一粒小顆粒說，一切迎刃而解。

接下來，她要解說的是藥品C和E，這藥也叫「長生不老」藥，有延緩衰老、返老還童之神奇功效。她又拈了兩粒放進嘴裡。接著她從包裡掏出身分證，讓圍觀者一個個傳閱，那上面寫著，李永芳，一九四二年出生，北京市人。

你是北京來的？一個中年人豔羡地問。

她淡淡地點點頭，用一種緩慢的聲音說道，我已經四十五歲了，從二十歲就開始吃C和E，吃了二十五年。——

所以你那麼年輕，看上去也就二十出頭。一個婦女揚聲說道。

她矜持地點點頭，說聲謝謝。

一個老人開始發話：我要是現在吃藥，能重新做回小夥子嗎？

你還要做小夥子？你年輕時還浪得不夠嗎？他的同伴笑咪咪地回敬他，並向因此發出笑聲的人群略略一頷首。

你夠嗎？你夠就不會去爬灰。老人當仁不讓。

誰爬灰了？你才爬灰呢。

人家都說你爬灰。

人家也說你爬灰呢。

好了。阿姐笑著擺擺手，平息了這場風波。她開始回答老人的問題：在相貌上你是變不成小夥子了——她攤攤手，做出個無奈的樣子——可是身體上你是。

人群又是一陣歡笑。

這難道真是壯陽藥？一個中年男人問。

阿姐笑了笑，算是給了肯定答覆。這藥是採陰補陽，她說，女人吃了養顏，男人嘛——她咬著嘴唇似乎在斟酌詞句。這麼說吧，這藥也叫「生子藥」，它的主要功效還不在壯陽，如果哪戶人家求子不得，就先別去求菩薩拜佛了，先試試這個，很靈的。繼而她又拿出數張中國醫學會開具的各類證明，獲獎證書，國際權威論證等材料。

也有村民提出質疑，這是個鄉村醫生，他說，維生素這類藥我好像聽說過，據說有副作用吧？關於這個阿姐作了澄清，她又像變魔術似的取出一張報紙的影本說，看看這個，都在上面寫著呢。

這是最讓阿姐感到快樂的一次出行，她被視為座上客。村民們把她當作知己，向她訴說他們的苦惱和空虛。「也不知怎麼就富起來的，突然之間沒了農田，換來了大把大把的鈔票，可是沒什麼用處，放在家裡一輩子也花不完」有一天，一個村民這樣跟她說道。

用它來造房子呀。阿姐說道。

造完房子呢？

再造。阿姐笑道。

我家的房子已造到四層了。村民不耐煩了，狠狠地瞪她一眼道，二層以上全空著，老婆孩子在裡頭打滾也打不完。

那為什麼要造呢？

人家造，我就造，我又不是造不起。

那就出去做點生意，總得找點事情做做，要不日子難熬呀。這次阿姐認真了。

做什麼生意，我一個大字不識。出去連門都找不著。再說了，我也不缺那個錢。

那就吃香的，喝辣的，穿綾羅錦緞。——

是的，村民打斷她道，我還嫖過，賭過，可是我每賭必贏——我又不缺那個錢。我該怎麼辦呢？現在我一上賭桌就抖，我怕。

阿姐也沒轍了，他把她當作了心理治療師，可她不是，她只是一賣假藥的。送她出來時，村民指著他的四層樓房說，從前做夢都夢見這樣的生活，電燈電話，樓上樓下。

現在呢？

現在我覺得沒意思。他又嘮叨起他的水田，豬崽。十年前，他還是個窮人，兒女聽話，家庭和睦。現在妻子在跟他鬧離婚。

一個老太太捉住阿姐，跟她談起了生死，她說她怕死。她是一孤寡老人，從前住在一間破茅舍裡，現在也住上樓了。她向阿姐買「長生不老」藥，問，一直吃下去，能不能不死？

阿姐笑道，這個可說不好。你手裡有多少錢？

她伸出兩個手指頭。阿姐說，兩萬？

不。老太太正色糾正道：二十萬。

阿姐笑著吐了吐舌頭。老太太倒出了她的苦楚：還是這二十萬塊錢鬧的，第一，她擔心謀財害命。所以儘管行動不便，她也不雇保姆。她尤其害怕晚上，鐵柵欄外月亮的影子，風聲，人說話的聲音。她安了雙重防盜門，院牆上插上碎玻璃。第二，她過世以後，這二十萬塊錢怎麼個處置，她為此一直頭疼。她擔心會旁落仇人之手，這是她最不願意看到的。所以趁她還活著，當務之急是要找個繼承人。
她挑中了阿姐，理由是她長得漂亮，況且，她們又都不認識。當然了，她是有條件的，這條件就是阿姐一直得服侍她，直到她死。
這是阿姐在廣東兩年，所遭遇的形形色色的事件之一，後來她常常向我說起。在鄉下兩天，猶如天上兩年。她如此光鮮，因為她被人需要。在這裡，她不僅僅作為一個詐騙犯而存在，還是他們的朋友，一個異鄉人，一個聽眾。
她的假藥賣了一些，可是沒有預期的好。後來她自忖道，精明的老廣也許早就識破了她的伎倆，可是他們不揭穿她，而是配合她，因為無聊。有時候她甚至忘了此行的目的，而和他們一起玩耍。他們不提防，無非是上當受騙，騙的無非是些小錢，他們不在乎。
可是阿姐還能記得廣場上的一幕，夕陽西落，偌大的舞台拉開了帷幕，她站在場中央，四周的觀眾圍過來。她喜歡的是這表演，巧舌如簧，即興俏皮的話潑灑開來。
阿姐喜歡廣東，這個地方投合了她身上的某些氣質，比如務實，拜金主義，追求生活的舒適享樂，還有冒險精神。總之，它是一個時代在空間上的投影，具體可親的，魚龍混雜的。也許，再沒有比此地更適合一個騙子生存了。阿姐的計畫是，再做兩年，攢些錢，買一處環境好一點的房子，她就準備在廣州頤養天年了。
這期間出過一檔子事，是我們去看房子的時候認識的一個房地產商。此人姓金，三十多歲，那天他正好也陪一個朋友去看房子，順便做了我們的導購先生。阿姐介紹說，這是我弟弟。金先生點點頭，笑道，家裡幾口人？

阿姐說，就我們倆。

金先生噢了一聲道，還沒結婚？阿姐聽了，稍稍歪一下脖子，側頭打量他一眼。

金先生搓搓手笑道，對不起，冒昧了，我沒別的意思。如果家裡只有兩口人，你又未婚，我建議你買兩居的。小夥子總有一天會搬出去住——快考大學了吧？他拍拍我的肩膀道。那麼剩下你一個人，他對阿姐說道，進可以結婚，隨男方一起住，騰出這套公寓做行宮，偶爾回來享受一下孤獨——他抿嘴一樂。

也可以考慮出租，頓了頓他又說道，現在廣州外地人多，而且都是夫妻檔，兩居最搶手了。當然了，你要是有錢就另當別論了，我這兒還有別墅。他抿嘴笑了兩聲道，我是個糟糕的導購先生，我怎麼就想不起要先推薦別墅呢。

還是兩居好，來，進來看看。他領我們參觀了一下主臥，站在阿姐身後，以一種開玩笑的口吻說道，你該不是獨身主義者吧？阿姐笑著看了我一眼，轉過身去，說道，怎見得我就不是？

他呵呵笑了兩聲道，看樣子是找到買主了，這房子是專為像你這樣的人設計的。

那天的氣氛很奇怪，我是說，他們一遞一聲地說著話，很愉快，而我很緊張。我不知道這是為什麼。也許他們認為，這是兩個成人之間的談話，沒我什麼事。可事實不是這樣。事實是，阿姐自始至終、比任何時候都注意到我這個人的存在。她變得很小心，神思恍惚，猶猶疑疑。在和金先生說笑的時候，她會回過頭來看我的反應，近乎討好地笑了笑，或者安慰性地拍拍我的肩膀。

這很讓我生氣。我生氣的是她轉過頭的一瞬，面對老金時，整個身心所煥發的神采。老金也是，他對她幾乎是一見鍾情，這個我早就看出來了，我不介意。很少有男人不對她一見鍾情的，我早就習慣了。可這次不一樣，這次阿姐有反應。

一個有反應的女人……她突然變得很小，很安靜。她時時刻刻意識到自己性別的存在，她目光躲閃，但強作鎮靜。她想逃，可是直到房子看完了，話也說完了，她還是賴著不走。說真的，那天下午她真是美極了，有多長時間，我沒見過她這樣，咬著嘴唇像個天真的小姑娘？——她一向在男人面前飛揚跋扈慣了的。

我把雙手背到身後，貼牆站著。這一幕我很熟悉……一年多前的某天，她也是這樣對我來著，那是我們的第一次。現在她又來了。

我還能說什麼呢？我們太熟了，四百多個日日夜夜，上過床，睡過覺，同甘共苦，有過患難，可是這一切都抵不上一個陌生男子，他的目光。眨一眨眼睛，輕輕側過頭去，笑了。站在她身後，看似漫不經心的一句玩笑話……那一瞬間，她的身心一定如電擊一樣，有什麼東西坍塌了。

她這樣的一個女人，我知道，凡是女人都迷這個東西。

老金長得高大秀儒，這是個機智風趣的男人，很能幹。一張白淨的娃娃臉，戴著秀郎鏡。我知道阿姐喜歡什麼樣的男人，他就是。後來，據阿姐交代說，他三十六歲，杭州人，上海同濟大學畢業，先在一家建築研究院工作，一九八四年辭職南下，深圳最早的房地產商之一。一九八六年，他轉一部分資金來廣州。

老金送我們出來已是傍晚，他和阿姐交換了名片，留了地址和電話。他說，如果有空，改天他領我們去他的另一處房產看看，那兒地段好，房型多，只是價格偏貴了些。他站在台階的最底層，阿姐說，你留步吧。

他點點頭，似乎有點依依不捨，只是微笑。

他和阿姐握手告別，我站在側面，看見他們的神情端凝，嚮往，眷戀。我差點瘋了，我知道這是愛情，它不可阻止。老金似乎還有些話要說，想了想又覺不方便，自嘲地笑了。他伸出手來和我告別，我拒絕了。

是的，我有點失態。我不知道換了你，你會怎樣做。你的女人在和別的男人眉目傳情，就在你的眼皮子底下，你會怎樣做呢？你恨不得把他拎起來痛打一通，或者啐他。可是我沒有。我只是踹了牆壁一腳，再有就是趁他轉過頭的間歇，我向他的背影揮了兩拳，並且看了阿姐一眼，做口形讓她知道，我罵的是「王八蛋」三個字。

我覺得自己很有涵養，在那間毛坯房裡，他們足足說了一個小時，可是我忍了。我只是把頭探出窗外，臉漲得通紅。我希望他們能早點結束，說那些屁話有什麼用？我也曾考慮過早點離開，眼不見心不煩，可是我憑什麼要走？看了，自然會生氣，不看又不放心。

當我把頭轉回來時，老金不安地問阿姐，你弟弟……是不是在發燒？

阿姐看了我一眼，說，沒事，他小孩子，別管他。

她走至我跟前，把手搭在我的腦門上試了試，俯在我耳邊說，怎麼啦？不高興？我這是在工作。

——別胡鬧，啊？一會兒就走。

那天下午，我突然想到了一個問題，那就是我在阿姐的生活中到底扮演什麼樣的角色。也許，我只是她的一個隨從，一個跟班的，跑腿的，隨叫隨到。任何時候，她介紹我都是她的弟弟。她從來不承認我是她的男人。她怕什麼？她害怕我會斷了她的生路。我有意要做出和她親暱的樣子吧，又怕不妥當，怕駁她的面子。

她這人死要面子。

回來的路上，我們吵架了。她也不高興，她說我沒有修養，對人不禮貌，她指的是我拒絕和老金握手的事。「你要知道，他是我的客戶。」她說。

是嗎？我冷笑道，我倒希望他是你的客戶。

你什麼意思？她站下來，待笑不笑的樣子：你吃醋啦？似乎剛明白過來。

我把手臂一揮，大踏步往前走。她拿這一套就想蒙混我？我問她，為什麼她就不能介紹我是她的男朋友？——這問題很傻，我知道。

她噢一聲笑道，你說我怎麼介紹？你這張臉太嫩了——她欲上前捏捏我的臉頰，我躲過了。再說了，我又是幹這行的，我總得給人一點期待，要不男人憑什麼上我的當？

我看著她，慢慢地坐下來。我得捂住胸口，難以述說我當時是怎麼樣的一種心情。我愛上的是這樣一個女人，我得蒙受屈辱。我們見不得人群，必須偷偷摸摸地談戀愛。她又是靠臉蛋吃飯的，做的是色相生意。——你能說她不是嗎？娼婦賣的是身體，她賣的是——噢，她什麼也不賣。

我快滿十八歲了，是個成人，可是我沒有尊嚴。每天，我得為她的行蹤擔憂，推開家門的那一瞬，看見屋子裡的燈還亮著，我無緣故地要感激上帝，因為她還在。她還活著，她今天沒出事。

阿姐赴老金的約會是在一個星期以後。這一個星期來，她坐臥不安，魂不守舍。她不太出門了，只為等一個電話。家裡的電話鈴只要一響，她就說，我來接。抱歉地看我一眼，笑笑。她拿我當什麼？一個小孩子？

我說，你幹嘛不把電話打過去？

她說，誰？

我不說話了。這段時間我們在冷戰。一聽到電話鈴聲，我就顫抖。我希望他已死掉。沒錯，我就是這麼咒他來著。我不能阻止我心愛的女人被追求，這一天遲早會來到。你沒看見她那兩天喪魂落魄的樣子，說話答非所問，臉上常常掛著莫名的笑容。說真的，我簡直氣炸了。我們開始吵架了，每天都吵。我想說，那幾天她的心思壓根就不在吵架上，她生不氣來。說不上幾句話，她就開始笑，長時間的恍惚的微笑。這女人沒治了，她被一個男人搞得神魂顛倒，她三十四歲了。我們完了。

我開始向公司的一個女孩示愛，有一天晚上約她去酒吧坐了一會兒，在昏暗的燈光底下，我壯膽拿起了她的手，貼在嘴唇上吻了一下。我不敢做別的，怕萬一鬧大了，收不了場。我對阿姐那邊還殘留最後一點希望，那就是也許這一切不是真的，僅僅是我的猜忌。為什麼不是呢，她又沒向我承認過。可是那天晚上回家後，她竟然說要跟我聊聊。

聊什麼呢？我換了衣服坐到椅子上。她說，到這兒來，拍拍床鋪示意我躺到她身邊，又起身把床頭燈調到一個合適的亮度上，然後躺下來微笑著看我，用手指彈彈我的腦門，說，我們是不是朋友？

我說是。

我們首先是朋友，然後才是別的，是嗎？

我點點頭。

那好，她笑道，這我就放心了。她俯身抱住我說，記住，我說什麼話你都不准生氣，因為首先，她頓了一下說，這是兩個朋友之間的談話。

後來我想，阿姐太孤單了，她沈浸在她的相思病裡不能自拔，她必須找人說說話。她在廣州沒有朋友，唯一能聊聊心裡話的人就是我了。我不太了解女人，我也不知道大部分女人在碰上這類事的時候，是不是都像她這樣傻，盲目，愚昧。我只知道，要是換了男人，絕不會這樣做的，何苦來？這類事隱瞞都來不及呢。

她說，我也不知道自己怎麼了，最近我遇到了一點麻煩。我確實喜歡他，我不知道該怎麼辦。她拿眼睛啪嗒啪嗒地看著我，那樣子很是無辜。說真的，如果不考慮到我當時的處境，我差不多會笑起來。不得不承認，這女人確實有招數，她傷害你，可是她讓你覺得她很無辜。她讓我幫她想想辦法。我沒好氣地說，這好辦，你跟他好唄。

可是……人家並沒這個意思。一個星期過去了，要打電話早該打了。難道是我在自作多情？我誤會他意思了？不會吧——想了想說，我在這方面很少出差錯的。你只要看看他那天的樣子——看了我一眼，突然打住了。

她說，你還是生氣了？

我說沒有，讓她繼續說下去。

不說了。她把手臂當枕頭，抬頭看天花板。

我當時的心情真是複雜極了，既想聽又不想聽。僵持了一會兒，到底還是忍不住了，勾著她把話又說下去。

你說男人到底是怎麼回事？她緊鎖眉頭問我，我真是搞不懂了。不過不要緊，她笑道，他要是再這樣下去，再有兩天，我就有本事把他忘掉。

我說，看樣子你本事還很大。

她笑道，這有什麼難？我這種人——「哼」了一聲道，只是有點不甘心。

她這人藏不住話，這方面，你完全可以認為她很天真，因為她沒肝沒肺。她坦誠之極。她把我當成自家人，她的弟弟，朋友，一個可以說心裡話的人，她獨獨沒把我當成她的戀人，而現在，這個人正躺在她身邊。

她從床頭櫃上摸起一面鏡子，左右照了一下，說，我是不是很醜？不至於吧，我覺得自己還行。自己也笑起來，拿腳勾住我的腿，說，不好意思，我太過分了。——翻身抱住我，搖我，為自己辯護道，我只是說說而已，又沒別的意思。說說又不犯法。

看得出來，她正在為想念一個男人而憂愁，可是她喜歡這憂愁。也許她真的就要瘋了，她從來沒被別人這麼怠慢過，她覺得屈辱。她翻身坐起，自忖地說，也許我不是真的喜歡他，我是喜歡他那股子勁。——突然悟到什麼似的，自言自語道，千萬不能追他呀，誰先主動誰就完。

我跳下床來，在地上走了幾步。我今天遇上神經病了。我是立在床前宣佈我的決定的：我明天搬出去住。我用手點她的腦門說，夏明雪，你欺負人。

她說，怎麼了？因笑了起來：你還是生氣了。你這人特沒勁，不是說好不生氣的嗎？我又沒說要跟你分手，我說了嗎？你搬出去住？你搬吧。——我還不讓呢。誰說我要跟他好了？誰說啦？沒準他來約我時，我勁過了，還不去呢。我只是把這事跟你商量，說了幾句過頭話，說過頭話怎麼啦？因為我是女的——她說到「女的」時，特別理直氣壯，彷彿女的就該被原諒，不管她做了什麼。

跟這類「女的」講不起理來，我擺擺手轉過身去。

她重新躺下來，悠悠說道，我覺得自己挺好，只不過偶爾會動點小心思，凡是女人都會動心思。古聖賢都會犯錯，更別說我。

她和老金的約會是在兩天以後。老金出差去了，回來的第二天，就約了她。我目睹了阿姐是怎樣度過這短暫而幸福的二十天的，這期間他們又見過幾次面。我突然發現，阿姐在老金面前的表現，和在我面前完全不同。她像變了個人似的，清白，美好，莊重。而且她很正常。我不是說，她對我就不正常，只是她一向無厘頭慣了的，插科打諢，賴皮賴臉，很少有莊重的時候。

老金是單身，一個地道的黃金王老五，他年紀不小了，遇上這麼一個女人，是有往深處發展的意思的。那麼她呢，一天天地處下去，到底會怎樣，她自己也不知道。這方面她並沒有計畫，她只是一味地歡喜，赴他約會，吃吃飯，聊聊天，十指交叉坐在他對面，讓自己落進他的眼睛裡，就已夠了。

她並沒想詐他錢，詐也不是這麼一個詐法。這只是她的一場戀愛，她想好好去善待。他挑起了她身上被掩埋很久的一根神經，那就是愛，向上，向善。她已經久違了，沒有哪個男人能帶給她這個東西，包括那個少年。他太小，沒有力量，無法左右她。

老金並沒向她求婚，可是話裡話外都有這層意思了。他說，他希望選擇杭州作為棲居之地，在西湖邊買幢房子，喝喝龍井茶，聞聞桂花香——你喜歡哪兒？他問阿姐。

阿姐說是廣州。

那更容易了，老金笑道，連房子也不用買了。他是用開玩笑的口吻說的，因為愛她，他很謹慎。

他們的交往變得很像紳士和淑女的交往，他替她開門，擋道，拉椅子，挾菜。這些我都看到了。沒錯，我確實跟蹤他們來著。那段時間我把工作給辭了，每天躲在家門口的小花園裡，阿姐出門了，我也便出門了。

我不知道自己抱著一種什麼樣的心情，當有一天我看見他隔著飯桌拿起她的手時，非常奇怪，我並沒有吃醋。我只是看著他們，隔著窗玻璃，一條街道，許多行人從我面前走過。我想我有點傷感。我不記得自己是否哭了，也許沒有。我已經不太會哭了，跟了她兩年，她教會我很多事情，包括愛情。

她說過，男女相互吸引的時間最多只有兩年，剩下來的只有別的。

她說得對極了，我們的愛情已經結束了。不是因為老金，而是在老金出現以前……很多很多天以前。曾幾何時，我們的相處只是緣於慣性的牽引。是呵，我們相處得不錯，很融洽，彼此很牽掛。我們也常做愛，且對彼此都很滿意。可是曾幾何時，我們之間再沒有怦然心動的感覺。互相凝視著，僅僅是凝視著，身體也會發抖。

他們看上去美妙極了。飯店大堂裡燈火通明，人很少，有一個服務生端著白盤子走過來。愛情就像迷幻藥，阿姐知道它是迷幻藥，知道坐在她對面的這個男人，有一天會像兩年前她偶遇的那個少年一樣，會從她的生活裡徹底消失，可是她不在乎，她微笑著就像喝可樂似的把它喝了下去。

她喜歡這樣的時刻，被一個可愛的男子追求，被他照顧。有一瞬間，她竟也有過瘋狂的想法，那就是回北京離婚，嫁給他，做一個安分守己的女人，住在海邊的一幢洋房裡，牽著狗，開自己的車，跟他生很多孩子。閒時，在家裡招待很多客人。他只比她大兩歲，看著他，她就會想起單小田，她哥哥，還有馬三……很久遠的一段時光，就像夢。

看見她眼裡汪著淚水，他倒也不奇怪，只是沈默了很久，末了說道，好了，咱們換個話題吧。他也很傷感，那是他的青春年代，一路輕快地就走過來了，可是不知為什麼，回憶起來竟如此沈重。

那麼就嫁給他吧，把從前的一切憑空抹去。他不會知道，他未來的妻子是個詐騙犯。她二十八歲了，這個年齡正是他能接受的做妻子的年齡。她看上去那麼年輕，最重要的一點是，她長得美，她的名字叫做章映璋。

在我跟蹤阿姐的時候，有一個想法漸漸形成，那就是我得考慮離開廣州了。我應該回南京，隨父親一起生活。這個決定看起來晚了些，可是不要緊，一切還來得及。我才十八歲，做一切都來得及。

我父親會原諒我的，當他知道我和一個女人的戀情已經結束了。

我覺得自己需要父親，無論如何，我想見見他，和他談談。現在的我不是兩年前的我，經過一個女人之手，他被打造得冷靜而成熟。他十八歲了，可是聽他的談話就像二十八歲。他身上血液的流速漸漸緩慢了下來。

阿姐也曾說過，一個人不能沒有父親。這話他懂，現在他需要去做。他做不是為得到他的接濟，收容，安慰，而是為和他生活在一起，看見他，愛他，坐在一張桌上吃飯。

這愛是如此強烈，幾乎相似於一場男女之情。因為阿姐說過，親情是另一種形式的愛情，它們的質是等同的。一個熾熱，一個久遠，表達不同罷了。

我並沒有跟阿姐道別，走的時候留下一張紙條，告訴她我回南京了，此外沒有再做任何解釋，我想阿姐會懂得，我離開不是因為失戀。我不認為自己是失戀。誠然我受了點傷害，我失望過，痛苦過，發過脾氣，平心而論，這不全是為了阿姐，而是當我意識到我在和一個男人的較量中敗下陣來，我生氣了。

我也吃過醋。有一天當著她的面，我拿拳頭打過牆壁直到出血，因為我不能打她。這事發生在那天晚上談心之前。是從那次談心開始，我平靜了。我懂得有這樣一類女人，她需要愛情，可是她可愛之極。

底下我要說的是，我和阿姐並沒有結束。我和父親也沒能重歸於好。我確實回到了南京，一切如我計畫，只是走的時候帶上了阿姐。很多年後，我也只能把它歸結為緣分，就像很多人都樂意去說的，我們的緣分還沒有盡。

我提前兩個小時到廣州站，在附近轉了一圈，買了些水果。當我回到候車大廳的時候，聽到廣播在找人。讓我「聽到廣播後，請到民警值班室來一趟，你的姐姐在等你」。這話我連聽了三遍，當我起身的時候，眼淚已汪在眼裡。

我要去見她。我這才知道，我竟還仍愛她。

她站在值班室門口，看見我時，坐下來哭了。我把她拉起來，謝了民警，拖著她就走。她抱住我痛哭，撕扯我的頭髮，咬我。

我退了票，跟著她又回去了。她說她要跟我一起走，只是行李還沒來得及整理，銀行又下班了，錢也沒法取。她說她愛我，讓我原諒她。如果不是這一次，她不知道她是愛我的，現在知道了。那天晚上她說了很多，一切全招了。該說的，不該說的，一股腦兒全倒出來。她說，他拉過我的手，此外，還親過我的額頭。

我說，還有呢？

她不好意思了，囁嚅道，還碰過我的嘴唇。有一天下午坐在草坪上，我躺下來，他俯身看我，我就起來了。

我咬牙笑道，就這些？

她說，就這些，此外再沒有了。

我說我相信。

她抬起頭來看了我一眼，抽泣道，你怎麼會相信？

我說我全見了，一幕也不拉。她愣了一下，這才抱住我又是哭又是笑。那天晚上我們做愛了，這種時候，沒有比這件事更能解決問題了，真的很不同。那感覺就如同是兩年前，我們剛相愛時最初的幾次身體接觸。

我不知道阿姐的這次走神（這是她的原話），是否影響了我們的感情。也許，我可以騙自己說，我很快就忘了這件事。我確實不去想它了。我要的是一個女人，和她在一起，把她從別人的手掌裡重新奪回來。這就是解釋。

我不太滿意這解釋。有時我疑惑，我最想得到的並不是阿姐這個人，而是我的尊嚴。一想到這一點，我會暗自得意。很多年後，我也不去想愛情到底是怎樣的一種東西。不做類似的總結。太讓人頹唐。

總之，阿姐對老金確實動過心，不能說這是假的。她曾起念要送他一樣禮物，比如領帶，西服諸如此類，還沒來得及送，因為覺得時間尚早，不妥當。這在她是一種非同尋常的舉動，表示她在愛一個男人。當她愛一個男人的時候，她不但不從他身上拿錢，反而願意倒貼。

事後，她常頗緬懷這段短暫的戀情，她說，是你把它給毀了。

是呵，這是注定要早夭的一段愛情，因為她不能嫁給他。一旦有一天她意識到，她將用章映璋這個名字生活一輩子，她會發瘋的。她沒有做闊太太的命，因為她的本名叫夏明雪，一個女騙子，北京某城區派出所裡也許早已掛上號了的。

11

阿姐和我談分手，是在回南京一個多星期以後。我們住在夫子廟附近的一家旅店裡，晚上，我帶她去秦淮河畔走走。告訴她，這是我念小學時的必經之路。南京有我太熟悉的記憶，到處都是。新街口，鼓樓，梧桐樹，滿耳的鄉音。有時我會站下來發呆，陽光照在身上就像蚤子在爬。我不知道該說些什麼，常常地沈默。

阿姐說，你應該回到從前的生活圈子裡去，你愛它。我聽得出她的腔調很酸楚。她說，我毀了一個孩子。

她支持我和父親恢復關係，給我出主意說，先跟你繼母通融一下，免得你父親直接拒絕你，下面關係不好處。又說，一定得學會撒謊，告訴他們你和我已經斷了，這樣你可以住回家裡。

我說，那你呢。

她笑道，我嗎，回北京去，繼續從前的生活。

雖然離開她不太仁義，我還是這樣去做了。愛情不能代替什麼，不能當飯吃，當衣穿。愛情也不是錢，更換不來父親。當兩性相悅阻止了這一切，她說，那就分開吧。

那天晚上我哭了，坐在沿街的石凳上。這裡是中山東路，我生活過的城市的一部分。這裡有我的家，萬家燈火中最傷心的一扇。可是我看不見。近在眼前，也回不去。

我給繼母打了電話，約在麥當勞見面。她變胖了，也許只是胖了一點點，可是對我來說已經足夠了，兩年前那個婀娜的少婦不在了。她戴付眼鏡，看上去更像個中年婦女。那麼我呢，她看了半晌，才搖頭嘆道，小暉，我都快不認識你了。

她側身打量一下我的行頭，笑道，南京孩子沒這樣穿衣的。

我說，怎麼啦？

她說，看上去你好像是從香港來的。

我不好意思地笑了。那天我穿得很普通，平時我就是這樣子的。我的衣服都是阿姐添置的，這方面她捨得花錢。來南京的第一天，她就讓我領著去金陵飯店購物中心，花兩千多塊錢為我買一雙義大利產的棕色休閒皮鞋。而僅僅在半年後，當這一切都失去的時候，我開始為錢而發愁，我才知道，當年我們過的是怎樣一種窮凶極惡的奢侈生活。

有一件事我想告訴你，我繼母看我一眼道，你回來的事我還沒跟你父親說，不過，她頓了頓道，我估計難。

我問為什麼。

你母親……還記得這個人嗎？——你別吃驚。她來過南京，就在半年前，想見你，後來她和你父親吵翻了，因為我們交不出人來，現正在和我們打官司。

我點點頭，似乎一下子又沒聽明白。天底下突然冒出個母親來！我父親，母親，阿姐……我的生活是被這些奇奇怪怪的人包圍著的。

我側頭看窗玻璃外，並沒有看見什麼。從褲兜裡摸出一包菸，又放回去了。

我母親，怎樣一個人？我問繼母。我很高興，說起母親時我是這種腔調。於我來說，她確實是個陌生人。

她是你父親去雲南插隊時認識的。當時也沒領結婚證。後來嫁了個美籍華僑，一直生活在國外，現想回來認親。她和你父親淵源太深，這話一下子也說不清楚。這場官司我們可能會輸。

不會輸的，我嗡裡嗡氣地說道。我對那個美籍華僑的女人突然懷有恨意，這恨意幾乎是空穴來風。我拿指節叮咚敲了兩下桌面道，我來幫你們打這場官司。

第一，我已經回來了，你們並沒有棄養我，是我自己要離開的。第二——我咬著嘴唇笑了。我也不知道第二是什麼。

我繼母看著我，樣子很是欣慰。她說，你知道不知道，你已經是個男子漢了。才兩年呵，怎麼變的？我一直記得你兩年前溫溫吞吞的樣子，像個毛毛蟲。她哧地一聲笑出聲來。

她隻字不提阿姐，彷彿沒她這個人。可是我知道，她一定很好奇。她常常冷不防地打量我，她想從我身上看到什麼呢？一個女人的影子，她的力量，氣味，言行舉止都在他身上留下了影子。他十六歲那年就跟她同居了，他懂什麼？一個小毛毛孩子。

她同時好奇的是，他這兩年是怎麼生活的，看樣子還不壞，穿戴時髦，也不像流裡流氣的樣子。可是他的錢呢？錢從哪來的？他工作了嗎？是幹什麼的？抑或還在念書，是那個女人供養的嗎？那個女人是幹什麼的？這些都是不能問的，彼此會臉紅。因為她是他的繼母，這個繼母知識分子出身，而知識分子是不能問這些的。

她說，我和你父親商量一下——

我搖了搖頭，心裡突然一陣黯然。我父親不會見我的，有我母親在，他只會恨我。我這一生是筆糊塗帳，什麼倒楣事都會找上我，官司，娘親……太像傳奇。

他還好嗎？我說。突然一陣害羞，幾乎愴然落淚。我想我是費了很大的力氣才說出這句話的。這句話在我心裡，幾次欲言又止。我不知道我是以怎樣的感情來愛著父親的。它是一個謎，永遠測量不出。我只知道，我將與這個男人再次失之交臂了，可能永遠都見不著了。

我在南京碰上的另一件倒楣事，就是去見了胡澤來。他已經高中畢業了，正在家待業。我走進他家所在的那條巷子時，看見一個高個子的青年蹲在地上玩玻璃球，他的身旁還立著幾個小孩子。

我側頭打量他半晌，笑道，你墮落了。兩年不見，還這麼下作。

他抬起頭來，半信半疑地看著我，後來便站起來，拿拳頭朝我肩膀上一搡就抱住了我，說，你他媽還活著，我以為你早死了呢。

那天晚上，我們幾乎不太會說話了。胡澤來的眼圈像是在發紅，這玩意特別能傳染，彼此很揪心，又特別舒坦。他領我去附近的一家小麵館，我說，換個清靜地兒吧，好說話。

他從口袋裡掏出幾張鈔票來，數數有五六塊錢，說，這就麼些了。你請客？

我拍拍他的肩膀，帶頭走去。很多年後，我還能記得那天傍晚，一條小巷，兩個朋友。一個二十歲，一個十八歲，可他們走著，就像兩個飽經滄桑的老人。這中間只隔了兩年，可怎麼看都像一生。

胡澤來告訴我，他早就金盆洗手了。不幹了，他說。他交了一個女朋友，也是無業人員。現在，兩人只等著招工。有時也想做點小本生意，比如開個雜貨店，或者擺個服裝夜市，只是苦於沒有資本。

這廝成熟多了，他重情誼，含蓄。會狐假虎威地罵我。他點上一根菸，笑咪咪地看著我，說，看樣子你過得不錯？

我說還行。

性生活怎麼樣？——不待我反應，他自己先笑起來。

我想起來了，也許就在這時我們扯到了陳小嬰。我不能忘記兩年前，那個十五歲的女孩子，她有一張單薄潔淨的臉，小小的嘴唇，乾淨的單眼皮。她是我青春期的一個夢想：看見她，我的手心會出汗；夢見她，我身體的某個部位則會收縮發緊。

胡澤來說，她現在的床上功夫肯定了得。

我一下子沒聽明白是怎麼回事。

他笑了，朝空氣搧了兩嘴巴子道，不說了。我忘了她是你的初戀情人。

我讓他說下去，我聽得出自己的聲音很緊張，有一件事情已經發生，而我卻蒙在鼓裡。陳小嬰出事了。她怎麼啦？她結婚了嗎？她才十七歲。

胡澤來說，我說了，你可別受刺激。

我說不會。

他理著嘴巴想了想，說，她現在深圳。

我還是不懂，噢了一聲道，她去深圳幹什麼？她書不念了嗎？——

她在賣淫。

我不記得自己聽到這句話時是什麼反應。我想我是呆掉了。真的呆掉了。也許我跳起來過，啪地放下筷子，臉漲紅了。也許我還做了些別的，比如打過胡澤來，揪過他的衣領，虎視眈眈地看了一會兒，又放下了。都喝高了，什麼也不記得了。

和胡澤來走出酒店時已是深夜，大街上人跡稀少，柏油路發出清冷的光。街對面的路燈底下，有一個擺夜攤小吃的中年男子，站在爐灶旁，不停地把手伸到嘴邊呵氣。這是南京的冬天，我在人行道的石沿上坐下來，感到一陣徹骨的冰冷。風一吹，我竟嘔吐了，酒水飯菜，眼淚鼻涕，一股腦兒全倒出來了。

胡澤來把軍棉大衣脫下來，罩住我。自己在原地跑了兩圈，突然站下來，手持喇叭狀向空中喊道，陳小嬰，我操你媽。你這個婊子，你他媽對得起誰呀！——末了兩句口齒不清，聽得出他也哭了。

那天晚上我沒有回去，隨胡澤來一起睡了。半夜裡我坐起來，我不知道陳小嬰在幹什麼，她已經睡了嗎？在深圳的一家賓館裡，就她一個人嗎？卸去濃妝，換上絲綢睡衣，她睡得安穩嗎？她——她做夢了嗎？她覺得幸福嗎？偶爾她也惆悵嗎？

我腦子裡總是浮現兩年前那個像神鹿一樣的小姑娘，手裡捲著書本，像風一樣從眼前跑過了。她念的是南京最好的高中，她是班長，人很聰明。她到處招人豔羨。她說她要考北大，有一天還想出國。她要掙很多很多錢，嫁一個體面能幹的丈夫，把父母也接到國外去，讓他們享享清福。

她戀愛了。沒辦法，這樣的姑娘注定是要戀愛的。才上高一，就有很多男孩子喜歡她，給她寫情書，在校門口堵她。她呢，大約也喜歡過一些男生，為其中的一兩個記過日記，後來也不了了之了。

出事是在高二的上學期，她懷孕了。她寧死也不願供出那個人是誰。她退學了，也有說是被開除的。這是一樁醜聞，被當作反面教材大肆渲染。後來便去了深圳。

我不知道這是怎樣的一個姑娘，那樣安靜的一雙眼睛，笑靨如花。兩年前的那個春天的下午，我跟蹤她到家門口，看著她上樓。我做夢都想摸摸她的雙手。我不敢。我也不知道她是怎樣度過那段時光的，打胎，退學，可能哭了幾天，哭完就好了。她離家出走，隻身一人漂到深圳，開闢新天地去了。

胡澤來說，天要下雨，娘要嫁人，由她去罷。他是從睡夢裡被我給搖醒的，兩眼惺忪地說，你說陳小嬰現在是不是正在搞？

我嘆了口氣。我不能想像這一幕，就在此時此刻，陳小嬰在幹什麼呢？床上一片狼藉？——深圳的冬天冷嗎？在下雨嗎？而從這裡望出去，月光如注。窗外幾枝枯樹的剪影，一兩片梧桐葉還掛在樹杈上，搖搖欲墜。

胡澤來好奇地問，你說她一天能接多少客？是在馬路邊？還是在賓館裡給人打電話？要是遭到拒絕怎麼辦？她臉皮很薄的。

我突然想起來了，有一次陪阿姐去深圳，也是在馬路邊，看見一個姑娘倚著電線杆張望。那是暮春時節，她著黑色衣裙，戴黑帽子，長頭髮從帽沿旁掛下來，遮住了模糊不清的臉龐，只襯出那雙大得出奇的眼睛。就那樣無所事事地站著，不時地抬頭看一眼，又低頭撫弄裙衫了。阿姐說，這是雞。

那時深圳剛流行雞這一類的說法。我不時回過頭去看著，阿姐拉了我一把笑道，你幹什麼？我笑道，很好奇。那時，我怎麼會想到，陳小嬰就是這群中的一個。她小巧瘦弱的臉龐也是精心打扮過的，她也很妖冶嗎？

胡澤來搖搖頭。她春節前回來過，參加過一次小範圍的同學聚會，穿得珠光寶氣的，一件裘皮大衣羨煞了很多人。她很快活，他說，我們不用為她擔憂了。像個小麻雀一樣，嘰嘰喳喳的，臉色紅潤得很。

後來，我把這事和阿姐議論。她不以為然地笑笑，說，這算不了什麼。一個十七歲的小姑娘，只要她願意，她心裡沒有障礙，她不覺得自己是在吃虧——她拿手指挖了挖耳朵，道，拿這個掙錢有什麼不對嗎？

我知道很對，一切都對極了。可是我想罵娘。一連好幾天我在街上閒逛，想滋事打架。這他媽都什麼世道了，人全瘋了。那個未來的北大女生做雞去了，我的小偷朋友棄惡從善，成了一個徹頭徹尾的小市民。我無家可歸，跟著一個女騙子浪跡天涯。這錯了嗎？沒錯。這一切很好，關鍵是，我們都覺得很好。

我他媽回南京幹什麼？我為什麼要打探那麼多的事？陳小嬰，你說我為什麼要為你憤怒？我不知道。我頹喪極了。我十八歲了，竟一直以為自己還沒長大。有時候，我覺得自己已經很成熟了，都熟透了，爛了，身上冒出陳腐之氣來。有時候，我又覺得自己很小，還是個孩子，我的身體至少在未來幾年內，還待長幾鳌米。

陳小嬰，你告訴我這是怎麼回事，什麼地方出錯了嗎？每一步都是明白無誤地走過來的，什麼地方出錯了嗎？

我和阿姐在南京待了有半年，說實話，這半年我過得不好。我如喪家犬，每天在街上閒逛，四處嗅嗅。這城市裡有我熟悉的氣味，花草的，樹木的，人的。我也聞到了物質的氣味，南京不比廣州物欲橫流，可是有什麼東西已開始蠢蠢欲動了。

新街口周圍的空氣燥熱得很。兩年過去了，這個城市就像變了模樣，很多街巷我都不認識了。到處都在拆遷，一幢幢高樓在塵土裡就像竹筍一樣冒出來。女人的裙子也越穿越短了。在這樣的時代，我知道，尤其在這樣的時代，我應該靜下來，好好想一想，我的青春期。好好想一想朱二，陳小嬰，胡澤來他們，都怎麼啦？

我的周圍正在發生一些什麼事？

還有阿姐，她每天都在想什麼呢？她三十四歲了，苟延殘喘地活著，自鳴得意地活著。你瞧瞧她都在幹些什麼！她每天喬裝打扮，去百貨公司，去金陵飯店喝下午茶。她恨不得把最後一個銅蹦兒全花出去。

自然了，她這是在打探敵情，她往大飯店的店堂裡一坐，蓬蓽生輝。也有很多外國人打她的主意，他們拿不準她是做哪行的，不敢貿然行動，只先上來套個近乎。還是拿不準。阿姐有一次嘆道，南京到底是內地，連外國人都很天真。

她騙了多少錢我不知道。成功過幾次？有過危險嗎？我都不知道。我已經厭倦了，不去問了。我們還時常吵架，有一次是因為陳小嬰。她說，你整天擺臉色給誰看呀？你要是戀著她，就去找她。犯得上嗎？

我說，怎麼犯不上？

她冷笑道，她現在過得比你好，最起碼，她不痛苦。成天想著掙錢，又有漂亮衣服穿，夜裡又常快活——

我衝到她面前，拿拳頭朝她臉上揚了揚。我不允許別人說這個姑娘。小時候一起長大的，我不允許。

有時候，我覺得我和她的關係已經變了，不是愛情，純粹的兩性吸引已經過去了。那是什麼呢？吵吵鬧鬧，分分合合，有點像小夫妻之間的磨牙鬥嘴。再沒有比在南京時更讓我覺得，她是我的一個親人。起先，我們住在玄武飯店，離家只有咫尺之遙。可是我不能回去。為找一個合適的角度能看到家，阿姐隔幾天就要求調換房間，有一次她領我到窗前，說，這下好了，你看看，你們家的窗沿上有一盆花。

住玄武飯店得花很多錢，可是阿姐不在乎。她說，如有可能，我願意你一輩子住在這裡，每天看到家，直到你父親原諒你。我已經做錯了，讓你眾叛親離——就當是彌補吧。我會好好掙錢的。飯店的服務生都熟了，他們會說，你姐姐很有錢吧？她待你真好。那一刻，我真錯以為她是我的姐姐。內心沒有任何雜念。

我只敢在晚上才回家門口轉轉，像狗一樣地探探頭。我私下跟繼母說，我想見見妹妹。有一天她把她領出來了。小妮子九歲了，很認生。後來熟絡了，我常帶她出來玩。她說，我不告訴他。

我笑道，誰？

她打了我一拳說，你知道。

她嚷著我給她買禮物，能吃的吃下，不能吃的就存放在我這裡，小皮鞋，花褲子，她說，要是拿回家，爸爸會問的，我又不會撒謊。再說了，他身體一直不好。他要是見了你，會受刺激的。

臨離開南京的前一天，我向她告別。她一下子抱住我，親了又親。說，哥哥，我還能再見到你嗎？我說能。她說了句「我不相信」就哭了。她母親在一旁勸道，快別哭，爸爸會知道的。她懂事地抹抹眼淚。

我繼母並沒問我要去哪裡，可是當我轉過身就要離開的時候，我聽見她在黑暗中說道，小暉，你好好的。

我頓了一下，拿衣袖拭拭眼淚，就走了。印象中，這是我最後一次淌眼淚。我不知道落到今天這種地步是不是因為阿姐，也許兩者並沒有關係。無論如何，我後悔過，可是我不怪她。

我在南京做的唯一有意義的事，就是幫胡澤來開了一間雜貨店。我從銀行取出兩千塊錢，說，這一千塊錢是還你的。這一千塊錢算我存放在這裡的。沒準有一天，我山窮水盡，還需要你的接濟。說這話時我很傷感。我確實預感到有這麼一天，我的好日子不再了，我和阿姐會出事。

我們離開南京的直接原因，是阿姐遇上了一個人，姓陳。我們暫且叫他陳先生吧，他是阿姐在飯店的大堂裡所結識的千百個客戶中的一個。此人長得富態，戴付眼鏡，模樣亦官亦商。阿姐猜他的年紀，一問才知和她是同齡。又都是北京人，彼此便有些相見如故。起先並沒有交換名片，陳先生只說他在煤炭部工作，後至煤炭部下屬的一家大型公司任總經理。
阿姐笑道，什麼職務？
副司吧。他也笑了。
一開始兩人談得挺投機。他看上去很有修養，且見多識廣。阿姐告訴他，她是隨父母下放，後來也沒能回去，輾轉來到南京。現和朋友合夥開一家小公司，做點小買賣，一直虧空，不知如何是好。如果陳先生這裡能幫點忙——
陳先生道，怎麼個幫法？
阿姐說，你看呢。
陳先生不說話了。他笑著看了阿姐一眼。只這一眼，阿姐便知道他想要什麼了。這是個流氓。可是她不怕流氓。她笑道，陳先生是聰明人。要不這樣吧，我們先做個朋友，更何況我們還是老鄉呢。北京我已經二十年沒回去了，也不知變了沒有。——故宮長城總還在吧？
陳先生打趣道，要不這次一起回去看看。
阿姐說，你什麼時候動身？
陳先生說，再有個三五天吧。
有一天夜裡，我們已經熟睡了，阿姐突然接到陳先生的電話。她朝我伸伸舌頭，把話鍵按在免提上，這樣我就可以聽到陳先生的聲音了。
陳先生說，李小姐還沒睡？
阿姐唔了一聲。

頓了一會兒，陳先生又說，聊聊？

阿姐說，聊什麼呢？

什麼都可以聊呀。——要不，到我房間來喝杯茶？

為什麼你不可以到我的房間來呢？

是嗎？那邊的聲音突然很振奮了。

不過我的房間有人。阿姐笑了起來。

陳先生也笑了。他說，李小姐你真真會開玩笑。我就喜歡你這樣的人。

阿姐不說話了。

又聊了一會兒，陳先生突然說道，你讓我想起我小學時的一個女同學，長得很像的。我和她坐同桌，她成績好，人又漂亮。常帶我去她家裡玩，她是幹部家庭出身，而我家裡窮，當時很自卑的。

阿姐看了我一眼，狐疑地問道，她叫什麼名字？

夏明雪。

阿姐像觸了電似的從床上坐起來。她看著我，一雙手緊緊地抓住我的胳膊。

那邊又說，工作以後打聽她很多年，一直沒有下落。後來結婚了，有了家庭，也就慢慢忘了，不想這檔子事了。不想在南京卻遇上你——哎一聲嘆道，我也是自作多情，就為她當年對我好，總記住。其實這在她又算什麼呢？她待每個人都好，這是最難得可貴的。

阿姐呆了半天，那邊喂了一聲，她才回過神來，強笑道，看不出陳先生竟這麼癡情。你是拿我當替代品嗎？——這才笑起來，道，那麼陳先生你告訴我，你叫什麼名字？我來幫你打聽打聽，沒準她還是我的親戚呢。

那邊咳嗽一聲說，我叫陳打鐵。你就叫我打鐵吧——又呵呵地笑起來道，也不知道她現在哪兒？還活著嗎？過得好嗎？估計肯定是老了，也沒你漂亮了。

阿姐掛了電話，跳下床，赤腳在地毯上走走停停，嘴裡不時嘰咕著：今天是遇見鬼了。這個陳打鐵，他變胖了，要不就是燒成灰我也能把他認出來。

她決定換地方，把衣服扔過來說，快點，現在就走。這個地方不能待了。那天夜裡她神經質得不行，折騰了一通，癱坐在沙發上說，這叫偷雞不成反蝕把米。

這事對阿姐造成多大打擊，我至今也不甚清楚。那天夜裡她哭了，百感交集。說不上恨，也說不上感動，只委屈得口水哩啦，說不出一句話來。

我們很快就回到了北京。她消沈之極。為什麼要讓她遇見這個陳打鐵呢？她本來可以一天天廝混下去的。一連好幾天，她坐在地板上翻舊相冊，這相冊裡沒有陳打鐵，可是有和陳打鐵同桌時代的她，才八九歲，睜著一雙茫然的眼睛，反手站在巷口，小辮子翹翹的。

一個人怎麼說變就變了？她總是喃喃自語，說的也不知是陳打鐵還是她。

他想泡我？她嘻一聲冷笑了。蘸了一口唾沫，翻到另一頁說，這張是一九六六年，我哥哥給拍的。文化革命開始了。她把眼睛朝空氣裡抬了抬。——又緊翻幾張找到一九七七年，說，這是在胡同裡馬三給照的。她舔了舔嘴唇，把相冊丟在一邊，雙膝抵住心口，淚如雨下。

阿姐常常做惡夢，夜裡她會驚醒，抱著我啜泣。她夢見了員警，一高一矮的兩個，拿著手銬向她走來，她轉身就跑，員警喊道，快，替我擋住那女的，她是小偷。潮水般的人群向她湧來，把她圍住，她跌倒了。

又有一次，她夢見自己挨槍眼了，胸前掛著一付寫有「破鞋」的木牌子，她被人按著跪在她父母哥哥的墳頭，遙遠的星空上她姥姥在向她招手，在那雙慈眉善目的眼睛的注視下，她突然變回了從前那個七八歲的小姑娘，穿著及膝的花布裙子，背著書包走進這荒野的墳頭。後面有一支槍在瞄準她，打槍的人是陳打鐵。

她把燈打開，我看見燈光下她面色慘白。她自言自語地說，陳打鐵……我不知道她想說些什麼。這個陳打鐵，隔了一會兒，她終於不無譏諷地笑道，他真是窮人翻身得解放了。

她不想遇見他，她可以遇見任何人，出事是遲早的事，她不怕。可是她不想遇見他。我勸她出去轉轉，權當是散散心，比如廣州深圳，都是老地方了，熟門熟路的。她搖搖頭說，也許沒事的，都說夢與現實相反的。

她就這樣懷著僥倖心在北京一天天地待下來，預感越來越迫切了，她如坐針氈。那一陣子，她變得神叨叨的，她會突然抱住我，以一種奇怪的眼光打量我，說，我要是進去了，你怎麼辦呢？誰來照顧你？你怎麼活呀？你會流落街頭嗎？

不知是一種怎樣的奇怪心理在作祟，那段時間她竟然頻繁出去活動，攔都攔不住。她笑著向我解釋道，反正都這樣了，還不如早點進去呢——我是不是有點自暴自棄？

彷彿這句話有多幽默似的，自己先笑起來。隔了一會兒，又嘆道，最近我也在反省自己呢，確實有點懈怠了，都活膩了。人這一輩子其實沒多大意思的。我就想著，反正我是賺了的，進去了也不可惜。與其這樣擔驚受怕的，倒真不如……她捂著嘴打了個哈欠說，不說這些了，來，替我焐焐熱被窩。

阿姐出事是一個月以後，在王府井一帶活動時被便衣給捉住的。她非常坦然。這天是陰天，一個普通的星期四，看得見成群的鴿子在低空中飛。我能想像的，熙熙攘攘的王府井街頭，兩個男人架著一個女人從人群裡走過，人群有一瞬間像是安靜了下來，好奇地轉過頭來看。也許他們並沒能看見什麼，這兩男一女，神情俐落凜然，其中一個男的側身時，碰著他們中一個人的肩膀，還微笑著說聲對不起……他們這麼看著，心裡稍稍有點懷疑。

這是一九八九年三月間的事。雖然大街上人頭攢動，可是天還冷，樹枝也未長出新綠。

已是很多年過去了。

這一天，我在街上走，正是下班高峰，車簡直走不動。我把車停在一家商場門口。後來我就跳上一輛開往北京站的公車。我在北京站門口轉了一圈，看見出站口裡走出很多神色疲乏的陌生人。有一瞬間，我甚至想買張站台票，隨便搭乘哪輛車，任它把我帶往哪個方向。

我真的不知道自己要去哪裡，當我呼氣的時候，我意識到自己還活著。我買了份晚報和足球報，又去附近的副食品店買了兩個大肉包子，坐在牆角把它吃完。當我把最後一頁報紙看完的時候，天色已經暗下來了。我站起身，決定去找我第一次來北京時坐的那路公車。

我跳上車，選一個靠近窗的位子坐下來。我把頭探出窗外，就像十六年前我慣於做的那樣時。我打量每一個走上車來的乘客，尤其是女乘客。我希望自己能看見一個三十來歲的女人，長得很美，穿著雅黃色及膝裙子，白襯衫，把手扶在吊環上。

我在和平里下車，站在站牌底下，昏黃的路燈光照下來。這時候，我多麼希望有一個女人走到我身邊，跟我說，噢，你也在這裡等車？——我多麼希望能遇見她，雖然她是個陌生人。

AQUARIUS

寶瓶文化叢書目錄

寶瓶文化事業有限公司
地址：台北市110信義區基隆路一段180號8樓
電話：(02) 27463955
傳真：(02) 27495072 劃撥帳號：19446403
※如需掛號請另加郵資40元

Island

有詩、有小說、有散文

系列 書號	書名	作者	定價
I001	寂寞之城	文/黎煥雄 圖/幾米	NT$240
I002	倪亞達1	文/袁哲生 圖/陳弘耀	NT$199
I003	日吉祥夜吉祥——幸福上上籤	黃玄	NT$190
I004	北緯23.5 度	林文義	NT$230
I005	你那邊幾點	蔡明亮	NT$270
I006	倪亞達臉紅了	文/袁哲生 圖/陳弘耀	NT$199
I007	迷藏	許榮哲	NT$200
I008	失去夜的那一夜	何致和	NT$200
I009	河流進你深層靜脈	陳育虹	NT$270
I010	倪亞達fun暑假	文/袁哲生 圖/陳弘耀	NT$199
I011	水兵之歌	潘弘輝	NT$230
I012	夏日在他方	陳瑤華	NT$200
I013	比愛情更假	李師江	NT$220
I014	賤人	尹麗川	NT$220
I015	3號小行星	火星爺爺	NT$200
I016	無血的大戮	唐捐	NT$220
I017	神秘列車	甘耀明	NT$220
I018	上邪!	李崇建	NT$200
I019	浪——一個叛國者的人生傳奇	關愚謙	NT$360
I020	倪亞達黑白切	文/袁哲生 圖/陳弘耀	NT$199
I021	她們都挺棒的	李師江	NT$240
I022	夢@屠宰場	吳心怡	NT$200
I023	再舒服一些	尹麗川	NT$200
I024	北京夜未央	阿美	NT$200
I025	最短篇	主編/陳義芝 圖/阿推	NT$220
I026	捆綁上天堂	李修文	NT$280
I027	猴子	文/袁哲生 圖/蘇意傑	NT$200
I028	羅漢池	文/袁哲生 圖/陳弘耀	NT$200
I029	塞滿鑰匙的空房間	Wolf(臥斧)	NT$200
I030	肉	李師江	NT$220
I031	蒼蠅情書	文/陳瑤華 圖/陳弘耀	NT$200
I032	肉身蛾	高翊峰	NT$200
I033	寓言	許榮哲	NT$220
I034	虛構海洋	嚴立楷	NT$170
I035	愛情6p	網路6p狼	NT$230
I036	十八條小巷的戰爭遊戲	廖偉棠	NT$210
I037	畜生級男人	李師江	NT$220
I038	以美人之名	廖之韻	NT$200
I039	虛杭坦介拿查影	夏沁罕	NT$270
I040	古嘉	古嘉	NT$220
I041	索隱	陳育虹	NT$350
I042	海豚紀念日	黃小貓	NT$270
I043	雨狗空間	臥斧	NT$220
I044	長得像夏卡爾的光	李進文	NT$250

系列	書號	書名	作者	定價
Island 有詩、有小說、有散文	I045	我城	蔡逸君	NT$220
	I046	靜止在——最初與最終	袁哲生	NT$350
	I047	13樓的窗口	古嘉	NT$240
	I048	傷疤引子	高翊峰	NT$220
	I049	佛洛伊德先生的帽子	娜塔・米諾著　胡引玉譯	NT$180
	I050	白色城市的憂鬱	何致和	NT$330
	I051	苦天使	廖偉棠	NT$250
	I052	我的異國靈魂指南	莫夏凱	NT$250
	I053	台北客	李志薔	NT$220
	I054	水鬼學校和失去媽媽的水獺	甘耀明	NT$250
	I055	成為抒情的理由	石計生	NT$230
	I056	紅X	李傻傻	NT$280
	I057	戰爭魔術師	大衛・費雪著　何致和譯	NT$390
	I058	好黑	謝曉虹	NT$220
	I059	封城之日	郭漢辰	NT$230
	I060	鴉片少年	陳南宗	NT$230
	I061	隔壁的房間	龔萬輝	NT$210
	I062	抓癢	陳希我	NT$350
	I063	一個人生活	董成瑜著　王孟婷繪	NT$230
	I064	跟我一起走	蔡逸君	NT$240
	I065	奔馳在美麗的光裡	高翊峰	NT$250
	I066	退稿信	安德烈・柏納編 陳榮彬譯寫	NT$280
	I067	巴別塔之犬	卡洛琳・帕克斯特 著 何致和譯	NT$280
	I068	被當作鬼的人	李傻傻	NT$250
	I069	告別的年代	張清志	NT$230
	I070	浴室	讓—菲利蒲・圖森著　孫良方・夏家珍譯	NT$220
	I071	先生	讓—菲利蒲・圖森著　孫良方・夏家珍譯	NT$220
	I072	照相機	讓—菲利蒲・圖森著　孫良方・夏家珍譯	NT$220
	I073	馬戲團離鎮	Wolf(臥斧)　伊卡魯斯繪	NT$230
	I074	屠夫男孩	派屈克・馬克白　余國芳譯	NT$300
	I075	喊山	葛水平	NT$240
	I076	少年邁爾斯的海	吉姆・林奇著　殷麗君譯	NT$290
	I077	魅	陳育虹	NT$350
	I078	人呢,聽說來了?	王祥夫	NT$240
	I079	清晨校車	龔萬輝	NT$230
	I080	伊甸園的鸚鵡	卡洛琳・帕克斯特著 張琰譯	NT$320
	I081	做愛	讓—菲利蒲・圖森著 余中先譯	NT$230
	I082	冒犯書	陳希我	NT$360
	I083	冥王星早餐	派屈克・馬克白　余國芳譯	NT$230
	I084	一公克的憂傷	高翊峰　漂流木馬雲童話繪	NT$260
	I085	逃	讓—菲利蒲・圖森著 余中先譯	NT$230
	I086	拐彎的夏天	魏微	NT$260

系列	書號	書名	作者	定價
Vision 給你新的視野，也給你成功的典範	V001	向前走吧	羅文嘉	NT$250
	V002	要贏趁現在——總經理這麼說	邱義城	NT$250
	V003	逆風飛舞	湯秀璸	NT$260
	V004	失業英雄	楊基寬．顧蘊祥	NT$250
	V005	19歲的總經理	邱維濤	NT$240
	V006	連鎖好創業	邱義城	NT$250
	V007	打進紐約上流社會的女強人	陳文敏	NT$250
	V008	御風而上——嚴長壽談視野與溝通	嚴長壽	NT$250
	V009	台灣之新——三個新世代的模範生	鄭運鵬、潘恆旭、王莉茗	NT$220
	V010	18個酷博士@史丹佛	劉威麟、李思萱	NT$240
	V011	舞動新天地——唐雅君的健身王國	唐雅君	NT$250
	V012	兩岸執法先鋒——大膽西進，小心法律	沈恆德、符霜葉律師	NT$240
	V013	愛情登陸計畫——兩岸婚姻A-Z	沈恆德、符霜葉律師	NT$240
	V014	最後的江湖道義	洪志鵬	NT$250
	V015	老虎學——賴正鎰的強者商道	賴正鎰	NT$280
	V016	黑髮退休賺錢祕方——讓你年輕退休超有錢	劉憶如	NT$210
	V017	不一樣的父親，A+的孩子	譚德玉	NT$260
	V018	超越或失控——一個精神科醫師的管理心法	陳國華	NT$220
	V019	科技老爸，野蠻兒子	洪志鵬	NT$220
	V020	開店智慧王	李文龍	NT$240
	V021	看見自己的天才	盧蘇偉	NT$250
	V022	沒有圍牆的學校	李崇建．甘耀明	NT$230
	V023	收刀入鞘	呂代豪	NT$280
	V024	創業智慧王	李文龍	NT$250
	V025	賞識自己	盧蘇偉	NT$240
	V026	美麗新視界	陳芸英	NT$250
	V027	向有光的地方行去	蘇盈貴	NT$250
	V028	轉身——蘇盈貴的律法柔情	蘇盈貴	NT$230
	V029	老鼠起舞，大象當心	洪志鵬	NT$250
	V030	別學北極熊——創業達人的7個特質和5個觀念	劉威麟	NT$250
	V031	明日行銷——左腦攻打右腦2	吳心怡	NT$250
	V032	十一號談話室——沒有孩子「該」聽話	盧蘇偉	NT$260
	V033	菩曇仁波切——台灣第一位轉世活佛	林建成	NT$260
	V034	小牌K大牌	黃永猛	NT$250
	V035	1次開店就成功	李文龍	NT$250
	V036	不只要優秀——教養與愛的27堂課	盧蘇偉	NT$260
	V037	奔向那斯達克——中國簡訊第一人楊鐳的Roadshow全記錄	康橋	NT$240
	V038	七千萬的工作	楊基寬	NT$200
	V039	滾回火星去——解決令你抓狂的23種同事	派崔克．布瓦＆傑羅姆．赫塞 林雅芬譯	NT$220
	V040	行銷的真謊言與假真相——吳心怡觀點	吳心怡	NT$240
	V041	內山阿嬤	劉賢妹	NT$240
	V042	背著老闆的深夜MSN對談	洪志鵬	NT$250
	V043	LEAP！多思特的不凡冒險——一段關於轉變、挑戰與夢想的旅程	喬那森．柯里翰 余國芳譯	NT$230

Vision

給你新的視野，也給你成功的典範

系列書號	書名	作者	定價
V044	陪你去環島——一個父親送給兒子的畢業禮物	盧蘇士．盧蘇偉	NT$240
V045	主播遇見CEO	蕭裔芬	NT$250
V046	看見孩子的叛逆	盧蘇偉	NT$240
V047	捧著企管書的豬老闆	坎尼斯．塔克＆凡達娜．歐曼 胡引玉譯	NT$200
V048	移動的學校——體制外的學習天空	李崇建著	NT$280
V049	老店翻新大作戰	好鄰居文教基金會著	NT$240
V050	盲鬥士——柯燕姬傳奇	陳芸英	NT$250
V051	看見男人——搞定你的老公與兒子	盧蘇偉	NT$250
V052	一個癌症媽咪給兒子的遺書	夏學曼	NT$250
V053	鮮活人生——小故事，妙管理	李錫津	NT$260
V054	搶先佈局十年後——2017華人未來地圖	劉威麟	NT$250
V055	這就是我的堅持——楊基寬與104傳奇	楊基寬．顧蘊祥	NT$250
V056	愛會傷人——寫給父母的內心話	盧蘇偉	NT$260
V057	囚室之春	施明德	NT$360
V058	盲眼媽媽一顆心	薛以柔	NT$240
V059	飛行少年——一輪千里環台挑戰	盧蘇偉．莊忠勳	NT$290
V060	道德——幸福的必要條件	林火旺	NT$280
V061	Money Game——金錢遊戲	吳均龐．劉永毅	NT$280
V062	趙老大玩癌症	趙慕嵩	NT$250
V063	所以，我愛上了狗	曹燕婷	NT$210
V064	蔡國南的金生金飾	蔡國南．陳芸英	NT$280
V065	三財一生——金牌教練教你同時健康、快樂又有錢	管家賢	NT$260
V066	開一家大排長龍的店	李文龍	NT$260
V067	醫師與生死	趙可式	NT$260

系列	書號	書名	作者	定價
Enjoy 搶先給你最嗆、最in的生活資訊	E001	夏禕的上海菜	夏禕	NT$229
	E002	黑皮書——逆境中的快樂處方	時台明	NT$200
	E003	告別經痛	吳珮琪	NT$119
	E004	平胸拜拜	吳珮琪	NT$119
	E005	擺脫豬腦袋——42個讓頭腦飛躍的妙點子	于東輝	NT$200
	E006	預約富有的愛情	劉憶如	NT$190
	E007	一拍搞定——金拍銀拍完全戰勝手冊	聯合報資深財經作者群	NT$200
	E008	打造資優小富翁	蔣雅淇	NT$230
	E009	你的北京學姊	崔慈芬	NT$200
	E010	星座慾望城市	唐立淇	NT$220
	E011	目擊流行	孫正華	NT$210
	E012	八減一大於八——大肥貓的生活意見	于東輝	NT$200
	E013	都是愛情惹的禍	湯靜慈	NT$199
	E014	邱維濤的英文集中贏	邱維濤	NT$250
	E015	快樂不怕命來磨	高愛倫	NT$200
	E016	孩子，我要你比我有更有錢途	劉憶如	NT$220
	E017	一反天下無難事	于東輝	NT$200
	E018	Yes，I do——律師、醫師與教授給你的結婚企劃書	現代婦女基金會	NT$200
	E019	給過去、現在、未來的科學小飛俠	鍾志鵬	NT$250
	E020	30歲以前拯救肌膚大作戰——最Hito的藥妝保養概念	邱琬婷	NT$250
	E021	擺脫豬腦袋2	于東輝	NT$200
	E022	給過去、現在、未來的科學小飛俠（修訂版）	鍾志鵬	NT$250
	E023	36計搞定金龜婿	方穎	NT$250
	E024	我不要一個人睡！	蘇珊・夏洛斯伯 莊靖譯	NT$250
	E025	睡叫也能瘦！——不思議的蜂蜜減肥法	麥克・麥克尼等 王秀婷譯	NT$250
	E026	瘋妹不要不要仆街	我媽叫我不要理她	NT$230
	E027	跟著專家買房子	張欣民	NT$270
	E028	趙老大玩露營	趙慕嵩	NT$250
catcher	C01	基測作文大攻略——25位作文種子老師給你的戰鬥寶典	25位作文種子老師合著／聯合報教育版策劃	NT$280
	C02	菜鳥老師和學生的交換日記	梁曙娟	NT$220
	C03	新聞中的科學——大學指考搶分大補帖	聯合報教育版企劃撰文	NT$330
	C04	給長耳兔的36封信——成長進行式	李崇建著　辜筱茜繪	NT$240
	C05	擺脫火星文——縱橫字謎	15位國中作文種子老師合著	NT$300
	C06	放手力量大	丘引	NT$240
	C07	讓孩子像天才一樣的思考	貝娜德・泰南 李弘善譯	NT$250
	C08	關鍵教養〇至六	盧蘇偉	NT$260
	C09	作文找碴王	十九位國中國文菁英教師合著 聯合報教育版策劃	NT$260
	C10	新聞中的科學2——俄國間諜是怎麼死的？	聯合報教育版策劃撰文	NT$330
	C11	態度是關鍵——預約孩子的未來	盧蘇偉	NT$260
	C12	態度是關鍵II——信心決定一切	盧蘇偉	NT$270

系列	書號	書名	作者	定價
High（在這裡。最具話題的全都集中最流行、最合乎潮流、）	H001	阿貴讓我咬一口	阿貴	NT$180
	H002	阿貴趴趴走	阿貴	NT$180
	H003	淡煙日記	淡煙	NT$220
	H004	幸福森林	林嘉翔	NT$239
	H005	小呀米大冒險	火星爺爺、谷靜仁	NT$199
	H006	滿街都是大作家	馬瑞霞	NT$170
	H007	我發誓,這是我的第一次	盧郁佳、馮光遠等	NT$170
	H008	黑的告白	圖／夏樹一　文／沈思	NT$199
	H009	誰站在那裡	圖／夏樹一　文／沈思	NT$220
	H010	黑道白皮書	洪浩唐、馮光遠等	NT$200
	H011	3顆許願的貓餅乾	圖／阿文・文／納萊	NT$299
	H012	大腳男孩	圖・文／JUN	NT$250
壹詩歌（傳統繼承與前衛造反並俱。詩與跨媒介的新浪潮，）	001	壹詩歌創刊號	壹詩歌編輯群	NT$280
	002	壹詩歌創刊2號	壹詩歌編輯群	NT$280
Pure	P001	天使之城——阿使的孤單	流氓・阿德	NT$220
	P002	天使之城——小天的深情	李性蓁	NT$220
	P003	天堂之淚	張永智	NT$270
	P004	不倫練習生	許榮哲等	NT$200
	P005	男灣	墾丁男孩	NT$210
	P006	10個男人，11個壞	發條女	NT$220
賀賀蘇達娜	001	賀賀蘇達娜1——殺人玉	吳心怡	NT$149
	002	賀賀蘇達娜2——二十二門	吳心怡	NT$230
	003	賀賀蘇達娜3——接龍	吳心怡	NT$230
	004	賀賀蘇達娜4——瓜葛	吳心怡	NT$220
	005	賀賀蘇達娜5——喜禍	吳心怡	NT$200
	006	賀賀蘇達娜6——戰	吳心怡	NT$220
	007	賀賀蘇達娜7——弄玄虛（最終回）	吳心怡	NT$220

國家圖書館預行編目資料

拐彎的夏天／魏微著. -- 初版. -- 臺北市：寶瓶文化, 2007.07
面； 公分. --(island；86)

ISBN 978-986-6745-01-0(平裝)

857.7 96012933

island 086

拐彎的夏天

作者／魏微

發行人／張寶琴
社長兼總編輯／朱亞君
主編／張純玲
編輯／羅時清
外文主編／簡伊玲
美術主編／林慧雯
校對／張純玲・陳佩伶・余素維
企劃主任／蘇靜玲
業務經理／盧金城
財務主任／趙玉雯 業務助理／林裕翔
出版者／寶瓶文化事業有限公司
地址／台北市110信義區基隆路一段180號8樓
電話／(02)27463955 傳真／(02)27495072
郵政劃撥／19446403 寶瓶文化事業有限公司
印刷廠／世和印製企業有限公司
總經銷／聯經出版事業公司
地址／台北縣汐止市大同路一段367號三樓 電話／(02)26422629
E-mail／aquarius@udngroup.com

法律顧問／理律法律事務所陳長文律師、蔣大中律師
如有破損或裝訂錯誤，請寄回本公司更換
著作完成日期／二〇〇二年八月
初版一刷日期／二〇〇七年八月
初版二刷日期／二〇〇七年八月七日
ISBN／978-986-6745-01-0
定價／二六〇元

只獻給寶瓶文化的Island之友

寶瓶文化回饋喜歡Island文學書系的讀者。現在，填妥「Island之友」的優惠訂購單，就能以超優惠價格購買Island系列好書。機會難得，先挑先贏！

凡以「Island之友」的優惠訂購回函卡購買Island系列好書，可享以下優惠：

單本	2-5本	6本以上
85折	75折	69折

請將「**Island之友**」的優惠訂購回函卡傳真，
或郵寄至110台北市基隆路一段180號8F寶瓶文化 收。

寶瓶文化「Island之友」優惠訂購單

書名	定價	訂購本數	優惠折扣	訂購總金額
	元	本		元
	元	本		元
	元	本		元
合計	元	本		元

請放大影印傳真 FAX：02-27495072 ※【本優惠送貨地址僅限於台灣地區】※ 如需掛號請另加郵資40元

收件人：

地址：□□□

聯絡電話： 行動電話：

E-Mail：

☐ 二聯式發票

☐ 三聯式發票 統一編號： 發票抬頭：

信用卡傳真：（請由我的信用卡扣款）

支付總金額：$ 元 卡別：

卡號有效期限： 年 月 卡號：

持卡人簽名： 身分證字號：

洽詢電話：**02-27463955** 傳真電話：**02-27495072** 優惠期限至2007年12月31日止

AQUARIUS 寶瓶 文化事業

愛書人卡

感謝您熱心的為我們填寫，
對您的意見，我們會認真的加以參考，
希望寶瓶文化推出的每一本書，都能得到您的肯定與永遠的支持。

系列：I086　　書名：拐彎的夏天

1. 姓名：__________ 性別：□男 □女
2. 生日：____年____月____日
3. 教育程度：□大學以上 □大學 □專科 □高中、高職 □高中職以下
4. 職業：__________
5. 聯絡地址：______________________

   聯絡電話：(日)__________(夜)__________

   (手機)__________
6. E-mail信箱：______________
7. 購買日期：____年____月____日
8. 您得知本書的管道：□報紙／雜誌 □電視／電台 □親友介紹 □逛書店 □網路 □傳單／海報 □廣告 □其他
9. 您在哪裡買到本書：□書店，店名______ □劃撥 □現場活動 □贈書 □網路購書，網站名稱：______ □其他______
10. 對本書的建議：(請填代號 1.滿意 2.尚可 3.再改進，請提供意見)

    內容：__________

    封面：__________

    編排：__________

    其他：__________

    綜合意見：______________________
11. 希望我們未來出版哪一類的書籍：______________

讓文字與書寫的聲音大鳴大放

寶瓶文化事業有限公司

(請沿此虛線剪下)

廣　告　回　函	
北區郵政管理局登記	
證北台字 15345 號	
免貼郵票	

寶瓶文化事業有限公司　　收

110 台北市信義區基隆路一段 180 號 8 樓

8F, 180 KEELUNG RD., SEC. 1,

TAIPEI, (110) TAIWAN R.O.C.

（請沿虛線對折後寄回，謝謝）